ドS刑事
桃栗三年柿八年殺人事件

七尾与史

幻冬舎文庫

ドS刑事《デカ》

桃栗三年柿八年殺人事件

目次

二〇一三年三月〇日――代官山脩介

代官山脩介《だいかんやましゆうすけ》はハンカチを口元に当てて、できる限り呼吸を抑えながら床に転がる「男女」の死体を眺めた。

小岩駅から歩いて十分ほど、新中川沿いにあるトランクルーム。時計を見ると夜の十時半を回っている。ちらつく粉雪の冷感が肌を撫《な》でた。

ライトアップされたコンクリートの空き地に大小さまざまなコンテナが並んでいる。ガイシャはそのうちの一つ、三畳ほどの広さのコンテナの中で横たわっていた。普段は閉め切られているが、異臭がするとの近隣住民の通報を受けて、管理会社立ち会いのもとで開錠された。中から、強烈な腐敗臭と一緒に大量のハエが飛び出してきたという。

最初に死体を目にした、最寄り派出所に勤務する警官はそれが「男女」であることが分からなかったらしい。無理もないと思う。一見すると〝人が一人〟死んでいるようにしか見えないのだ。死体を検分した彼が異変に気づいたのは、それから間もなくである。顔面を左右に分けるように正中部《せいちゅうぶ》に沿って縫合痕が認められた。そこだけが他の部位よりも早く腐敗が始まっていて、膿汁《のうじゅう》が滲《にじ》み出ていた。その周囲にハエや蛆《うじ》がたかっている。

すでに機動捜査隊と鑑識の連中が仕事を始めている。状況のあまりの異様さにそれぞれが表情を強《こわ》ばらせていた。

周囲には殺人現場に付き物の野次馬やマスコミの群れができあがっていた。派出所の警官たちが、敷地内に入ってこようとする外野連中を押しとどめている。

代官山は腐臭を放つ縫合痕を見て顔をしかめた。

「まさか本当にあしゅら男爵だなんて」

「あしゅら男爵」とは昔のロボットアニメ「マジンガーZ」に出てくる敵役の名前である。右半身が女性、左半身が男性というキャラクターなのだが、目の前に転がっている死体がまさにそれなのだ。きれいに切断された男性と女性の半身が縫い合わされて一体になっている。

渋谷《しぶや》浩介《こうすけ》係長から一報を受けたときは耳を疑ったが、さすが、大都会は殺人事件のクオリティも高い。代官山は元々、静岡県警浜松中部警察署刑事課に所属する刑事なのだが、現在は警視庁に出向している。所属は捜査一課殺人犯捜査第三係。つい先日もミステリ（というより、もはやホラー）小説を地で行く猟奇殺人事件を手がけたばかりだ。ひっきりなしに発生する凶悪犯罪は刑事たちを休ませてくれない。悪を駆逐してもさらなる邪悪がボウフラのように湧《わ》いてくる。

代官山の眼下では、黒井《くろい》マヤが膝《ひざ》を突いて、マスクもせずに腐臭の激しい死体に顔を近づけている。むしろその死臭を楽しんでいるみたいだ。光を吸収するブラックホールを思わせる漆黒の長い髪が死体の顔にかかっているが、彼女は気にする様子もない。

「すっばらしいわ！」

マヤは顔を上げると、暗黒を封じ込めたような黒い瞳を代官山に向ける。

こういうときの彼女は、見惚《みと》れてしまうほどに美しいからタチが悪い。

「それで……何点なんですか」

聞きたくもないが、もはやお約束として尋ねてみる。今も相当に興奮しているようで、白磁のような頬にほんのりと赤みがさしている。アクセサリーを眺める少女のように瞳をキラキラと輝かせながら、マヤは口角を上げた。

「男女の半身を縫い合わせるという着想、熟練した縫合技術、実にいい仕事をしているわ。傷口から滲み出てくる膿汁も好感度大よ。特に評価したいのは完璧《かんぺき》ともいえる左右のシンメトリーね。九十点をあげてもいいわ」

若い鑑識の一人が手を止め、驚いた顔でこちらを見ていた。

マヤは現場に入ると真っ先に死体を検分する。死因や手口を特定するためではない。死体を採点するためだ。彼女にとって殺人死体は、偉大なアーティストたちが手がけた彫刻や器よりもずっとずっと価値の高い芸術作品である。「ミロのヴィーナス」もロダンの「考える人」もミケランジェロの「ダビデ像」もマヤに言わせれば、ガラクタに過ぎない。

それだけに死体に対する美意識は実に高い。そして辛辣《しんらつ》で厳しい審美眼を持っている。

彼女は現場に転がる死体に対して容赦のないダメ出しをする。殺害手口の独創性はもちろん、死体の表情やポーズ、血糊《ちのり》のデザイン、照明や調度品の配置など、現場の風景にもこだわる。合格点である六十点を下回るようであれば、自分で勝手に死体を動かしてお気に入りのポーズに変え、鑑識の連中を困らせることも珍しくない。

そんな彼女は代官山の相棒である。巡査の代官山に対して彼女はワンランク上の巡査部長なので上司になる。今年三十四歳になる代官山の八歳年下になるが、警察では階級がものをいう。彼女のように、刑事以前に人間性に絶望的な問題があったとしても、上司である以上、タメ口は許されない。

それはともかく九十点を超えたのは初めてだ。先日の「スイーツ食べ過ぎ殺人事件」での八十八点がここ最近のハイスコアだった。あれも相当に異常で酸鼻《さんび》極まる酷《むご》い事件だったが、こちらはそれをはるかに上回る。猟奇的すぎて笑ってしまいそうなほどにファンタジーな光景である。

「それにしても、男女の違いがあるとはいえサイズもぴったりですね。顔立ちも左右のバランスが取れてますよ」

死体は二人で一体なのに、ぱっと見の違和感がない。最初に検分した警官がすぐに気づかなかったのも無理はない。マヤも外見の左右対称性《シンメトリー》を高く評価していると言っていた。

「おそらく双子ね」

「なるほど。それなら納得ですね」

たしかに目鼻立ちや体格など、男女差以外はほぼ一致している。

「どちらにしても逮捕しちゃうにはもったいない犯人《ホシ》ね」

「黒井さん」

代官山の呼びかけに彼女は顔を向けた。

「なによ」

「そういうのはホントにマジで止《や》めてくださいよ」

「止めるってなにを止めるの？」

「分かってるくせに」

代官山が言うと彼女はフッと鼻を鳴らした。

「何がよ」

警察官は人一倍正義感が強い。悪を憎み弱きを助け正義を守る。個人差はあれど警察官であれば誰でもその信念を抱いている。だからこそ体力と神経を消耗する過酷な仕事に向き合うことができる。しかし黒井マヤはその正義感を微塵《みじん》も持ち合わせていないのだ。

「犯人《ホシ》に決まってるじゃないですか」

「なんで私が犯人を知っているのよ」

マヤが胸の前で腕を組みながら口を尖《とが》らせた。

彼女が刑事になった理由《わけ》――。

それは死体が見たいから。

マヤは猟奇マニアである。それもただのホラー映画好きとか怖いモノ好きとか生半可なレベルではない。彼女は殺人現場から、血液の付着した遺留品やら、切断された指や耳などガイシャの一部をこっそりと持ち帰ってコレクションにしている。この前も現場からガイシャの折れた前歯が消えたと鑑識連中が騒いでいた。代官山が追及すると、彼女は渋々といった様子でポケットに入れたことを認めた。それを説得してなんとか返却させたのだ。インターネットの闇サイトではそれらの「アイテム」が、高値で取引されているらしい。以前、彼女が鼻歌混じりにｉＰａｄの画面を操作していたので、なんとなく見やったら、「アイテム」を片っ端からカートに放り込んでいた。合計金額は六十万円オーバーだ。きっと父親のクレジットカードから引き落とされているに違いない。

そんなマヤにとって、事件解決は望ましいことではない。犯人が捕まってしまえば、マヤにとって宝の山である殺人現場は生まれないからだ。

「真相を推理したら、ちゃんと報告してくださいよ」

「いつもしてるでしょ」

「ちっともしてないから言ってるんですよ」

不謹慎と邪悪を絵に描いたような女刑事だが、ミステリ小説や映画で活躍する探偵並みに鋭い洞察力を持っている。犯人像には関心があるのか、上司や相棒である代官山の目を盗んで、独自に捜査を展開し、ベテラン刑事すら迷い込むような難事件の真相を早い段階で看破していたりする。

しかし彼女はそのことを決して口にしない。涼しい顔をして、犯人に翻弄《ほんろう》される同僚や上司たちを眺めている。そうしていれば犯人が次なる殺人現場を彼女にもたらしてくれるからだ。彼女にとってシリアルキラーはサンタクロース同然である。

「今回に限ってそんなことはしないわ」

つまり今まではそうしていたと認めたことになるが、今さら野暮なことを言うつもりはない。最終的には彼女の推理で難事件が解決しているのである。

「本当ですか。頼みますよ、もぉ」

警視庁に出向してからというもの、ずっとマヤとコンビを組まされている。厳密にはもう一人、お荷物刑事も加わっているのでトリオなのだが、代官山の使命は事件の捜査ではない。マヤから推理を聞き出すことだ。一課長も管理官も係長も、代官山に求めているのはそれだけだ。そのことを考えるとうんざりした気分になる。自分は子守をするために刑事になったわけではない。

「仕事ができて頼れる男だって、パパにアピールするチャンスでしょ。あれでパパは、あなたにすごく期待をしているわ」

「すごく期待をしている相手に銃口を向けますかねぇ……」

代官山は天井を見上げてため息をついた。

ここに来る直前まで、二人はマヤのマンションにいたのだ。二人きりで過ごすはずが突然、男が訪れた。血がつながっているとはとても思えない、ガマガエルを思わせる顔立ちの男性だった。それがマヤの父親、警察庁次長の黒井篤郎《あつろう》だ。

警察庁次長といえば警察組織におけるナンバー2である。次期警察庁長官と目されている彼は、ここにいる連中からすれば雲上人《うんじょうびと》である。

そんな父親だが、娘にはからきし弱いようだ。持てる強権を総動員してマヤのわがままを全面的に許している。現場から遺留品を持ち出せば一発で懲戒免職ものだが、父親の力によって毎回もみ消されているらしい。最近知ったのだが、彼女の祖父は警視総監だったらしい。まさにサラブレッドの血筋だ。

娘も娘で、父親の権力を遠慮も容赦もなく濫用する。彼女を怒らせるようなことがあれば、即座に僻地《へきち》の駐在所に飛ばされるともっぱらの噂だ。そんなこともあって、上司たちもマヤの顔色をいつも窺《うかが》っている始末である。

そもそも代官山が警視庁に出向しているのも篤郎の力である。どこをどう気に入ったのか分からないが、マヤは浜松中部署勤務だった代官山を強引に東京に呼びつけて自分の相棒に指名している。

そんな父親が、代官山に「娘を幸せにしろ」と迫ってきた。その親心は充分に理解できるが、拳銃を突きつけるのはやはりまともでない。あの目は本気の本気だった。「NO」と応えていたら容赦なく撃ち殺されていたに違いない……いや、部屋を出る際に「娘を泣かせたらブロッケン伯爵みたいにしてやる」とも言っていた。ブロッケン伯爵はあしゅら男爵と同じ「マジンガーZ」に出てくる敵キャラである。要は首を切り落としてやるということだ。

もっとも警察庁次長であれば、娘の部屋に転がる死体の一つや二つ、もみ消すのは造作ないことだろう。マヤに関わるということは、警察の闇にどっぷり浸《つ》かるということだ。それを思うと背筋が冷たくなる。

＊

次の日の夕方、小岩署に帳場（特別捜査本部）が立った。

二階の会議室には生活課や交通課などはもちろん、近隣の所轄署からも応援が駆けつけ、代官山たち警視庁捜査一課の面々も合わせて六十人ほどが顔を揃《そろ》えた。

雛壇《ひなだん》にはいつものように捜査一課の課長である古畑丈一郎《ふるはたじょういちろう》や管理官の藤代直也《ふじしろなおや》、小岩署の署長である高津珠夫《たかつたまお》など幹部の険しい顔が並んでいる。

今回の司会進行はやはり渋谷浩介係長だ。渋谷はトレードマークともいえる黒縁メガネと七三分けの髪を整えながら刑事たちの前に立った。どうもこの人はその役割を天職と信じているようで、決して他人に譲ろうとしない。それが暗黙の了解になっているようで誰も異議を唱えない。

初動捜査で分かっている範囲の事件のあらましを、渋谷係長が説明した。場数を踏んでいるだけあって話しぶりは流暢《りゅうちょう》で、さらにポイントが明快なので分かりやすい。

彼は浜松中部署の上司である飯島昭利《いいじまあきとし》と高校時代の同級生だ。現場主義の飯島に対して、渋谷はどちらかといえば事務方の管理職タイプである。心優しいマイホームパパだが、優柔不断で事なかれ主義、そのくせ上昇志向が人一倍強い。上司はもちろん部下の顔色までも窺いながら出世してきた。飯島のように若手たちからの信望が厚いとはいえないが、代わりに敵も少ない。公務員の世界においては、こういうタイプが出世していく。代官山も渋谷のことがそれほど嫌いではなかった。

「ガイシャは春日康樹《かすがやすき》と春日智世《ともよ》、生年月日が一緒の三十二歳。この男女は二卵性双生児、つまり双子の兄妹である」

会場から小さなどよめきが起こった。それから出身地や学歴、職歴など、さらに詳細なプロフィールが読み上げられる。双子という他、特に注目すべき点はなさそうに思えた。兄妹仲は悪くなく、二人とも職場は違えど勤務態度にも問題はなかった。また他人から恨まれるような人柄でもなかったという。借金や異性関係などのトラブルも見当たらない。

「双子って黒井さんの言うとおりでしたね」

代官山は隣に着席しているマヤに耳打ちした。たしかに体格も顔の作りもよく似ていた二人だが、異性ということもあって双子とは考えが及ばなかった。

「それにしても今回の戒名はセンスないわね」

会議室の入り口には毛筆で「小岩結合双生児殺人事件」と書かれた看板が掲げられている。

帳場が立つたびに事件には名称がつけられるのだが、これを警察用語で戒名という。誰にでも分かりやすい名称が好ましい。戒名書きはその署で一番の達筆の者が手がける。小岩署にはプロ並みの書家がいるという。看板の字体はたしかにそれを思わせる。

「黒井さんならなんて名づけます？」

とりあえず尋ねてみた。

「小岩ハーフ&ハーフ殺人事件なんてどうよ」

「なんですか、それ。ビールみたいじゃないですか」

思わず噴き出すと、マヤは口をへの字に曲げた。

「代官様はなんてつけるのよ」

代官様――代官山は三係の連中からそう呼ばれている。最初は抵抗感があったが今ではもう慣れっこだ。名づけ親はもちろん彼女である。

「小岩あしゅら男爵殺人事件なんてどうです」

「なにそれ？　ウケるぅ」

今度はマヤが噴き出した。代官山も一緒に笑った。

「こらっ！　そこ、うるさいぞ」

渋谷係長の怒鳴り声が飛んできたので二人は大急ぎで笑いをひっこめた。マヤと目を合わせると、彼女は小さく肩をすくめる。

「次は監察医の所見だ。担当監察医が来られないということなので私から報告する。モニタに注目してほしい」

渋谷が促すと、会議室に三台設置された大型液晶モニタに、死体の映像が映し出された。

「発見時の死体は死後二日。見て分かるとおり、兄妹はそれぞれ正中できれいに切断されて、兄の右半身と妹の左半身が高い技術で縫合されている。しかし縫合されているのは皮膚や筋肉だけではないそうだ。内臓や血管や神経に至るまでやはり高い技術で吻合《ふんごう》されていた。監察医は、相当に熟練した外科技術の持ち主による犯行だとレポートで述べている」

画面には各部の切断面が大きく映し出された。会場には呻《うめ》き声が広がった。代官山も思わず眉をひそめてしまう。マヤだけは目を大きく見開いて、食い入るように画面に見入っていた。喉《のど》を何度もゴクリと鳴らしている。

「どうやら犯人は、体温低下させた上に血流を止めた状態でガイシャを切断縫合したようだ。これはいささかサプライズだが、縫合されたあとガイシャの臓器にしばらく生命反応があった、つまり生きていた可能性があるらしい」

刑事たちの間に、先ほどよりさらに大きなどよめきが起こった。

「まさか……体を半分にされて生きていられるわけないですよ」

「ブラックジャックみたいな医者ならできるかもよ」

隣のマヤは「ヒャッヒャッヒャ」と小さく笑いを漏らしながら肩を揺すっている。実に楽しそうだ。会場では刑事たちの私語が飛び交っている。

「全員静粛に！　今の報告はあくまで可能性の話だ。監察医自身、懐疑的ということだ。私もとても信じられん」

渋谷が報告書をパンと片手ではたきながら言った。雛壇の幹部の面々も同意したように相づちを打っている。

「犯人の目的はなんですかね」

代官山は小声で意見を求めた。

「世の中、頭が一つで手足が四本の人間ばかりだからでしょ。それってつまんないと思わない？　この技術があれば、阿修羅像や千手《せんじゅ》観音みたいな個性溢《あふ》れるボディが闊歩《かっぽ》して街が華やぐわ。きっと楽しいわよ」

彼女の表情から、ワクワクという音が聞こえそうだ。

「それってまるで遊星からの物体なんとかじゃないですか」

マヤとチームを組むようになってから、どういうわけかホラー映画顔負けの狂気じみた猟奇事件ばかりに当たるようになった。彼女は狂気や猟奇を引き寄せるのかもしれない。

それはともかく男の左半身と女の右半身がまだ見つかっていない。そんなのが出てきたら鬱《うつ》になりそうだ。

それからしばらく渋谷の報告が続いた。犯人像を特定できるような材料は出てこなかった。

「次、トランクルームについての報告を頼む」

藤代管理官の声がマイクを通してハウリングした。所轄の職員が慌てて音量の調節をする。澤井《さわい》という前髪の乏しい中年の刑事が立ち上がった。同じ三係の捜査員である。

「管理会社の社員の話によれば、レンタル客は五十代の男性。トランクルームをレンタルする際に『西崎昇《にしざきのぼる》』名義の保険証を提示したそうです」

今からちょうど一週間前のことだという。西崎と名乗る男は風邪を引いているからと、口元を大きなマスクで覆っていた。

「顔を隠していたなんて怪しいじゃないか。管理会社は顧客の本人確認をしたのか」

「多めの料金を前払いしたので、確認を取らなかったそうです」

会社としてはレンタル料さえ支払われれば客が誰でもさほど問題はない。さらに損害保険にも加入しているので、万が一、顧客による破損があったとしても、会社側にダメージはないということらしい。

「保険証の名義は本人だったのか」

と藤代。

「それが、西崎昇は新宿で路上生活を送ってまして、話を聞いたところ、トランクルームどころか小岩に立ち寄ったこともないそうです。念のため西崎の写真を管理会社の担当社員に見せましたが、顧客とはまるで別人と言ってました。西崎は小太りの短躯《たんく》ですが、レンタルに訪れた男性は中肉中背で色白だったと証言してます」

「つまり西崎昇は名義を売っていたんだな」

藤代が舌打ちをしながら確認すると、澤井は「そうだと思います」と首肯《しゅこう》した。

路上生活者や多重債務者が名義を売るというのはよくある話だ。彼ら名義の携帯電話やクレジットカードなどが犯罪に悪用される。ネットでも比較的簡単に手に入れることができる。扱っているのは主に裏社会の連中である。今回もそのケースらしい。

「現場には防犯カメラがあるだろう」

古畑一課長が澤井に言った。

「敷地内に設置されたカメラはすべてダミーだそうです。経費節減だと言ってました」

刑事たちから失望のため息が上がった。

「経費うんぬんよりも、犯罪目的の顧客を積極的に取り入れているんじゃないのか」

一課長は手にしていた書類を苛立《いらだ》たしげにテーブルの上に叩きつけながら言った。彼の言うとおり、あのトランクルームを調べれば、他にもいろいろと出てくるかもしれない。しかしそれはここに集まる刑事たちの仕事ではない。

そのとき会議室の扉が勢いよく開いた。一同の視線が出入り口に集まる。

「遅れちゃって本当にごめんなさいっ！」

小柄な男性がいきなり飛び込んできて、一課長や管理官に頭を下げている。変声期前の子供のような声。大きすぎてブカブカなバーバリーのトレンチコートが、泥や埃《ほこり》で汚れている。

「分かったからさっさと席に着け」

藤代が鬱陶しそうにしっしっと手払いする。刑事たちから失笑が上がった。トレンチ姿の男性は「はぁい」と緊張感のない返事をすると、代官山のテーブルに近づいてきた。天使を思わせる巻き毛がところどころ撥《は》ねている。

「浜田《はまだ》さん、無事だったんですか」

代官山はそっと声をかけた。

「目が覚めたら原爆ドームの真ん前ですよ。そりゃもうビックリなんてもんじゃないですよ！」

浜田学《まなぶ》が身振り手振りを交えて興奮気味に話す。藤代がこちらを睨《にら》んでいるので、代官山は唇に指を当てるジェスチャーをした。

「原爆ドームって……広島じゃないですか」

「すぐに東京に帰ろうと思ったんですけど、財布をどこかに落としちゃったみたいで……」

浜田は声のトーンを落としてプププと笑う。

「それでどうやって帰ってきたんですか」

「ヒッチハイクです。世の中、なかなか捨てたものじゃないですよ。親切な運転手さんって結構いるもんなんですね。ここまで四台のトラックを乗り継いできました。大阪では朝ご飯までご馳走になっちゃったんですよ！　今度、ヒッチハイクで日本一周でもしちゃおうかなぁ」

少女めいた童顔の彼は楽しそうに話す。そんな浜田の階級は警部補。警察学校を出たばかりだが、すでに代官山やマヤの上司である。こう見えて東京大学卒のキャリアなのだ。今は捜査一課のいち刑事にすぎないが、いずれはマヤの父親のように警察組織のトップに立つかもしれない人間である。

「あ、相変わらずタフですね……」

その打たれ強さには心底感心するが、とてもキャリアには見えない。ブカブカのトレンチ姿は刑事ごっこをしている子供を思わせる。浜田を見ていると将来の日本の治安は大丈夫なのかと真面目《まじめ》に心配してしまう。彼はコートのポケットから不二家ミルキーを取り出すと、そっと口の中に放り込んだ。

「代官山さんも食べますか？　トラックの運ちゃんにもらったんです」

「え、ええ、はい」

純真無垢《むく》な子供のようなふるまいに、断るタイミングを逸して受け取ってしまった。今さら返すわけにもいかないし、まさか食べるわけにもいかないのでポケットに入れた。

「ちょっと、一課長が睨んでるわよ」

「あ、姫様。ご心配をおかけしました」

彼は代官山を隔てて座っているマヤに向かって嬉《うれ》しそうに手を振った。ご心配もなにも遅刻の原因はマヤである。

浜田は昨夜《ゆうべ》、陸橋の上から彼女に突き落とされた。たまたま下を通りかかったトラックの荷台に落下し、気づいたら広島にいたというわけである。

「心配なんて一秒もしてないけど……ていうかあなた、なんで死なないの？」

マヤは眉をひそめながら浜田を見つめた。「死なないの」と聞く以上、昨夜の彼女には明確な殺意があったということだ。

マヤは暇を持てあますと浜田にちょっかいをかけて退屈しのぎをする。ただのちょっかいなら問題ないのだが、生命に関わる仕打ちだ。

昨夜だって、タイミングを誤れば通行車両にひき殺されていた。むしろその可能性の方がずっと高かったはずだ。そもそもマヤはタイミングなど計っていなかった。いらなくなった人形を投げ捨てるように、浜田を突き落としていた。

だから、勤務中は二人から目が離せない。ちょっと目を離すとマヤはトレンチコートに火を放ったり、鋭利に研いだ爪で目つぶしをしたりする。もっとも凶悪なのはデコピンだ。指に何を仕込んでいるのか、彼女が指で弾《はじ》くと浜田の額はぱっくりと割れて、噴き出てくる血で真っ赤に染まる。そのたびに縫合して包帯を巻くわけだが、その包帯がもはや彼のトレードマークになっていたりする。東京に来て数ヶ月が経《た》つが、包帯を巻いてない彼を見るのが珍しいくらいだ。

「きっとまだ寿命じゃないからですよぉ」

色がついているんじゃないかと思うくらい分かりやすいマヤの殺気にも浜田は気づかず、ヘラヘラした顔を向けている。邪気など微塵も窺えない。彼がふつうの人間であれば、本来なら何度も命を落としているわけだが、無駄に不死身体質の彼は、虚空を舞うタンポポの綿毛のように、「姫様」と呼びながら彼女にフワフワとまとわりついている。

刑事としてはお荷物以外の何ものでもなく、殺人現場では死体に向かって嘔吐するわ、取調室で被疑者に凄《すご》まれて泣き出すわで、捜査員たちの足を思いきり引っぱっている。ただひたすらに、マヤの嗜虐《しぎゃく》のいけにえになるためだけに存在しているような男だ。

マヤの猟奇的なわがままにつき合うだけでも大変なのに、浜田の面倒も見なければならない。自分はなんのために警視庁捜査一課に所属しているのだろうかと自問自答することもしばしばだ。

地取《じど》り班や鑑取《かんど》り班など、各メンバーに役目が割り振られると、捜査員たちは会議室を出て行った。これから本格的な捜査が展開される。

代官山は渋谷に近づいて声をかけた。

「また俺たちはトリオですか」

マヤと浜田は部屋を出て行ったようで姿は見えない。

「警視庁きっての美人刑事とチームを組めるんだ。ましてや警察庁次長の愛娘じゃないか。みんなが君のことを羨《うらや》ましがっているぞ」

「だったら羨ましがってる人と代えてくださいよ」

「姫が君じゃなきゃ嫌だって言うんだからしょうがないだろ。あの子は代官様にご執心のようだからな。だからこの役目は君にしかできないんだよ。これは君が考えている以上に重要な任務なんだぞ。責任重大だ」

渋谷は部下を宥《なだ》めるように言った。

「役目って……黒井さんから推理を聞き出すことですよね」

「分かってるじゃないか」

返事を聞いてフウッと細い息を吐いた。

「捜査は黒井さんの自由にさせていいんですか」

「もちろんだ。姫の思うようにやらせてやれ。そしてそれとなく彼女の考えていることを探ってくれ。最近の事件は手口にしろ動機にしろ、従来の捜査の常識が通用しなくなってきている。姫の推理が無視できないんだよ」

たしかにこれまでにも迷宮入りしそうな事件が、マヤの推理で一気に解決に向かったことが何度もあった。捜査が長期化すればするほど解決から遠ざかるし、警察の威信は損なわれる。そうなれば市民やマスコミのバッシングをノーガードで受けなければならない。渋谷をはじめ上の連中の出世にも大きく響く。

「なにかと難しい相手だけどさ、ヘソを曲げられないよう丁重に扱うんだぞ。彼女のことをキャサリン妃だと思え」

今度はなにが出てくるかと思えば、英国王室のプリンセスだ。ＶＩＰにもほどがある。

「浜田のこともよろしく頼む。キャリアから死人が出たらシャレにならんからな」

たしかに渋谷の言うとおりだ。浜田は死亡フラグが立ちっぱなしである。殉職ならまだしも、マヤによる「虐殺」となれば、警察を揺るがす大問題だ。そして、いつそうなってもおかしくない状況にある。もっともマヤが不利な状況に陥れば、あの父親が動くだろうけど。

「この仕事が片付いたら、俺たち三係で慰安旅行を計画してる。それを励みに頑張ってくれ」

渋谷は代官山の肩をポンと叩くと部屋を出て行った。誰もいなくなった広い部屋にポツンと残された。ポケットに手を入れるとミルキーが出てきた。先ほど浜田からもらったものだ。

代官山は包装紙を取り除くと乳白色のそれを口の中に入れた。ふわりとした甘味が広がる。あめ玉を舌で転がしながらテーブルの上に腰を落とす。溶けてなくなるまで、しばらく時間がかかりそうだ。

とりあえず今は途方に暮れよう。

＊

三日後。

ＪＲ武蔵境駅から南に少し離れた路地に建つ四階建ての雑居ビル。

建物は老朽化のため閉鎖されており、周囲には似たようなビルや民家がいくつか並んでいる。このエリアはショッピングセンター建設予定地だったが、会社と地権者が揉めて計画は頓挫《とんざ》しているという。そのためこの界隈は三年以上も放置されており、人通りもほとんどなく陰鬱とした空気が漂っている。

　雑居ビルは昭和時代の物件で、現役時には歯科医院や会計事務所が入居していた。間口はそれほど広くなく、エレベーターも設置されていない。カラフルスプレーで落書きされたエントランスをくぐると、床は埃やゴミに侵されて、いかにもうち捨てられた廃墟といった趣だった。窓ガラスの多くは割れていて、残った数少ない窓も磨りガラスのように曇り、外の景色がぼやけている。

　代官山たちは砂埃で汚れた薄暗い階段を上がっていく。途中に猫の死骸が転がっていた。代官山は手を合わせながら死骸をまたぐ。あとに浜田とマヤが続く。背後でグチャリと嫌な音がして浜田が「ウゲェ」と呻いた。マヤが死骸を踏みつけたのだろう。代官山は無視して進む。

　三月も一週間をすぎたが、ビルの中は冷蔵庫のように冷たかった。

　現場は三階だった。二十坪ほどのフロアでは、すでに到着していた所轄の刑事と鑑識が仕事を始めている。

「警視庁の浜田です」

浜田は近くにいた年配の刑事に敬礼をした。代官山とマヤも浜田に倣《なら》う。年配の刑事は浜田を見て子供だと思ったのか、目を丸くしながら「髙野《たかの》です」と敬礼を返してきた。

「ひどいもんです。初めに見たときは悪い冗談かと思いました」

「そ、そんなにグロいんですかぁ？」

浜田がおそるおそる尋ねる。

「それはもう『東京人肉饅頭』みたいでした」

「うわぁ、ああいうの苦手なんですよぉ。嫌だなあ、嫌だなあ」

浜田が薄ら寒そうに両腕をさする。『東京人肉饅頭』はつい先日まで公開されていた、やりすぎ残酷描写が話題のホラー映画だ。あまりに失神者が続出するので急遽《きゅうきょ》上映が打ち切られたらしい。マヤは三回も劇場鑑賞したと言っていた。

髙野は代官山たちを奥の小部屋に案内した。彼は中には入らず、表情を強ばらせながら「ここで待ってます」と出入り口で足を止めた。どうしても入りたくないらしい。浜田も固まっている。

「行くわよ」

マヤは浜田の襟を引っぱって部屋の中に入っていった。代官山もあとについて行く。足を踏み入れると饐《す》えた臭《にお》いが鼻腔《びこう》をついた。思わず手で口元を覆う。

室内の状況を見て高野の言うことが理解できた。

ところどころタイルの剝《は》がれた床に、二体の死体が仰向《あおむ》けの状態で横たわっている。髪の長い若い女性。まったく同じ柄のワンピース姿だ。身長も体型も同じだが、それ以上に顔立ちが瓜二《うりふた》つだった。

二人は手をつないだ状態で寝かされていた。

「明らかに双子ですね……」

小岩のケースと同じく被害者が双子だったので、このヤマも三係が担当することになったのだ。

「で、でも普通の死体ですよね」

浜田がおそるおそる死体を覗《のぞ》き込みながら言った。外に逃げ出さないのを見ると、刑事として少しは成長しているようだ。

「これが普通の死体って、キャリアのくせにどこ見てんのよ。バッカじゃないの」

マヤはそう吐き捨てると浜田の後頭部をグーで殴った。流血はない。凶悪なデコピンじゃないことに安堵《あんど》する。

「まあまあ、黒井さん。浜田さんはまだ現場経験が少ないんですから」

代官山は二人の間に入った。浜田はすっかり涙目だ。どうして彼はキャリアでありながら、捜査一課の刑事になろうと思ったのだろう。これほど向いていない人材も珍しい。

「ふん。まあ、でもこの現場も悪くないわ。ぱっと見では普通の殺人現場にしか思えないギャップが面白いわね」

たしかに彼女の言うとおり、死体が手をつないでいるという悪趣味を除いてはありがちな現場といえる。しかし死体を注意深く検分するとただならぬ状況であることに気づく。

二体とも縫合痕が首を一周している。

「な、なんなんですか、これは？」

浜田が自分の首を手で押さえながら声を震わせた。

「首のすげ替えよ。双子ちゃんだからサイズもピッタリね」

「ひえええぇぇぇ」

浜田は突き飛ばされたように背中が壁にぶつかるまで後ずさった。

代官山もマヤと同じ見解だった。二人はそれぞれ首を切断され、ボディを交換して縫合されている。そのプロセスをイメージすると首筋にヒヤリとしたものを感じる。

「死後二十四時間。縫合が小岩のケースと同じだね」

指紋採取をしている鑑識課の駒田《こまだ》聖二《せいじ》がマヤに声をかけた。牛乳瓶の底を思わせる度の強いメガネに小太りな体型、異様にボリュームのあるヘルメットのような髪型。マヤと同期で年齢も一緒だ。相当なホラー映画マニアとあって彼女と話が合うようだ。互いによくＤＶＤの貸し借りをしているという。

「さすがは駒田っちね。どこぞの東大出のエリートさんとは目の付けどころが違うわ」

そのエリートさんは壁に背中をつけたまま完全にフリーズしている。

「垂直マットレス縫合だけど、縫合の間隔にちょっとした癖がある。断定はできないけど同一犯じゃないかな」

代官山も駒田の見立てには感心した。猟奇趣味の人間は観察力に優れるのか。

「それにしてもおかしいんですよね……」

駒田が仕事の手を休めて死体を眺めながら小首を傾《かし》げている。

「なにがおかしいんですか」

代官山は彼に尋ねた。

「首の切断と死亡推定時刻が一致しないことです。二体とも死亡する前に切断されてるように見えるんです」

「首を切断したから死ぬんじゃないですか」

「普通はそうなんですけど……角膜の混濁や傷口の状態を見るとそうなってないですね」

「それってどういうことなんですか」

「つまり首を切断縫合されたあともしばらく生きていた……ということです」

「そんなことがあるんですか」

「ブラックジャックならできるかも」

駒田は、捜査会議のときのマヤと同じことを言った。

「あり得ないですよ。いくら双子だからって、首をすげ替えられて生きているなんて」

それこそリアルなブロッケン伯爵だ。

「ですよねぇ……。犯人が捜査の攪乱《かくらん》を狙って小細工したのかもしれませんね。なんとも不自然な小細工ですけど」

「それしか考えられないですよ。ていうか、そうに決まってますよ」

「で、黒井さんの採点は？」

駒田は扉のノブに指紋採取用の粉をまぶしながらマヤに尋ねた。

「首チョンパも悪くないわ。でもやっぱりあしゅら男爵の方がインパクトあったなあ。八十二点といったところかしら」

三日前ほどではないにしても八十点オーバーはかなりの高得点である。

「首チョンパのシーンがある映画といえば、個人的にはミケーレ・ソアビ監督の『アクエリアス』がいいね」

「なに言ってんの！　首チョンパといえば、ダリオ・アルジェントの『サスペリアPART2』で決まりじゃん」

マヤが駒田に人差し指を突き立てる。彼女はダリオ・アルジェント監督を崇拝している。

「ミケーレはダリオの愛弟子なんだよ」

「そんなの幼稚園児だって知ってる常識よ。『デモンズ4』の監督よね」

そんなことを知っている幼稚園児なんて心底嫌だ。

「そうそう。ランベルト・バーバ監督の『デモンズ』とは、タイトルが同じでも関係ないんだよね」

駒田が得意気に言った。

「そんなの基本でしょ。他にも『デモンズ95』なんてのがあるわよ」

それから二人はホラー映画談義で盛り上がった。内容がマニアックすぎてとてもついていけない。その様子を恨めしそうに眺めていた浜田が代官山を呼んだ。

「なんですか？」

「今度、『デモンズ』観るのつき合ってください。一人じゃ怖くてトイレに行けなくなるんです」

「嫌です」

代官山ははっきりと断った。

一九七九年三月十五日――諸鍛冶儀助

〈それでは先月発売された新曲をお聴き下さい。沢田研二で「カサブランカ・ダンディ」〉

諸鍛冶儀助《もろかじぎすけ》は、黒ダイヤルタイプの有線放送電話のボリュームを上げた。

この電話の通話と放送業務は城華町《じょうかまち》の農協と町役場が運営している。この地域では、電電公社に加入していない高齢者の家が少なくない。その代替として設置されたのが有線放送電話である。

「モロはこんな曲が好きなのか」

業務日誌をつけている服部誠二《はっとりせいじ》が手を止めて言った。愛嬌《あいきょう》ある丸い顔に小太りの体は古狸《ふるだぬき》を思わせる。彼は諸鍛冶のことを親しみを込めてモロと呼ぶ。いつしか署内でもその呼び名が定着した。

「知らないんですか？　ジュリーですよ、ジュリー」

「ああ、漫画のネズミか」

「そりゃジェリーでしょう。ジュリーですよ、ジュリー。今一番人気のある歌手ですよ」

近くにいた若い女性職員がプッと噴き出している。

「日本人なのになんで外国の名前なんだ。おかしいだろ」

「おかしいもなにもニックネームですよ」

「いつから日本は欧米なんぞに媚《こ》びるようになっちまったんだ。まったく情けねえ。この前もファックなんとかとかいうトンチキな歌が流れてたぞ。そんなものを聞くために安くない金を払って有線放送電話に加入したわけじゃねえよ」

服部は吐き捨てるように言った。タバコをくわえるとポケットからライターを取り出して火をつける。

「勤務中ですよ」

「うるせえな。堅いこと言うんじゃねえよ」

服部は美味《うま》そうに目を細めると紫煙を吐き出した。

来年定年を迎える彼は大正生まれ、戦時中はゼロ戦乗りだったという。先月二十五歳になったばかりで戦後生まれの諸鍛冶とは、ところどころで話が合わない。

諸鍛冶は高校を卒業して警察官の道を進み、二年前に警視庁城華町署の刑事課に配属された。城華町は諸鍛冶の生まれ育った町である。今では地元に残った同級生たちからも一目置かれる存在だ。

城華町は東京都の北西部にある山間部に位置する。山に囲まれた平地部に街が広がり、人口一万六千、町民たちの多くは芋や大根栽培など農業に携わっている。最寄り駅の国鉄城華町駅には、一時間に一本のペースで立川駅と奥多摩駅を結ぶ電車が通っている。いちおう東京都だが都心に出るのはちょっとした小旅行だ。通勤圏内はせいぜい青梅《おうめ》市や立川市までである。駅前には商店街がこぢんまりと広がっているが、夜八時を過ぎると人通りもほとんどなくなる。

「ああ、新宿あたりで刑事やりたいですよ。こんな退屈なところじゃあ体がなまっちまう」

殺人や傷害事件を扱う刑事課といっても、こんな田舎ではせいぜい飲み屋で起こる酔っぱらい同士の喧嘩《けんか》くらいである。あとは行方不明になった老人捜しとか池に落ちた子供の救出など、自分の思い描いていた刑事の仕事とはまるで違っていた。

「お前がなりたい刑事ってどんなんだ」

「決まってるじゃないですか。悪党どもを拳銃でパーンですよ」

諸鍛冶は指で作った拳銃を発砲する仕草をしてみせた。もっとも拳銃は保管庫に預けっぱなしで、身につけて現場に出たことは一度もない。拳銃を握るのは点検と訓練のときだけである。

「ドラマの見過ぎだ。現職の警官があんな銃撃戦をくり広げるわけないだろ。そんなことしたら始末書どころの騒ぎじゃないぞ」

服部が呆《あき》れ顔で苦笑する。諸鍛冶は「太陽にほえろ!」「Gメン'75」といった刑事ドラマの大ファンで、毎週欠かさず視聴している。ブラウン管の中にいる彼らに憧れて刑事課を希望したのだ。しかしこんな田舎で起こる事件はもはや事件と呼べるような代物ではない。相手にするのは物忘れのひどい老人や素行の悪い少年少女たちばかりで、ドラマに出てくるようなミステリアスな美女もニヒルな殺し屋もいない。大企業や財閥の家庭なんて一軒もないから、誘拐も大金絡みの事件も起こらない。

町民たちの多くとは顔なじみで、名前を聞けばどこの誰だか思い浮かぶ。彼らの中には警察を便利屋かなにかだと勘違いしている者もいるようだ。財布をなくしただの、犬がいなくなっただのといった個人的な用件で平気で呼びつける。それを断れば税金泥棒呼ばわりだ。ドラマの中のヒーローも現実は単なるいち公務員にすぎない。

「ああ、なんかこう、ぱあっと派手な殺しでも起こんないですかねぇ」

「縁起でもないこと言うな。だいたい城華町みたいな田舎でそんな物騒な事件が起こるはずがないだろ。まあ、気持ちは分からんでもない。俺も若いときはお前みたいに血の気が多くて刺激に飢えていたからな。殺しが起これぱそりゃもう心が躍ったもんだ。もちろんそんなことはおくびにも出さなかったけどな」

服部が遠い目をして言った。古い校舎を思わせる、天井や壁が色褪《いろあ》せた城華町署二階にある刑事課のさして広くない部屋には、事務的で面白味のないデスクやテーブルが雑然と並んでいる。それぞれのデスクの上には未処理の書類が山積みになっていた。天井の蛍光管は寿命なのか鬱陶しく点滅している。

「殺しが起これば、起こったことがあるんですか？」

少なくともここ最近、城華町で殺人事件は起こっていないはずだ。そんなことがあれば記憶に残っているはずである。

「ああ、あったぞ。あれはたしか昭和三十三年だったから……もう二十一年も前の話か」

「本当ですか!? 俺も生まれていたけど四歳かぁ。さすがに覚えてないですよ。ああ、でもうちのじいちゃんからそれらしい話を聞いたことがあったかな」

諸鍛冶の祖父は十年ほど前に亡くなっている。話を聞いたといっても幼少の頃だ。町の女性が化け物に殺されたとかそんな内容だったと思う。もちろん子供向けの恐怖話にアレンジしていただろうが。

「俺は当時、漆町《うるしまち》署に配属されたばかりで応援に回されたんだ。毎日のように峠を越えてここに通ったよ。懐かしいな」

漆町は城華町と山を一つ挟んで隣接していて、人口も面積もほぼ同程度である。

服部は立川市出身で長い間そこに住んでいたが十年ほど前、城華町署配属をきっかけに城華町に居を移した。ここが終《つい》の棲家《すみか》になるだろうと言っていた。

「どんな事件だったんですか」

「若い女性が立て続けに殺された。寒さが緩んできたちょうど今くらいの季節だ。あれはひでえ事件だったな」

「犯人《ホシ》は捕まったんですか？」

「それがよぉ……」

服部は表情を曇らせた。

「なんですか」

「あんまり言いたくねえんだよなあ」

彼はイヤイヤをしながら顔を歪《ゆが》めた。

「言いたくないって……服部さんのお知り合いなんですか」

「まあな……俺が警察官になってから、いろいろと世話になった人だ」

「それってまさか犯人は警察官だったってことですか」

「うん……まあ、そういうことだ」

服部は露骨に言葉を濁す。これ以上聞くのは悪い気がした。

「じゃあ二十一年前の事件から、殺人は一件もないってことですよね」

「幸いあれからこの町は平和そのものだ。大事件といえばせいぜい日ノ出銭湯での財布の盗難騒ぎくらいだ。まあ、たしかに若者にとってはつまらんところだろうが」

「つまらんなんてもんじゃないですよ。ここでの娯楽なんて、ベルリンのインベーダーゲームくらいですからね」

ベルリンは城華町署近くにある古い喫茶店だ。去年発売されたスペースインベーダーというゲーム機が大人気で、全国の若者たちが熱狂していると新聞で報じられていた。城華町で唯一それが設置されているベルリンは連日大盛況で、順番待ちの列ができている。非行少年たちのたまり場になっていることもあって、諸鍛冶も何度か出向いた。実は先日、非番の日に二千円もつぎ込んでしまった。

「だからミス城華町も出て行っちまうんだよ」

服部が肩をすぼめながら言った。

「時江《ときえ》ちゃんですか。あんな美人がこんな田舎に引っ込んでいられるわけないですよ。昔から女優になるのが夢だって言ってたもんなあ。この前、イベントで来ていた雑誌社のカメラマンといい感じになってましたよ。ありゃ、絶対できてますよ」

諸鍛冶は左手の指で作った輪に右手の人差し指を貫通させた。

「今ごろ渋谷とか原宿かもな」

去年のミス城華町に輝いた夏木《なつき》時江が昨日から姿を消したと、町唯一の呉服店を営む両親から捜索願が出されている。

実際、両親に内緒で町を出て行く若者の捜索願が家族を通じてたまに入ってくる。大抵彼らは数週間もすれば所持金が尽きて神妙な顔で戻ってくる。時江もその類《たぐい》に違いないが、あれだけの美貌《びぼう》の持ち主なら援助してくれる男性も確保できそうだ。簡単には戻ってこないかもしれない。

「神谷《かみや》んとこのせがれも気が気じゃないだろうな」

服部が短くなったタバコを灰皿にねじつけながら鼻を鳴らす。

「邦夫《くにお》ですか。あんまりしつこいんで時江ちゃんが俺んとこに相談に来たんですよ。邦夫には一発ガツンとやってやりましたけどね」

神谷邦夫は神谷精肉店の長男である。年齢は二十歳の時江より三つほど上だ。

「さっきも彼女の両親が捜索を強化するよう、署長んとこに直談判《じかだんぱん》に来てたぞ。まあ、堅物の両親だけど時江ちゃんも親不孝な娘だよな。親をあそこまで心配させちゃいかん。出て行くにしても、せめて無事を伝える連絡の一つくらいするべきだろ」

「たしかにそうですよね。それでも中学や高校んときのやんちゃぶりを思えば随分大人になりましたよ、彼女」

諸鍛冶も、制服姿の彼女がベルリンで柄の悪い連中に囲まれながらタバコをふかしている姿を何度も見ているし、警察官として補導したこともある。一時期は非行に走ったりもしたが、根は両親思いの優しい娘だ。性格も気さくで明るい。そして人一倍好奇心が強い。そんな彼女が芸能界に憧れるのも必然だ。

「お前だって人のことは言えないだろ。高校んときのことを忘れたとは言わせねえぞ。お前には手を焼いたもんだ」

「え、ええ……そういうときもありましたよ。喧嘩だけが取り柄でしたからね」

高校時代は近隣の町の不良たちとの喧嘩に明け暮れていた。相手に大ケガを負わせて署に引っぱられたのも一度や二度ではない。そのたびに服部から説教をくらった。諸鍛冶が警察の道に進むことになったきっかけも服部だ。「そんだけ血の気が多いんなら、そいつを正義に生かしてみろ」と言われて、心を動かされたのだ。

「お前も時江ちゃんを見習って少しは大人になれよ。取り調べに熱が入るのはいいが、お前の場合は少々やりすぎだ」

「悪いヤツは多少ガツンとやった方がいいんですよ。甘い顔してると舐《な》められますからね」

今でも不良や悪人を前にすると血が騒ぐ。反抗的な態度を見せれば容赦なく痛い目に遭わせる。

「服部さん、諸鍛冶!」

湯飲みに入ったぬるくなったお茶を啜《すす》っていると、堀正樹《ほりまさき》課長が入ってきた。もともと色白の顔には血の気がない。堀は今年五十になったばかりだが階級は警部だ。

「どうしたんですか、堀さん」

年下であるが上司なので、服部は堀に敬語を使う。きっちりと七三に分けた髪型と色白の肌、度の強い黒縁の大きなメガネ。足下を見れば、おろしたてなのか革靴が蛍光灯の明かりを反射させて光っていた。

「すぐに大崎に向かってください!」

堀も服部には敬語で話す。

「大崎? なんかあったんですか」

大崎は町外れにある地区名である。民家はほとんどなく田畑や荒れ地が広がっているところだ。

「今し方、畑で女が死んでいると通報がありました」

堀は声を震わせた。

「殺しですか!?」

諸鍛冶は思わず身を乗り出した。

「まだ分からん。だから確認しに行ってくれと言ってるんだ」

諸鍛冶は服部と顔を見合わせた。

「行くぞ」

服部はコートを羽織ると諸鍛冶を促した。

「服部さん、これ忘れ物ですよ」

諸鍛冶は机の上に置いたままのライターを差し出した。シルバーのジッポーライターだ。

金属の表面に星印が刻み込まれている。

「おお、すまん。忘れるところだった」

「ネクタイ曲がってますよ」

デザインを合わせたのか、ネクタイの柄もネクタイピンの彫り物も同じ星印だった。

「お前は俺の女房か。そんなこと気にしてる場合じゃねえだろ」

「そ、そうでしたね」

諸鍛冶はコートを肩に引っかけると先に部屋を出て行った服部の後を追った。

＊

城華町署から十五分も車を走らせれば大崎地区だ。車を降りると、遠くの方に民家が点在しているのが見えた。その手前に線路が走っていて、昼間は一時間に一本の割合で電車が通過する。周囲は丈の長い草が群生している。元々は畑だったのだが後継者が続かず十年以上も荒れ地となっていた。民家からも遠いため、普段は滅多に人が近づくことがない。そのため草むらには壊れた電化製品や家具などが不法に投棄されている。

「あそこです」

厚手のジャケットを羽織った六十過ぎの男性が荒れ地の中ほどを指さした。彼はこの土地の所有者で、十日に一度のペースで見回りに来ているのだという。それでも粗大ゴミの不法投棄はあとを絶たない。今すぐにでも手放したいようだが、こんな立地では買い手もつかないらしい。

「気持ち悪かったんではっきり確認したわけじゃないですけど、たぶん女の人だったと思います。とにかく人の形をしてました」

通報したその男は黒柳《くろやなぎ》といった。ここから二百メートルほど離れたところにある、庭に古い土蔵がある家に住んでいる。父親は農家だったが、息子である彼は町内にある自動車修理工場で働いている。半年前、諸鍛冶が車検のために車を預けたとき見た顔だ。大崎地区に住む町民の多くが黒柳姓である。城華町は人口に対して名字のレパートリーが少ないので、名字を聞けばどのあたりに住んでいるのかおおよその見当がつく。

昨日まで強い雨が降っていたこともあって畔道《あぜみち》はぬかるんでいた。

現場には諸鍛冶と服部が一番乗りだったようだ。二人は草むらに入ると、群生しているススキやアシをかき分けて中ほどに進んだ。それに伴って、土や草木の匂いに混じって饐えたような臭いが強くなってくる。諸鍛冶はハンカチで口元を覆った。草むらは道よりもさらにぬかるんでいた。やがて爪先がなにかに引っかかってつまずきそうになった。

足下のそれがどうやら臭いの発生源のようで、草の根元に紛れ込むような形で横たわっていた。

諸鍛冶は喉元に苦いものがこみ上げてくるのを感じた。

黒柳の証言どおり女だった。着衣は、泥と雨水で赤茶けたスリップとパンティだけだった。白い足を屈曲させ、手を背中に回し、横向きの状態で倒れている。泥水で汚れた肌には長い黒髪がまとわりついて顔の表情が窺えない。髪の隙間《すきま》から覗く見開いた眼球は瞳が混濁した状態でゼラチンのように思えた。

諸鍛冶は泥を気にしながらひざまずき、女の顔を覗き込んでみた。鼻筋がすっと通ってい
て、形のいい唇の隙間から青紫色の舌が突き出ていた。アーモンドを思わせる目もクリッと
していて、瞳の混濁がなければまことに魅力的であったと思われる。顔立ちもスタイルも相
当の美形だが、温《ぬく》もりを感じさせない体はただの肉の塊にすぎない。スリップから見える胸
の谷間も、雨水に透けて見えるパンティも、今の諸鍛冶になんら性的興奮を与えなかった。
「なんてこった……時江ちゃんですよ」
「そのようだな」
服部が死体を見下ろしながら顔をしかめた。華奢《きゃしゃ》な腕が腰の後ろに回され、手首と足首が
ロープで固定されている。結び目は固く、すぐに解《ほど》けそうにない。周囲にはハエの羽音が飛
び交って振り払っても振り払っても耳朶《じだ》にしつこくまとわりついてくる。
「これはひどい。人間のすることじゃないですよ」
諸鍛冶は時江の首に注目した。なにかがめり込んだような線が首を一周している。こちら
には針金が巻きついていた。たこ糸ほどの太さのそれは肉に深く食い込んでいた。諸鍛冶は
喉元を手で押さえて唾を飲み込んだ。これが巻きついたときはその動作すらできなかったと
思うと、彼女のことがとても不憫《ふびん》に感じられた。
「服部さん、間違いなく殺しですよ」

「そりゃ自分で首に針金なんて巻かないだろうしな」

服部はその場にしゃがんで死体の頸部《けいぶ》に顔を近づけて目を凝らした。

「人間のすることじゃねえな。ペンチで何重にもねじってある」

首は相当の力で圧迫されたと思われる。もがこうにも両手が動かせない。もっともそれができたからといって、どうにかなるものではないだろうが。

「強姦されてますかね」

冷たくなった時江は下着姿である。周囲を見回したが衣服が見当たらない。

「なんとも言えないな。だけどその可能性は充分にある」

服部は険しい表情で答えた。その目は憎悪の色で塗りつぶされていた。

そのとき死体の手に違和感をおぼえた。目を凝らして確認する。

「は、服部さん……ちょ、ちょっと左手を見てください」

「どうした？」

視線を左手に向けた服部がぎょっとしたようにのけぞった。時江の左手の中指が短くなっている。

「切断されてます」

「なんで左手の中指だけ……」

他の指は無傷のようだ。傷口にはハエの卵が付着している。一気に体温が下がったような気がした。

「ちくしょう、ひでえことしやがる」

諸鍛冶は唇をギュッと噛《か》んだ。正直なことを言えば、彼女にほのかな好意を抱いていた。もっともこの町に住む若い男性であれば、多かれ少なかれ彼女に惹《ひ》かれたことがあるはずだ。それほどの美貌の持ち主だった。しかし今は泥水にまみれてハエがたかっている。

「定年を前にしてこんな事件《ヤマ》に出くわすとはな……」

服部はしゃがんだまま死体に向かって手を合わせた。諸鍛冶も服部に倣うと「仇《かたき》はとってやる」とつぶやいた。

＊

無線で状況を課長に報告すると、他の刑事数名と鑑識の連中がやって来た。その前に諸鍛冶と服部は手順に則《のっと》って現場保存をする。野次馬といっても、近所に住む老夫婦が何事かと覗きに来た程度だ。彼らとも顔なじみである。諸鍛冶は二人に現場に近づかないよう指示した。彼らは離れた位置から不安そうに現場を眺めている。

「くそ！　おろしたてなのにグチャグチャだ」

それからしばらくしてスーツ姿の堀正樹課長が近づいてきた。先ほどまでピカピカだった革靴が畔道の泥で汚れている。諸鍛冶は彼を死体の転がっている場所まで案内した。草むらに入るとぬかるみでさらに足場が悪くなったが、靴のことは諦めたようでズカズカと歩を進めている。

「ここです」

諸鍛冶が指し示すと堀は白手袋をはめて死体に向かって手を合わせた。

「ああ、よりによってミス城華町がこんなことに……」

彼は額に手を当てながら辛《つら》そうに首を横に何度も振った。

「ミス城華町でなければよかったような言い方ですね」

諸鍛冶は微苦笑した。

「モロ、笑ってる場合じゃないぞ。こんな田舎では衝撃が大きすぎる。この犯人だけはなんとしてでも見つけ出さないとまずいぞ」

「そうですね」

堀の言いたいことは分かる。ミス城華町が殺されたとなれば世間の注目も集まる。捜査の長期化はもちろん迷宮《おみや》入りなんて失態は許されない。犯人逮捕のためなら多少の乱暴は許可するト暗にほのめかしているのだ。言わなくてもそうするつもりである。

「しっかりと気を引き締めろよ。明日には帳場が立つぞ」

諸鍛冶は武者震いを感じていた。

*

次の日の午後。外は小雨が降っていた。三月半ばの雨はまだ冷たく感じられる。

城華町署は先ほどより人の出入りが慌ただしい。物々しい雰囲気で本庁からスーツ姿の捜査員たちが次々と乗り込んでくる。署の入り口では諸鍛冶をはじめとする署員たちが、本庁からの客人が濡れないよう傘を向けて出迎えている。一課長や管理官、係長といった幹部の面々が到着すると、署長である大河原和成《おおかわらかずなり》が直々に対応した。まるで上客を出迎える旅館の主人のようだ。大河原は服部と同じ年齢で同期だという。

「本庁さんってそんなに偉いんですかねぇ」

強面《こわもて》の捜査員たちが肩で風を切るようにして颯爽《さっそう》と通り過ぎていく。そのたびに諸鍛冶は頭を下げる。しかし彼らは目も合わせようとしない。

「署長にとっては大事な大事なお客さんだ。上の連中を怒らせるわけにはいかんさ。定年後の天下り先にも関わってくることだからな」

「うわあ、何気に死活問題ですね」

「そういうことだ」

と服部は鼻を鳴らした。

それから間もなく捜査会議が開かれた。場所は二階にある大会議室。署で一番大きな部屋である。

雛壇には捜査一課を取りまとめる一課長の遠山大五郎《とおやまだいごろう》、管理官の新井秀治《あらいひではる》、係長の鵜飼柴三郎《うかいしばさぶろう》ら錚々《そうそう》たる顔ぶれが並び、末席には大河原署長と堀課長が縮こまるようにして腰を下ろしていた。俳優の三國連太郎によく似た顔立ちの一課長の挨拶が終わると、同じく俳優の緒形拳に似た鵜飼係長の進行で、事件のあらましや初動捜査で得られた情報が伝えられた。夏木時江の名前が出たときは胸がチクリと痛んだ。死因はやはり針金による頸部圧迫の窒息死である。手足をロープで固定されていたため抵抗しようがなかったとみられる。

「死斑や硬直、角膜の混濁状況から類推して、死亡推定時刻は一昨日、つまり三月十四日の夜七時から八時の間である……というのが監察医の見解だ。死体は下着姿で放置されていたがレイプの痕跡は認められなかったそうだ」

鵜飼の言葉にどこか救われた気分になった。隣に座ってメモを取っている服部も息を小さく吐いていた。

さらに係長の説明は左手中指の切断に及んだ。その傷口から、ニッパーのような工具が使われたらしい。また傷口に生活反応が認められなかったことから、切断したのは死後と考えられる。切断した犯人の意図は今のところ不明だ。

服部が諸鍛冶の耳元で「頭のイカれた変態なんだよ」と毒づいた。

「今のところ体液や毛髪など犯人に結びつくものは見つかっていない。足痕も雨で流されて靴底の形状も不明瞭だ。サイズは二十六センチ。前後の歩幅から類推するに、身長は百六十センチ前後と考えられる。前後に対して左右の歩幅は広くなっている。左右の踵《かかと》の内側部を連ねる歩行線が直線にならず不規則なことから、肥満者や妊婦の可能性が考えられる。彼らは両足を極度に広げて歩行することによってバランスを取っているからだ」

それからしばらく係長の報告が続いた。現場から三十メートルほど離れたところを流れている農水路から、捨てられた着衣が見つかっていた。

「それでは班分けを発表する。特に城華町署をはじめとする所轄の諸君は現場周辺に対して土地勘があり、地域住民とも顔なじみだと思う。今回はそれらを最大限、捜査に役立ててもらいたい」

鵜飼は本庁と所轄の刑事の名前を一組ずつ読み上げた。捜査は基本二人一組と決まっている。彼の言うとおり土地勘は所轄にあるが、主導権は本庁の刑事が握る。先ほど堀に呼ばれて「大人しく黒子に徹しろ」と釘を刺されたが、いくら本庁の人間だからといって、高圧的な態度を取られたら、大人しくしていられる自信がない。

「箕輪肇《みのわはじめ》、諸鍛冶儀助」

自分の名前を呼ばれたので、「はい」と歯切れだけはよい返事をして立ち上がる。同時に前方の席で男性が一人立ち上がった。彼は振り返るとこちらを見た。諸鍛冶が会釈をすると小さく相づちを打った。

彼が箕輪肇のようだ。

年齢は五十代半ばといったところか。少し枯れたような印象はあるが、渋味がかった凜々《りり》しい顔立ちをしている。顎《あご》と頬にまばらに散った無精髭《ぶしょうひげ》がサマになっている。しかし目つきだけは刑事特有の鋭利さを含んでいた。長身でしなやかそうな体つきを見れば、程よく鍛えていることも分かる。喧嘩になったら勝てるかどうか自信が持てなかった。

「鵜飼係長」

突然、一番前に着席している男性が手を挙げた。

「どうした？　黒井」

黒井と呼ばれた男が立ち上がる。声からしてかなり若そうだ。

「私も箕輪さんと組ませてください。八係のエースと呼ばれる箕輪さんから現場捜査のノウハウを実地で学びたいのです」

「それは熱心なことだ。我ら捜査一課の仕事は知識よりも経験がものを言うからな」

そう言って鵜飼は一課長と管理官の方を向いた。二人とも苦々しい笑みを浮かべながらうなずいている。

「よかろう。箕輪と諸鍛冶、そして黒井の三人編成にする。若のご指名だ。箕輪、頼んだぞ」

鵜飼が告げると箕輪は肩をすくめながら、

「いえいえ、黒井さんは俺の上司ですから。お手並み拝見させていただきますよ」

と慇懃《いんぎん》に言った。

「よろしくお願いします」

黒井は箕輪と諸鍛冶それぞれに向かって頭を下げた。顔全体にニキビが広がって肌がクレーターのようにデコボコしている。ギョロリとした目とへの字になった大きな口はガマガエルを思わせる。

「城華町は箕輪さんにとって忌まわしい土地だろうな」

突然、服部が憂鬱そうに額に皺《しわ》を寄せた。

「どういうことですか」

「二十一年前の事件も担当してたんだよ、箕輪さん」

「そうだったんですか」

「その話は本人にはするなよ」

「どうして？」

「いろいろあったんだよ。それ以上詮索《せんさく》するな」

服部は苦々しい顔で頭を振った。

そうこうするうちに鵜飼の報告が終わった。

「起立！　礼！」

八係の主任刑事が号令をかけると一同立ち上がって一礼した。「散会！」のかけ声とともにそれぞれが仕事に向かった。

二〇一三年三月△日――代官山脩介

死体が発見されて二日後――。

その後の調べで、二人のガイシャは杉並区に住む二十代の女性であることが分かった。一卵性双生児だった。五日前に両親より捜索願が出されていた。地元でも有名な美人姉妹だったという。間もなく監察医の報告も上がってきた。マヤたちの推察どおり首がチェンジされていた。

「黒井さん」

代官山は、自販機の前のソファに腰掛けて休憩しているマヤに声をかけた。彼女はモリムラのカフェショコラを口に含みながら見上げた。ソファの上にはカフェショコラの缶が十本ほど並んでいた。

「ああ！　また独占してる」

代官山も愛飲しているのだが、いつもマヤが買い占めてしまうのでなかなかありつけない。

自販機にはまたも「売り切れ」のマークが点灯していた。

「買い占めは止めてくださいよ。ただでさえモリムラ商品を扱っている自販機は少ないんですから」

「言うこと聞いてくれたら譲ってあげてもいいわよ」

マヤは飲みかけの缶を持ち上げるとほんのりと微笑《ほほえ》んだ。

「結構です。もうスナッフフィルム鑑賞会はごめんですからね！」

先日、無理やり連れて行かれた、本当に人を殺すシーンを撮影したフィルムの鑑賞会。フェイクだと信じたいが、どうやら本物だったらしい。今でもときどきあのシーンが夢に出てきてうなされる。もはや脳裏に刻み込まれたトラウマだ。

「違うわよ。今度の慰安旅行のことよ。あなた幹事なんでしょ」

「やりたくないんですけどねぇ」

十五分ほど前、渋谷係長に呼ばれて半ば無理やり任命された。上意下達の徹底した警察組織において上司の命令は絶対だ。

「行き先は決めてあるの？」

「いいえ。ついさっき任命されたばかりですから」

「行きたいところがあるんだけど」

マヤはスマートフォンを取り出すと地図を表示させた。

「ここなんだけど」

「聞いたことがない町ですね……なんて読むんですか」

マヤが読み上げたが、やはり初めて聞く町名だった。

「幹事の権限でここに連れてって」

「山間部のド田舎じゃないですか。なんか名所でもあるんですか……って、こんなド田舎でも住所は東京なんだ」

地図上では山梨や埼玉との県境に近い。

「というわけでお願いね、幹事さん」

そう言ってマヤが未開封の缶を一つ投げてきたので片手でキャッチする。

「ああ、そうそう」

マヤが思い出したようにバッグから一冊の本を取り出した。

「会議室のソファの上に置いてあったけど、これって代官様の本じゃないの」

「あ、それ僕のです。捜してたんですよ」

代官山は本を受け取った。タイトルはダン・シルバーの『ダ・ヴィンチ・サイン』である。

暇を見つけては読み進めているのだが、ここ数日はその時間も取れない。

「面白いの？　それ」

「超ベストセラーのミステリ小説ですよ。映画化も決まっているみたいです」

「へぇ……それでどんな話なの」

「主人公の教授がいろんな暗号を解きながら、ダ・ヴィンチの絵画に秘められた謎に迫るみたいなストーリーです。黒井さんも読んでみたらどうですか。なかなか面白いですよ」

マヤは興味なさそうに「ふうん」と返した。殺人は起こるが凄惨《せいさん》な死体が出てくるわけではないから、彼女の好みではないかもしれない。

「それはそうと、今回の事件《ヤマ》はやっぱり小岩と同一犯なんですかね」

代官山はプルトップを開けながら言った。

解剖の結果、双子の姉妹は首をすげ替えられる際に神経や血管も縫合されていたと報告があった。これは小岩のガイシャにも施されており、また先日駒田が指摘したとおり縫合の癖も一致しているという。切断や縫合に際して複数の薬剤投与の痕跡が認められることから、専門知識の豊富な熟練した外科医が関わっているのではないかと捜査本部は見ている。その見解に対して代官山も異論はない。とても素人の手口とは思えない。

マヤがポケットからノートの切れ端を取り出した。

「これを見てよ」

「なんですか」

　そこには二十人の名前と住所が書き込まれていた。

「ここ二年の捜索願が出ている双子ちゃんをリストアップしてみたの」

「いつの間にそんなことを」

　リストを見ると年齢も性別も住所もバラバラだ。東京に三組、神奈川と埼玉にそれぞれ二組ずつ、あとは千葉と栃木と山梨に一組ずつである。東京の三組のうち二組は、ここ一週間ほどで続けて発見されている。

「失踪届の担当者に話を聞いてみたんだけど、双子揃っての失踪はゼロではないけど珍しいそうよ。ところがここ二年で関東圏だけでも十組にも及んでいる。それについては担当者も首を捻《ひね》っていたわ。他の年度と比べても明らかに多いって」

　マヤは缶に口をつけながら言った。県境をまたぐと管轄が変わるので、このようなことにも気づきにくくなる。縄張り意識の強い警察組織の弊害だ。

「つまり、ここに挙がっている人たちも同じ犯人の手にかかったということですか」

「全員が全員かどうかはともかく、そう考えるのが普通よね」

　彼女は涼しげに言った。それが本当ならあと八組の結合死体がどこかに転がっているかもしれない。また小岩のそれぞれの半身も見つかっていない。

「だけどどうして犯人《ホシ》は双子にこだわるんですかね」

「組織や血液が適合しやすいからじゃないの。縫い合わせているんだから」

双子は縫合された状態でしばらく生きていた可能性があるという報告が、監察医からあがっていた。同じことを駒田も言っていた。

「だからどうしてそんなことを……」

「やりたいからやるんでしょうよ。こういうことやってくれる人がいないと、世の中つまんないわよ」

「つ、つまんないですかね……」

「人が殺されない世界だったら、ミステリ小説もサスペンス映画も存在しないのよ。くだらない男女のおままごとみたいな恋愛ドラマとか、貧乏人のしみったれた家族ドラマばかりの世の中なんて面白いと思う？　殺人がなかったら、そもそも私たち刑事なんて必要ないじゃん」

いかにもマヤらしい発言ではあるが、犯人が双子にこだわる理由は理にかなっている気もする。

「黒井さん、今回はやる気マンマンじゃないですか」

いつもだったら捜査本部の尻に火がついてきたところで独自に捜査を始め、それらの推理からはじき出した真相も口外せず、新しい被害者が出るのを待つのがマヤ流だ。

「今回はさっさと終わらせたいの」

「それは珍しいことがあるもんですね。急ぐ理由があるんですか」

「だから慰安旅行よ。どうしても今月中には行きたいの」

「なにかあそこでイベントがあるんですか」

「多分ね……それを逃したら次は五十年以上も先になってしまうわ」

マヤが曖昧《あいまい》な口調で答える。

「五十年以上って、皆既日食とか彗星かなんかですか」

「まあ……そんな感じかな」

彼女が言葉を濁した。しかし天体とか宇宙とかそんなロマンティックなことに関心を持つ女性だったっけ？

とにかく今の事件《ヤマ》を解決しなければ慰安旅行など望めるはずもない。

「というわけで、行くわよ」

マヤは空になった缶をダストボックスに放り投げると立ち上がった。

「行くって……どこに行くんですか」

「捜査に決まってるでしょ。上の連中になんか任せていたら迷宮《おみや》入りしちゃうわよ」

彼女はコートを肩に引っかけて颯爽と歩き出した。今回の彼女はどうもいつもと違う。

「ちょ、ちょっと待ってくださいよ！　すぐに浜田さんを呼んできます」

「いいわよ、あんなの。砂場で遊ばせとけば」

マヤは立ち止まると腰に手を置いて首を振った。

「そういうわけにもいきませんって。あれでも俺たちの上司なんですから。ここで待っててください」

代官山は廊下を駆け出した。

＊

ルポライターの勝俣裕次郎《かつまたゆうじろう》の事務所兼自宅は、神楽坂駅から徒歩五分の閑静な住宅街の中にあった。

還暦を超えているというが、肌つやもよく髪もフサフサとしているところから四十代にも見える。縁なしレンズから覗かせる瞳は射貫《いぬ》くような眼光を放っていた。

彼の事務所は八階建てのマンションの三階にある。

一時間ほど前に電話でアポを入れてあったので、マヤと浜田と一緒に訪ねると、すぐに部屋に通してくれた。十畳ほどの書斎の真ん中にはソファとテーブルがあり、窓際には執筆用であろう大きなデスクが設置されている。その上には今では珍しいワープロ専用機が鎮座していた。CRTモニタで記憶媒体はフロッピーディスクだという。

「昔から愛用しているマシンでね。秋葉原なんかで中古品を見つけるとすぐに買います。収納スペースには、あと二台ストックが置いてありますよ」

勝俣は客人にエスプレッソコーヒーを振る舞いながら笑った。少し怖そうな顔立ちだが性格は気さくのようだ。主に国際近代史をメインとしたルポルタージュ記事を書いているという。

「先生はメンゲレ博士のことにお詳しいと聞きまして参りました」

ソファに腰掛けたマヤが彼に言った。

メンゲレ博士？　聞いたことのない名前だ。

「ええ。ヨーゼフ・メンゲレについての研究は私のライフワークみたいなものだからね。彼に興味を持ったのは今から三十年も前のことです。アイラ・レヴィンの『ブラジルから来た少年』を読んだことがきっかけだね」

勝俣はデミタスカップに口をつけると、美味そうにコーヒーを啜った。

「メンゲレ博士についていくつか著作をお持ちですね。私も読んだことがあります」

「ほぉ、君みたいな若い女性が読んでくれているなんて嬉しいね。博士についての知識なら、国内では私の右に出る者はいないと自負していますよ」

彼はすっかり気分を良くしたようで、目尻を下げながらマヤを見つめている。

「私、博士のことを尊敬しているんです！　一切妥協を許さない遺伝子学へのあくなき探究心は科学者の鑑《かがみ》ですよ」

「おや、そんなことを言う女性は本当に珍しい。たしかにいろいろと歪《ゆが》んではいたが、純粋に科学を追究していたと私も思いますよ。世界中に彼の研究者はいますが、人間像については意見が割れてます。ただ調べれば調べるほど興味を引かれる人間なんですな」

そう言って勝俣は引き出しの中から一枚の古い写真を取り出してテーブルの上に置いた。

そこには軍服姿の男性が写っていた。

「なかなかのイケメンさんだったんですね」

浜田が写真を見つめながら言った。たしかに整った目鼻立ちをしている。当時の女性にも人気があっただろう。

「これがメンゲレですか」

代官山が尋ねると博士はゆっくりと首肯した。

「もしかして代官様はメンゲレ博士を知らないの？」

「え、ええ……初めて聞いた名前です」

「あなた本当に義務教育を受けてきたの？　バッカじゃないの」

マヤが心底呆れたような顔を向ける。バカ呼ばわりされても知らないものは知らない。

「浜田さん、知ってますか」

「はい、ナチスの将校で優生学のドクターですよ」

「優生学？」

「ユージェニクス、一八八三年にフランシス・ゴルトンが定義した造語です。簡単に言えば遺伝子構造をいじることで人類の進化を促そうという応用科学の一種で、二十世紀初頭に医学者や遺伝子学者たちから支持されていました。いわば人類も淘汰《とうた》による進化を促すべきとする、社会ダーウィニズムの発想です」

さすがは東大卒だけあって、難解なことを流暢に答える。

「メンゲレなんて学校では教えてませんよ。倫理的に問題がありすぎますから」

勝俣がクスリと笑いながら言った。

「そんなにひどい話なんですか」

代官山が尋ねると、勝俣はおどけたように首肯する。

「ヨーゼフ・メンゲレは、ドイツ南部バイエルン王国ギュンツブルクの裕福な農業機械工場経営者夫婦の長男として生まれました。ミュンヘン大学やウィーン大学、ボン大学で遺伝学や医学などを研究し、人類学の博士号を得ています。アドルフ・ヒトラーに心酔したメンゲレは親衛隊の将校となって、悪名高いアウシュビッツ強制収容所に配属されました」

それから勝俣の解説が続く。

収容所でメンゲレは囚人たちをモルモットにして残酷な人体実験を繰り返した。生きたまま解剖して他人の臓器を無理やり移植してみたり、冷凍庫に閉じ込めて死ぬまでの時間を計測したり、病原菌や有毒物質を注射して人体への影響を観察したりしたという。その状況をイメージするだけで吐き気を催してくる。その実験で何千人という囚人が命を落としたらしい。ホロコーストのことは映画や本で知っているが、いくら戦時下とはいえ人間がそこまで残忍になれることにショックを覚える。ユダヤ人を虐殺した将校たちだって、家に帰れば良き夫や父であったはずだ。

「そして博士の関心は主に双子に向けられました」

「双子⁉」

代官山は思わず聞き返した。勝俣はゆっくりとうなずいた。

「彼は囚人の中から双子を見つけると実験材料としてストックしておきました。双子の囚人には栄養のある食事を与えて、子供なら車に乗せて敷地内をドライブしたそうです。子供たちからはおじさんと慕われていたのに、その週末には子供たちを解剖台の上に載せて切り刻んでいたんですから信じられないですね。メンゲレは囚人たちから『死の天使』と呼ばれていました」

「人間じゃないですよ！」

声を上ずらせる代官山の隣で、マヤがうっとりした表情で聞き入っている。浜田は顔を青くしながらも、なんとか耳を傾けている様子だ。

「双子を使ってどんな実験をしたんですか」

その答えにはなんとなく予感めいた確信があったが、尋ねてみた。

「体の一部と血管や神経を縫い合わせてつなげたんですよ。二つの同じ臓器が一つの体で機能するかどうかの実験でしょう」

やはり思ったとおりだった。

マヤは小岩と武蔵境で見つかった死体の状態から、ヨーゼフ・メンゲレなるマッドサイエンティストに結びつけたのだ。そこでメンゲレ博士の人物像に詳しいルポライターに話を聞きに来たわけである。こういう発想は、捜査本部の連中には出てこない。

「その双子はどうなったんですか」

「縫い合わせた傷口から菌が入り込み膿汁が滲み出してきました。異物が体内に入ったため、当然拒否反応も起きます。それはもう言葉にできないほどに酷《むご》い状態だったといいます。苦しみもがく我が子を見るに忍びないと感じた両親が自分の手で絞め殺したこともあったそうです。信じられない話ですが、生還した囚人たちの多くが証言してますよ。もっとも、生き残った双子は三千人中たったの百八十人。私も彼らの何人かにインタビューをしてきましたが、今でも精神的ショックによる後遺症に苦しんでいるそうです」

痛ましそうに顔を歪める浜田の横で、マヤは「オズの魔法使い」の物語に聞き入る少女のように瞳を輝かせている。

それにしても生還したという双子たちも、本当の意味での地獄を見たのだろう。スナッフフィルムのようにカメラを通してではなく、おぞましい惨劇のリアルに直に触れたのだ。耳朶に直接響いてくる被験者たちの断末魔の叫び、血なまぐさい空気。とても想像できない。

「我々が担当している事件と同じです」

「私もニュースで事件のことを知ったとき、真っ先にメンゲレ博士を思い浮かべましたよ」

勝俣は博士の写真に語りかけるように言った。

「勝俣さんはメンゲレ博士の研究をライフワークにしているとおっしゃいましたね」

それまで黙って話を聞いていたマヤが口を挟んだ。勝俣は「いかにも」とうなずく。

「メンゲレ博士は研究データの記録を残しているのですか」

「彼はベルリンにあるカイザー・ヴィルヘルム協会人類学・優生学研究所にトラック二台分にも及ぶ研究記録を送っています。そこの所長であるオトマール・フォン・フェアシュアーは優生学の権威であり恩師でしたからね。それらは証拠隠滅のため後に焼却されたそうです」

「でも最近になって記録の一部が残されていたという話が出てますよね」

「ほぉ、よくご存じで」

勝俣はメガネを外すとレンズを拭《ふ》きながら言った。

「一年ほど前ですか。私もそのうちのいくつかを入手しています。ただ内容が内容ですから医学的価値はないに等しいです。ナチスの人種政策があまりにも人道から外れたものだっただけに、優生学は人権上、学者たちの間でもタブー視されていますからね。公的な制度として優生学を採用しているのは世界でもシンガポールくらいですよ」

「ナチスの行為を蛮行と決めつけた挙げ句、全否定するなんて、実に愚かしいヒステリーね。人道とか倫理に関して、普遍的な基準なんて存在しない。それは時代や地域、状況によって変わるものでしょ。戦争という危機的な状況下で最優先すべきは、国民の安全を守ることよ。そうするためにはあらゆる知見が必要になる。生体実験もそのひとつよ。そのおかげで医学や科学は大きく進歩したし、恩恵を受けた人たちも少なくないはずよ」

マヤは熱っぽく持論をくり広げた。

「お嬢さん、あんた若いのに面白い子だねぇ」

勝俣はメガネを目元に戻しながら、半ば感心した様子で彼女を見やった。

「ご、ごめんなさい。つい興奮してしまいました。実は私、昔からナチスが大好きで、その中でもメンゲレ博士の大ファンなんです」

マヤが顔を赤らめながら着席した。

「お嬢さんはいわゆる歴女《れきじょ》なんだね」

彼は苦笑しながら言った。三国志や新撰組に詳しい歴女なら知っているが、ナチスは聞いたことがない……ていうか、相変わらず歪みきったメンタリティの持ち主だ。

「姫様、こんな男性がタイプだったんですかぁ」

「バッチリ好みよ」

浜田がテーブルの上の写真を取り上げてじっと見つめた。

「そういえば……目と鼻の感じが代官山さんに似てません？」

写真を代官山に向けながら言った。

「そ、そうですかね」

あまり自覚がないので首を傾げる。

「いやあ、私も先ほどからそう思っていたんですよ。そっくりさんではないけど、目と鼻はたしかに似てますよね」

勝俣も浜田に同調した。

「えぇぇ？　似てますかね」

今一度、写真に向き合う。男性は澄ました顔でこちらを見つめている。

そう言われてみれば……たしかに似ているかもしれない。

「だから姫様は代官山さんに……はぁ」

マヤ命の浜田が、大きなため息をついてガックリと肩を落とす。バーバリーのトレンチコートが体からずり落ちた。

「浜田くん、男は顔じゃないわ。私が惚《ほ》れているのは博士の中身、ずばり彼の人間性よ」

何千人ものユダヤ人を切り刻んだ男の中身に惚れるって……いかにもマヤらしい。その男に顔立ちが似ていると言われると、彼がいかにイケメンであっても複雑な心境だ。

「それはともかく勝俣さん、データの資料はこちらにあるんですか」

「ええ。コピーですけど、入手するには相当に苦労しましたよ。発見者が社会的影響を懸念してか表に出したがらないんです。私も発表しないという約束で、知り合いの知り合いを通じてなんとか手に入れました」

「うわぁ、見たいですねぇ」

マヤは甘えるような表情と声を勝俣に向けた。

「お嬢さん、あんたきれいだから特別に見せてあげますよ」

そう言って勝俣は書棚からファイルを引っぱり出してきた。そこには手書きの解剖図やグラフや表などが記載されていた。ページをめくるとペン書きされた文章が続いていた。全部で十枚ほどの論文だ。全文ドイツ語だが勝俣は読み書きの素養があるらしい。

「神経や血管を吻合する際の、被験者の体温や血圧の調整方法について書かれています。この論文のデータを集めるにあたって五十五組の双子を犠牲にしてますよ。他にもいくつか論文がありますが、やはり博士は双子の結合にこだわっていたようですね」

勝俣はマヤの前でファイルをめくってみせた。そこにはさまざまなパターンの結合双生児がドイツ語による解説付きで図示されていた。彼女はショーウィンドウに飾られたアクセサリーを見つめるように、陶然たる表情をしている。

「この資料を誰かに見せましたか」

資料に見入っているマヤの代わりに代官山が尋ねた。

「東都大学医学部の本田《ほんだ》教授、東海遺伝子工学センター長の伊吹《いぶき》先生、あとは文明大学医学部の社家間《しゃけま》准教授ですね。今のところその三人だけです」

三人の名前をメモに取った。

「どんないきさつでお三方に見せることになったのですか」

今度はマヤが尋ねた。

「本田教授は高校時代の同級生で、一緒に飲んだとき資料の話をしたらぜひ見せてほしいと懇願されました。表には出さないという条件でコピーを回してもらったので気が引けたんですが、こちらも内緒でということで見せてやりました。そしたら本田を通じて二人から閲覧希望の要請が入りました。あいつ、内緒だと言ったのに酒が入っていたこともあって覚えてなかったんでしょう。伊吹先生も社家間先生も面識はありませんでしたが、それぞれその世界では高名な方たちだそうで、本田の立場も考えると無下《むげ》に断ることもできませんでした。こちらも内容は一切口外しない条件で閲覧を許可しました」

彼女は「なるほど」とうなずくとさらに質問をする。

「ところで勝俣さんは三月二日から三日と、三月七日から八日はどこでなにをしていましたか」

「アリバイの確認ですか。私も疑われているんですね」

勝俣は楽しげに言った。

「すみません。これも刑事の仕事なんで」

「二日から三日は取材で韓国に、七日から八日は実家のある福岡に帰ってました。親戚の葬式です。もちろん証明してくれる人はたくさんいますよ」

もちろん証言のウラは取るが、嘘はついていないように見える。

代官山たちは礼を言うとソファから立ち上がって出入り口に向かった。

「お嬢さん」

突然の勝俣の呼びかけにマヤは足を止めて振り返った。

「私もナチスの感情的な全否定には反対だよ。福祉や女性政策など見るべき点も少なくないですからね。第一次世界大戦敗戦で壊滅的だったドイツを驚異的に復興させたのもナチスです。実に優れた部分も多かった。我々も冷静になって、見直すべき点は見直すべきだと思うんだ。ただ、今回の犯人は捕まえてください」

彼の言葉にマヤはニッコリ微笑むと「もちろんです」とガッツポーズを取った。

今回のマヤはいつもと違う？

一九七九年三月十七日――諸鍛冶儀助

諸鍛冶は会議室の片隅で箕輪と黒井と顔を合わせた。

「城華町署刑事課の諸鍛冶儀助です」

「東京にもこんな空気の美味《おい》しいところがあったんですね」

あばた面の男性が窓の外を眺めながら言った。諸鍛冶は彼の名刺に目を落とした。黒井篤郎。階級は警部である。

「黒井さんはおいくつなんですか？　警部というわりに若く見えますが」

「二十三です」

ということは二歳も年下だ。なのに巡査である諸鍛冶よりも三階級も上である。ガマガエルを思わせる風貌だが、その炯々《けいけい》とした瞳にはキャリアらしい野心を感じさせた。

「東大を首席で卒業したエリートですよ。うちの連中は若様と呼んでます」

隣に立っている箕輪が口を挟んだ。その口調にはどことなく皮肉めいたニュアンスが感じられた。

「諸鍛冶さんはそう呼ばなくてもいいですよ。もちろん呼んでもらっても一向に構いませんが」

「い、いや、上司をニックネームで呼ぶなんてあり得ませんよ」

黒井は箕輪たちの揶揄《やゆ》を気にしていないようだ。箕輪たちも、配属された年下の上司の扱いを持てあましているのだろう。学校を出たての新米でも階級が上なら紛れもない上司である。日本の警察組織において上司の命令は絶対だ。

「それにしても、東大出のキャリアがどうして捜査一課になんかに配属されたんですか。気力体力勝負のここは他と比べてもかなり過酷ですよ。頭脳派のエリートさんが赴くような部署じゃないんですけどね」

箕輪が小馬鹿にするように言った。しかし黒井は涼しそうな顔をしている。

「僕が配属を要望したんです」

「将来の警察庁長官様がそりゃまたどうして？」

「警察官としていろいろと経験を積んでおきたいと思いましてね。あとは現場の仕事を実感しておきたかったんです。こういうのは若いうちにしかできないじゃないですか。上に立つ人間が現場の辛さを知らないでは、下の者たちはついてきませんからね」

「へいへい、なんともご立派なことです」

二人のやりとりにどう相づちを打っていいか分からず、諸鍛冶は直立したまま黙って聞いていた。エリート意識丸出しで鼻持ちならない黒井のことは、どうやら好きになれそうもない。こういうタイプは自分本位の理想を実現するために問題をややこしくする。頭でっかちで物事を理屈でしか考えていないのだ。ここ城華町署にもそういう上司が何人かいる。

しかしこの黒井篤郎。

頭脳明晰《めいせき》なようだが容姿には恵まれなかったようだ。結婚したらどんな顔の子供が生まれてくるのだろう。特に女の子であれば父親に似たらそれこそ悲劇だ。今からそんな心配をしてしまう。箕輪は箕輪で、黒井に対する疎ましさを隠そうともしない。これから先、この二人の板挟みになるのかと思うとうんざりする。

「とりあえず箕輪さんと一緒に仕事ができることを誇りに思います。遠慮なんていりません。僕のことをビシビシと厳しく鍛えてください」

黒井は殊勝な態度で頭を下げた。箕輪は鼻で笑いながらも「光栄ですな」と応えた。そう思っているようにはまるで見えない。もっとも黒井の腹の内も窺い知れない。内心はヒラの刑事たちのことを小馬鹿にしているのかもしれない。

「ところで先ほどから気になっていたんですが、あの電話はなんですか。ずっと音楽が鳴っていますけど」

黒井は部屋の出入り口に設置された黒電話を指さした。

「あれは有線放送電話です。主にうちみたいな農村や漁村なんかに設置されるみたいで、都心では珍しいかもしれませんね」

諸鍛冶の説明を聞きながら黒井は電話に近づいた。

「見たことがないですね」

「これはこれで町民には必需品なんですよ。行事予定や災害時の避難勧告といった町の重要な情報はすべて、この電話から伝えられますからね。呆《ぼ》けた老人や子供がいなくなれば、これで町民に情報提供を呼びかけます。もちろん電話ですから通話もできます。月額料金制なのでかけ放題なんですよ。もっとも、町内にしかつながりませんけどね」

「へえ、そんなのがあるんですね」

黒井は感心した様子で電話を眺めた。スピーカーからは、夏木時江殺害事件のあらましと不審者の目撃情報を募るアナウンスが流されていた。

＊

神谷邦夫は青びょうたんのような貧相な顔をうつむけると、貧乏揺すりをくり返しながら椅子《いす》に座っていた。小さなデスクを挟んで諸鍛冶が向き合っている。薄暗い小部屋の片隅にはもう一つデスクが置いてあり、そちらでは黒井が記録を取っていた。箕輪は諸鍛冶の背後で腕を組んだまま邦夫を観察している。

「お前、時江ちゃんに随分とつきまとっていたよなあ、ああん？」

諸鍛冶は立ち上がると邦夫の髪の毛を摑《つか》んで顔を上げさせた。彼は泣きそうな顔で見上げている。目の下には先ほど殴ったアザが浮かんでいた。

「時江ちゃんと例のカメラマンが仲良くしているところを、恨めしそうに見てたそうじゃないか」

農協主催のイベントで撮影に来ていた雑誌社のカメラマンのことである。実は諸鍛冶自身も小さな嫉妬心を抱いていたが、今は表に出さない。

「し、知らないよ、そんなこと」

「見たってヤツがいんだよっ！」

諸鍛冶は邦夫の膝小僧を強く蹴飛ばした。彼は椅子から転がって辛そうに顔を歪めながらうずくまった。それとなく靴を確認すると、現場に残されていた足痕のサイズとほぼ同じだった。ただ歩幅から類推されたように肥満体型ではない。もっとも足腰にケガを負っていればそのような歩き方になることも考えられる。

「お前は時江ちゃんにちぃっとも相手にされなかったもんなあ。彼女はお前がこれ以上近づいてこないようにしてほしいって俺に相談してたんだぜ。それで痛い目に遭わせたことも覚えているよな。愛憎相半ばするっていうだろ。強く愛しているということはそれだけ強く憎んでいることにもなる。時江ちゃんにぞっこんだったお前は、彼女にふられて殺したいほどに憎んだはずだ。違うか⁉」

「ち、違う！　僕は彼女を殺してない！」

邦夫は顔を上げて真っ直《まっす》ぐな眼差《まなざ》しを向けた。瞼《まぶた》は腫《は》れて白目が内出血している。

「嘘ついてんじゃゃねえぞ、ごらぁ！」

諸鍛冶はそのまま相手の顔を蹴り上げた。邦夫は体をのけぞらせながら再び床に転がった。鼻血で染まった顔面を押さえながら「ぐうっ」となり声を上げている。

「箕輪さん、止めなくていいんですか。そろそろやりすぎかなと思うんですけど」

黒井がノートから顔を上げながら言った。

「まあまあ、諸鍛冶さん」

箕輪が間に入った。事前に箕輪から、取り調べはいつもどおりでいいと言われていた。だからそのようにしたのだ。そこへ止めに入るのはいつもだったら服部の役だった。厳しく責め立てる刑事と優しく宥める刑事。典型的なやり方だが、こんな演出で完オチする容疑者も少なくない。箕輪とも暗黙の了解である。

「三日前の十四日の夜七時から八時の間、どこでなにをしていたかな？」

箕輪は穏やかな口調で邦夫に尋ねた。彼は小動物のようにオドオドした表情を向けながらも、

「家にいました」

と答えた。

「嘘つけっ！　この野郎」

「まあまあ」

諸鍛冶が怒鳴りつけると箕輪が取りなす。そして邦夫を椅子に座らせた。

「家でなにをしていたかね」

「テレビを見てました」

「それを証明できる人は？」

「……その日は両親とも商工会の旅行で一人で留守番でした」

「どんな番組を見ていた？」

「たしか……七時のニュースを見たあと、七時半から『クイズグランプリ』です」

「その番組は私も好きでよく見るよ。でもあれは十五分番組だよな。それから八時までなにをしていたんだい？」

箕輪はポケットから鼻紙の束を取り出すと邦夫に差し出した。彼はそれを受け取ると鼻血を拭《ぬぐ》った。

「そのあとは……テレビを消して雑誌を読んでました」

邦夫は諸鍛冶の方をちらりと見た。こちらが睨みつけると視線を逸《そ》らした。

「家からは出ていない？」

「一歩も出ていません」

邦夫ははっきりと答えた。箕輪はクイズグランプリで出題されたクイズや優勝者のことを尋ねた。それには淀みなく答えていた。

「これからテレビ局に問い合わせてきます」

メモを取った黒井が取調室を飛び出して行ったが五分ほどで戻ってきて、

「クイズの問題も優勝者も間違いありませんでした」

と報告した。

「クイズグランプリは人気番組です。その日見ていた人間はこの町にもたくさんいる。その人たちから話を聞くことだってできたはずですよ」

箕輪は黒井に言った。

「おい、他に証明できることはないのか！」

諸鍛冶は邦夫を怒鳴りつけた。

「証明しろったって、家にいたのは僕一人だし……」

そこで思い当たることがあった。

「居間に有線放送電話があんだろ。なにが放送されてた？　言ってみろ」

「有線……」

彼はなにかを思い出したように指を鳴らした。

「なんだ？」

「歌謡曲が流れてた。アイドルの村木浜沙耶《むらきはまさや》！　今流行《はや》っている歌だよ。あなたにファックがどうのこうの……」

「知ってます？」

諸鍛冶は箕輪に尋ねた。アイドルには疎い。彼も同じようで首を横に振った。

「もしかして『あなたに向かってファックユー』ですか」

黒井が言うと「それそれ！」と邦夫がうなずいた。

「七時の町内ニュースが終わったあとすぐだよ。他は全部演歌だった。僕はテレビを見ていたし、演歌は興味ないから曲名も歌手も知らないけど」

夜七時から始まる町内ニュースはだいたい十分ほどで終わり、そのあとは三十分まで音楽が流される。つまり村木浜沙耶の曲は一番目にかけられたということになる。時刻は七時十分前後だろう。

「放送を運営しているのは町役場でしたよね。すぐに確認を取ってきます」

再び黒井は部屋を出て行った。

それから五分後にまた彼は戻ってきた。

「電話で確認をとりました。間違いないです。十四日の七時十二分に『あなたに向かってファックユー』が流されてます。彼の言うとおり、他は全部演歌でした」

とりあえず午後七時十二分から四十五分までのアリバイは確認された。しかし死亡推定時刻は午後七時から八時である。邦夫は車の免許を取得していない。移動手段はもっぱら自転車だ。クイズグランプリが終わってからすぐに自転車に乗って現場に向かえば八時の犯行はギリギリ可能といったところか。自転車のタイヤを調べれば現場の土が付着しているかもしれない。

「自転車は家にあるのか」

「自転車はチェーンが切れちゃって修理に出しているんだよ。奥村のじいさんのとこ」

奥村自転車店は諸鍛冶も学生時代に何度か利用したことがある。年寄りが店主だった。

「いつから出してあるんだ」

「一週間前だよ。あそこのじいさん、仕事が遅いから困るんだよな。足がないとなにかと不便だよ」

つまり事件当日、邦夫の自転車は自宅になかったということだ。もっとも盗むなりして別の自転車を隠し持っていたことも考えられる。しかし現時点で邦夫を犯人と決めつけるのは、無理があるような気がしてきた。

彼に当たりをつけたのは諸鍛冶である。根拠は時江につきまとっていたということだけだ。箕輪は見込み違いといわんばかりに首を横に振っている。

「諸鍛冶さん、僕は本当にやってないんだよ。たしかに彼女のことは好きだったけど、いくらなんでも殺すなんてことはできないよ」

邦夫は立ち上がると泣きそうな顔で訴えた。今思えば、この男にあんな手の込んだ殺しを犯すような度胸もないだろう。指まで切断しているのだ。

「分かったから今日はもう帰れ。だけど忘れるなよ。お前のことはずっと見ているからな。逃げたりしても必ず見つけ出してやるからそのつもりでな」

彼は恨めしそうに諸鍛冶を見ると、なにも言わずに部屋を出て行った。

「君はいつもあんな取り調べをしているのか」

箕輪が薄笑いを浮かべて尋ねてきた。

「甘い顔していると舐められますからね。こういう田舎ではガツンとやるのが一番手っ取り早いんですよ」

諸鍛冶は握り拳《こぶし》を振り上げてみせた。

「基本的に同感だが、最近は人権がどうのこうのとうるさい連中が多いからな。気をつけた方がいいぞ」

彼は諸鍛冶の肩をポンと叩きながら、

「そうでしょう？　若」

と黒井にも声をかけた。

「迅速な解決を求めるのであれば鉄拳もやむを得ないと思います。そこらへんは平塚八兵衛《ひらつかはちべえ》さんが上手《うま》かったですよね」

平塚八兵衛は数々の難事件を解決に導いた立役者ともいえる伝説的な刑事だ。今はもう退職しているが諸鍛冶も知っている名前である。

「俺も吉展《よしのぶ》ちゃん誘拐殺人事件の際には平塚さんと一緒に仕事をさせてもらったよ。本当に素晴らしい刑事だった。俺も目標にしていたが定年まであと五年だ。とても追いつけそうにない」

　箕輪はしんみりと天井を見上げた。

「二十一年前のここでの事件も平塚さんが手がけていたら、もっと早くに解決できたかもしれませんね」

　黒井の言葉に、箕輪の顔がわずかに強ばった。

「たしかにそうかもしれない。それにしても事件のことをよく知ってますね。二十一年前といえば若はまだよちよち歩きの幼児だったはず」

　その話は箕輪の前でするなと服部から釘を刺されていた。聞くだけなら問題ないだろう。

「最近、父から聞きました」

「黒井権蔵《ごんぞう》さんですね。お父上はお元気ですか」

「ええ、某財団法人の顧問を引退してから釣り三昧《ざんまい》の生活ですよ。とはいえもう八十一歳ですから無理はしてほしくないんですけど」

　八十一歳で息子が二十三なら、黒井篤郎はかなり遅くに生まれた子供ということになる。

「そんなお歳になられたんですか。二十一年前、俺がここでの事件を担当してた当時の警視総監です」

　黒井権蔵という名前に聞きおぼえがあると思ったら歴代警視総監の一人だった。警視総監は日本の警察官の階級制度における最高位であり定員は一名、そして警視庁の長の役職名にもなっている。つまり警視庁で一番偉い人というわけだ。もっともその上には警察庁長官がいるわけだが、そのクラスになると諸鍛冶にとって別世界だ。若様こと黒井篤郎の野心もその地位に向いているはずである。現実的にはキャリア同士での苛烈《かれつ》な競争の中で勝ち残っていかなければならない。エリートの世界も楽ではないということだ。

それはともかく黒井篤郎はサラブレッドの警察官僚のようだ。

「あの事件は父にとっても忸怩《じくじ》たる思いがあったようです。それ以上に箕輪さんは心を痛めたと思いますが……」

黒井は瞳の変化を窺うように、箕輪の顔を覗き込みながら言った。

「ええ……だから今回の事件は俺にとってもリターンマッチです。この手で犯人《ホシ》を挙げたいですよ」

箕輪はネクタイを直しながら言った。

「箕輪さんは刑事として優秀だけどネクタイのセンスはいただけませんね」

黒井が苦笑を漏らしながら言った。

「そんなにセンスが悪いですか」

箕輪が首を傾げる。

「だって着替えを包んでいた風呂敷と同じ柄じゃないですか」

着替えなどの荷物は旅館に置いてあるようだ。黒井の言うとおりたしかに辛気くさいデザインのネクタイである。諸鍛冶も思わず笑いを漏らしてしまった。

「諸鍛冶さんまで……」

「い、いや、すみません」

それはともかく、二十一年前のここ城華町で起こった殺人事件……。

一体なにがあったのだろう。

しかし箕輪と黒井の会話はそこで中断されてしまった。堀課長が部屋の中に飛び込んできたのだ。強ばった顔はまたも血の気を失っている。

「殺しだ！　女の死体が見つかった！」

箕輪と黒井は話も聞き終わらないうちに部屋を飛び出して行った。そのあとを諸鍛冶が追う。田舎の安穏にどっぷりと浸かってきたせいか、百戦錬磨の本庁刑事たちよりどうしても反応が遅れてしまう。

「くそっ！」

諸鍛冶は自分の頬を両手ではたきながら廊下を駆け出した。

＊

渥美地区は大崎地区から西に一キロほど離れたところに位置する。こちらは田んぼを取り囲むようにしていくつかの民家が点在している。秋になれば実り豊かに垂れる稲穂の金色が辺り一面に広がるが、今は草に覆われている。それでも田植えの準備が始まっているようで、ところどころに取り除いた雑草を積んだ山ができていた。

諸鍛冶たち三人と鑑識課の二人は車を降りて畔道に足を踏み入れた。昨夜遅くに雨が降ったようで地面はぬかるんでいた。今日も空はどんよりとした雲に覆われていて、昼間なのに薄暗い。黒ずんだ雲は雑巾《ぞうきん》代わりに使われた綿を思わせて陰鬱な気分になる。

先に駆けつけた交番勤務の警官二人が現場の保全作業に入っている。野次馬も五人ほど集まっていた。

「僕と箕輪さんはあそこの旅館に泊まってるんです」

黒井が二百メートルほど離れた民家の一つを指さした。本庁から来た刑事たちはさすがに毎日自宅から通うことができないので、基本的に署の三階にある道場やいくつかの会議室に分かれて寝泊まりする。だが、さほど広いわけではないので全員を収容しきれないのだ。

「ああ、『旅館まや』ですね。十八年前からあそこにありますよ」

「十八年って……年数まで覚えているんですか」

「あそこは旅館主の娘が生まれた年にオープンしたんです。今月高校の卒業式だったから十八歳、つまりそういうことです」

「なるほど、そうだったんですか」

「屋号は一人娘の名前からとったんです。親バカですよねぇ。今となっては旅館の看板娘です。なかなかの別嬪《べっぴん》ですからね。あの旅館は工事現場の作業員たちがよく利用しているんですが、彼女目当ての若者たちが個人的に宿泊に来るって話ですよ。親父さんも気が気でないでしょうね」

娘の摩耶《まや》は次回のミス城華町の最有力候補といわれている。もっともあの親父は出場を許可しないだろうが。

「そっか……あの子、まやちゃんって名前なんだ」

黒井がぼそりとつぶやいた。

「黒井さん、気になるんですか」

箕輪が口元を歪めながら聞いた。

「そ、そんなことありませんよ。ただ、ちょっと可愛い子だなと思っただけです」

黒井は顔を俯《うつむ》けながら言った。普段はポーカーフェイスのくせに、案外こういうことは顔に出るタイプらしい。

「顔が真っ赤ですよ」

「そんなことより箕輪さん、今回は書類の荷物が多かったですね。束になって紐《ひも》で綴《と》じてあるのを見ましたよ」

黒井は慌てた様子で話題を変えた。

「未処理の書類ですよ。書類作成とか事務処理は苦手です。黒井さん、代わりにやってくれませんか。エリートなんだから書類はお手のもんでしょう」

「そういうわけにはいきませんよ」

書類に悩むのは所轄も本庁も変わらないようだ。諸鍛冶も苦手である。

「あのぉ、すみません」

現場に近づいたところで一人の女性が諸鍛冶たちの元へ駆け寄ってきた。諸鍛冶と同年代の女性だ。知らない顔なので、城華町出身者ではないのだろう。

「なにか?」

「私は城華町有線放送局の竹久保《たけくぼ》と申します」

竹久保は肩にかけた録音装置らしい器械とつないだマイクを持っていた。

「城華町署に捜査本部が立ったということで、刑事さんたちにお話を聞いています。町民の皆さんも不安で怯《おび》えているようです。どうかインタビューに応えていただけませんか」

そういえば今朝、署長や他の捜査員も彼女のインタビューを受けていた。マスコミとは違い、町内に限定された有線放送なので返答に窮するような質問をされたり言質《げんち》を取られたりすることはない。有線のインタビューには誠実に応えるよう上司にも指示されている。

「別にいいけど、捜査内容に関する話はできないよ」

箕輪が言うと竹久保は「もちろんです」と微笑んだ。それから三人はそれぞれ歩きながら彼女の取材に答えた。内容も、町民を安心させるメッセージや捜査に対する意気込み、心構えといった無難なものだった。

「若い女性の命を奪った卑劣な犯人逮捕のため、町民のみなさんもぜひ捜査に協力してください」

と黒井が締めくくったところで、現場にたどり着いた。竹久保は礼を言って去って行った。

「ご苦労さんです。本庁の黒井です」

黒井は警官たちのところまで駆けつけて敬礼をする。旅館の看板娘の話をはぐらかしたいようだ。

「ガイシャは？」

「雑草を積みあげた山の中に隠してありました。田おこしに来ていた増田《ますだ》ヨネさんが第一発見者です」

　腰の曲がった老女は相当にショックだったのだろう、野次馬の男女に支えられてなんとか立っている有様だ。雑草に紛れ込むようにして、女性の体温をまるで感じさせない、青白い体が見えた。近づくとハエの羽音が耳をかすめた。

　警官の一人が雑草の山を取り囲むようにしてビニールシートで覆う。これで野次馬たちの目に触れさせずに検分できる。鑑識の一人が慎重な手つきで雑草を取り払う。死体の輪郭が浮き上がるように見えてきた。体のあちらこちらで付着した蛆がウネウネと蠢《うごめ》いている。

「諸鍛冶さん、顔見知りの女性ですか？」

　と黒井。

「名前は知りません。ただ何度か見かけたことはあります」

　一万六千人ほどの町民のすべての名前と顔が一致しているわけではないが、その人物がよそ者かどうかの区別はつく。彼女は町民だ。高齢化の著しいこの町に妙齢の女性はそう多くない。城華町署に勤務する職員の誰かは顔見知りのはずだ。

　女性はうつ伏せの状態で寝かされていた。今回も下着姿である。両手は腰の後ろに回されて、足首とともにロープで固定されている。そして頸部……。

「同じですね……」

　黒井は、ここにいる全員が考えていることを口にした。夏木時江と同じように頸部に針金が食い込んでいる。結び目はペンチかなにかで何重にもねじられていた。口から舌尖《ぜっせん》を突き出したまま苦悶《くもん》の表情を浮かべている。

「あと、左手の中指です」

　こちらも夏木時江と同じく第二関節で切断されていた。傷口には蛆の群れが蠢いている。

「指の切断のことはマスコミに流してない。ということはやはり同一犯ですね」

　諸鍛冶が言うと二人はうなずいた。警察は捜査の進捗《しんちょく》状況を発表する際に一部の情報を記者たちに伏せることがある。虚偽の自首や模倣犯を見分けるためだ。今回はそれが指の切断だった。

「これはガイシャと犯人《ホシ》の足痕ですかね。くそ、また雨でグチャグチャだ」

　黒井が舌打ちをする。これでは前回同様、犯人の履いている靴を特定するのは不可能だろう。それだけでも大きな手がかりになり得るのだが。

「今回は雨に祟《たた》られているな。俺たち捜査員にとって雨は天敵だ。手がかりをきれいに洗い流してしまう」

　箕輪は恨めしそうに灰色の空を眺めた。

「ここらの地域はこの時期、雨がやたらと多いんですよ」

「どんよりした空模様が続くと、こちらも気が滅入ってしまうな」

城華町周囲の地域における三月の降水量は梅雨時とほぼ同じ、年によっては上回る。なので三月は傘が手放せない。

「それにしても黒井さんは熱心に観察しますね。あんなに死体に顔を近づけるなんてなかなかできませんよ」

「臭いでも嗅《か》いでいるのかな」

箕輪が鼻を鳴らした。黒井はまるで美術品や宝飾品を鑑定するかのように、何度も角度を変えながら死体をじっくりと観察している。あまりに熱心な様子なので声をかけるのが躊躇《ためら》われるほどだ。

「いつもああなんですか」

「ああ。さすがエリートさんだけあって観察力や洞察力は鋭いものを持ってる」

それから黒井は十五分ほどかけて観察を終えるとゆっくりと立ち上がった。

「どうですか？　なにか分かりましたか」

と箕輪が尋ねる。

「殺されたのは十二日の夜だと思われます」

「十二日？　夏木時江は十四日だから、その二日前ということですか」

「そういうことになりますね。蛆の大きさがだいたい四ミリに成長してます。三月のこの地域の気候を勘案すると、キンバエが死体に産卵してから五日と考えられます。あとは死斑や角膜など死体の状態を総合的に判断すれば、犯行時刻は十二日の夜ではないかと」

「ほぉ、なかなか勉強してますね」

話を聞いていた城華町署のベテラン鑑識が感心したように唇をすぼめている。

「さすがは東大出だ。蛆の発育期間まで頭に入っているなんてすごいですな」

箕輪も小さく口笛を鳴らした。

「それにしてもこの町は、駅前の繁華街はともかく街灯が少ないですね。この辺りは夜になれば真っ暗でしょう」

黒井が周囲を見渡しながら言った。たしかに、田んぼの周囲に外灯は見当たらない。民家のある方にいくつか認められる程度である。夜になれば町のほとんどが漆黒の闇に包まれることは諸鍛冶自身よく分かっている。このあたりを夜に出歩く際には、懐中電灯が必須だ。

「犯人もそれを狙っていたんでしょうね。大崎も渥美地区も夜になれば人通りがほとんどなくなるし、闇に身を潜めて獲物を襲うことができる」

と諸鍛冶が言うと、二人はうなずきながら同意した。

気がつくと周囲が騒がしくなっている。いつの間にか野次馬の数が十人以上に増えていた。ここから二十メートルほど離れた、舗装されていない道路からこちらを眺めている。畔道には入らないよう、もう一人の警官が入り口を塞《ふさ》いでいた。誰から聞きつけたのか野次馬の数が一人また一人と増えている。

「都心に比べれば随分マシですよ。マスコミの連中もすぐにやって来ますからね。彼らを押さえるにも一苦労です」

箕輪が野次馬を見ながら目を細めた。

「お客さーん！」

彼らの中から女性の声がした。こちらに向かって手を振っている。旅館の看板娘だ。

「お嬢さん！」

突然、黒井はすっくと立ち上がると彼女の方に駆け寄った。

「おいおい」

箕輪が苦笑しながら彼の背中に視線を追わせた。

「ありゃ、ぞっこんだなぁ。初日に彼女を見かけたとき、『一目惚れしました』って顔に書いてあったもんな。青春ってやつだよ。そういえば彼女の母親はどうしてるのかな。姿を見かけなかったけど」

「十年ほど前に病気で亡くなってます。だから摩耶ちゃんは小さい頃から旅館の手伝いをして父親を支えているんです」

「そうだったのか……それは辛いな」

箕輪が哀しげに言った。

「摩耶ちゃんには誠《まこと》という二つ上の兄貴がいるんですが、今は都心のホテルで修業中だそうです。いずれあの旅館を継ぐつもりなんでしょう。とにかく摩耶ちゃんは働き者で明るくて気立てのいい子ですよ」

黒井は摩耶となにやら会話をしている。メモを取っているから、話ついでに聞き込みをしているようだ。箕輪と諸鍛冶は二人に近づいた。

「箕輪さんに諸鍛冶さん。こんにちは」

摩耶とは顔見知りである。酔っ払った宿泊客がトラブルを起こしたときなど、諸鍛冶は旅館まやに何度か駆けつけたことがある。

「ここ最近、怪しい人物を見かけなかったかな。不審な宿泊客でもいいんだけど」

黒井が尋ねると彼女は首を横に振った。

「別に怪しい人もお客さんも見かけてないです。それはそうと、誰が殺されたんですか？この前の事件と犯人は一緒なんですか」

摩耶の瞳は好奇の光に満ちていた。田舎の若者は刺激に飢えている。滅多に起こらない殺人事件は彼らにとってちょっとしたイベントである。友人たちの間でもミス城華町殺人事件の話題で持ちきりらしい。

黒井は被害者が若い女性であることだけ伝えた。

「小学校では口裂け女の仕業だって噂になってるらしいですよ」

「ああ、今テレビや雑誌で話題になっているよね」

「デマだって分かっているけど……やっぱり怖いです」

「そのときは『ポマード！』と叫ぶんだ。そうすると逃げていくらしいよ」

黒井が苦笑いを浮かべながら言った。先日も小学生の男の子が口裂け女を見たと泣きながら署に飛び込んできた。漫画やテレビの影響だろう、城華町小学校の子供たちの多くが存在を信じているようだ。

「摩耶ちゃん、暗くなったら外を出歩かないように。こんな町ですら物騒な時代になっちゃったからね」

諸鍛冶も彼女に注意を促した。最近は変質者の出没情報も入ってくる。ましてや殺人者が徘徊《はいかい》しているかもしれないのだ。

「私になんかあったら諸鍛冶さんが助けに来てくれるよね」

摩耶は片目をつぶった。そんなことをされると本気で彼女の白馬の王子様になりたくなる。我ながら惚れっぽいなと心の中で苦笑した。

「ぼ、僕が行くよ。僕が必ず君を守ると約束する」

突然、黒井が真顔で白馬の王子様を宣言した。

鬱陶《うっとう》しいガマガエルだ。ニキビ面を一発殴りたくなる。

「あ、ありがとう……」

摩耶は一瞬戸惑った表情を浮かべたが、すぐに可愛らしい笑みを広げた。

＊

数時間後には被害者の身元が判明した。思ったとおり署員に被害者と顔見知りが何人かいた。

磯村京子《いそむらきょうこ》、二十五歳。自宅は現場から直線距離にして四百メートルほど離れている。住所は渥美地区に隣接する吉田地区だ。城華町小学校がある地区である。

城華町署の敷地内に設置されている霊安所には、京子の家族が身元確認に駆けつけていた。母親は顔の上に掛けられた白い布を取るとその場で泣き崩れた。父親も顔を涙で濡らしながら彼女を抱きかかえている。

「あれは十二日の夜のことです。娘と口喧嘩をしました。あの子が仕事を辞めたいと言い出したからです」

彼女は地元の高校を卒業後、町内にある電子部品の工場に勤めていた。しかし給与や人間関係に不満を持っていたらしい。

「私も主人も、せっかく就職できた職場なのに辞めるなんてとんでもないと言いました。こんな田舎では次の就職先が早々に見つかるはずもありません。それが間違いでした。こんなことになるんだったら、あの子の言うことをちゃんと聞いてやればよかった」

母親は大粒の涙を流しながら、娘の冷たくなった亡骸《なきがら》に顔を埋《うず》めた。

「娘はわしらと口論したあとすぐに家を飛び出していきました。こういうことは今までにも何度かあったので、さほど気にしていませんでした。都心に住んでいる友達の家を転々として一週間くらいすると帰ってきてましたから。だけど夏木さんのところの時江ちゃんのことがあったから、不安になって警察署に電話したんですが……」

父親は娘にすがりつく妻を涙目で眺めながら言った。

「磯村さん……犯人は俺たちが絶対に見つけ出します。必ずその報いを受けさせます」

諸鍛冶は口調を強めた。心からの言葉だった。

「刑事さん、犯人を捕まえたら私に会わせてくれ。頼むから会わせてくれんか」

父親は声を震わせて懇願した。

「それは……できません」

「会わせろと言ってんだ！」

いきなり彼は諸鍛冶に摑みかかってきた。近くに立っていた箕輪と黒井がすかさず外しにかかる。父親は手を離すとその場に膝を突いた。

「ちくしょう！」

咆哮《ほうこう》を上げると床を拳骨で何度も何度も叩きつける。そのうち拳が血で染まってきた。それでも彼は叩きつけるのを止めなかった。娘の味わった苦しみのほんの一部だけでも共有しようと思っているのだろうか。母親の泣き声がさらに大きくなって狭い室内に響きわたる。

諸鍛冶は彼らに声をかけることができなかった。

＊

その日の捜査本部は殺気立っていた。遠山一課長と新井管理官は雛壇から、捜査員たちを憤怒の形相で睨みつけていた。

夏木時江の死体が見つかって四日、磯村京子から二日経つのに、手がかりがまるでつかめない。捜査員たちの報告も通り一遍で進展を告げるものはなにもなかった。

「お前ら、いいかげんにしろっ!」

管理官は手に持ったファイルをデスクの上に叩きつけた。

「こんな小さな町で妙齢の女性が二人も殺されているんだ。さっさとホシを挙げないと世間は俺たちを無能呼ばわりするぞ!」

会場はシーンと静まりかえっている。捜査員たちは目を伏せて忸怩たる思いを嚙みしめたような顔をしている。それは諸鍛冶も同様だった。

そもそもこの事件は、基本的な手がかりが少なすぎるのだ。たとえば目撃証言。犯人につながりそうな不審人物情報がまるで出てこない。今回も夏木時江と同じくレイプの痕跡は認められなかった。両親もそこだけは救われた気分になっただろう。陵辱《りょうじょく》されての死など、女性にとってこの上ない悲劇だ。

今月は雨の日が多くて事件前後も雨降りだった。それによって現場が流されてしまったという不運もある。今回も足痕から靴を特定することができなかった。ただ靴のサイズは夏木時江の犯人と一致する。左右の歩幅と足痕の位置から、妊婦や肥満体ではないかという見解も同じだ。

監察医がはじき出した死亡推定時刻は、黒井の見立てとほぼ一致していた。十二日の夜七時から九時の間。つまり磯村京子は家を飛び出してから殺害されたということになる。自宅と現場の位置関係から彼女は城華町駅に向かう途中だったと考えられる。おそらく都心に住む友人宅に泊めてもらうつもりだったのだろう。

そして神谷精肉店の長男、神谷邦夫の犯行も今回は否定された。その日の夜は同級生たちと繁華街の居酒屋にいた。同級生たちはもちろん他の客たちも彼のアリバイを証言している。

険悪な雰囲気の中、今回もめぼしい報告のないまま捜査会議は散会した。席を立つ捜査員たちの表情には沈鬱な憔悴《しょうすい》の色が浮かんでいた。雛壇では一課長が頭を抱え込んでいた。

「髪の毛一本も落ちてないなんておかしいですよね」

諸鍛冶が疑問を口にすると黒井は思案顔になった。それについては会議でも議論された。坊主、ハゲ、または先天的無毛症患者の犯行ではないかという意見も出て、他の班の捜査員たちがリストアップすることになった。

「なにより他の娘たちも気になりますね」

昨日と今日になって町民から立て続けに二件の失踪届が出された。二件とも若い女性で、ここ数日前から行方が分からないという。最初は磯村京子の両親のように、ただの家出で近いうちに帰ってくるだろうと考えていたが、二つの事件のニュースを耳にした家族が血相を変えて届け出たというわけである。

城華町署はさっそく有線放送電話を使って、いなくなった二人の情報提供を町内に呼びかけた。

行方が分からない二人の捜索は他の班の者が担当している。知人友人に片っ端から当たっているようだが、今のところ手がかりはつかめていないようだ。有線放送の後も町民たちからの反応はない。堀課長はその報告を受けている最中、神に彼女たちの無事を祈るように手を組み合わせていた。捜査員たちの胸騒ぎがザワザワと聞こえるような気がする今日の会議だった。

彼らが抱いていた悪い予感はその日のうちに的中した。

三人目の被害者が今度は町の東側に位置する愛宕《あたご》地区の雑木林の中で見つかった。発見者は近くに住む老人で、散歩中に連れていた犬が雑木林に向かって激しく吠えるので入ってみたという。奥まで進むとハエの羽音とともになにかが腐ったような臭いが鼻腔を突いた。木々に囲まれるような形で女性が横たわっていたという。

一報を聞きつけた諸鍛冶たちもすぐに現場に駆けつけた。

今回も前の二件とまったく同じ状況だった。両手足をロープで固定された下着姿の若い女性、首を絞め上げている細い針金、そして切断された左手の中指。

「浜岡由美《はまおかゆみ》です」

諸鍛冶は地面に転がっている死体の顔を見て、それが誰なのかすぐに分かった。体の力が抜けてよろめいた。

「おっと大丈夫か？」

咄嗟《とっさ》に箕輪が支えてくれた。

「もしかして知り合いなのか？」

「ええ。同級生の妹です」

それを聞いた箕輪は痛ましそうに顔をしかめた。由美の見開いた瞳は白く濁って生気が宿っていなかった。諸鍛冶はこの瞳をたった五日間で三回も見た。人口一万六千の平和な田舎でたった五日間のうちに三人も殺された。それも若くて美しい女性ばかりである。

ましてや今回は同級生の妹で諸鍛冶もよく知っている女性だ。何度かグループで飲みに行ったこともある。

諸鍛冶はその場を離れて近くの茂みに駆け寄ると吐いた。喉が痙攣《けいれん》を起こしたように痛む。しばらく呻いていたら楽になった。口元を拭いながら現場に戻ると、箕輪と黒井が心配そうに見つめていた。

「大丈夫か？」

箕輪が声をかけてきたので諸鍛冶は指でＯＫを示した。

「二十一年前の事件の再来ですかね」

黒井が腕を組みながらつぶやいた。

「あれは解決済みの事件ですよ。関係ないでしょう」

「解決済みとは言えませんね。犯人の動機が不明のままですから」

黒井が反駁《はんばく》すると箕輪は口を尖らせた。

「諸鍛冶、ちょっといいか」

そのとき堀課長に呼ばれた。

「なんですか」

「署に浜岡由美の家族が来ているそうだ。姉はお前の同級生だろ。これから身元確認に立ち会ってくれんか」

「ええ、俺がですかぁ？」

「これは命令だ。しっかりと頼んだぞ」

堀は諸鍛冶の肩を叩くとそそくさと離れていった。

「ちくしょう……嫌な役回りだなぁ」

諸鍛冶は鉛を呑《の》んだように重くなった胃をさすりながらつぶやいた。

二〇一三年三月×日——代官山脩介

ルポライターの勝俣の話を聞いた三日後。

文京区にある大塚公園では、小さな子供を連れた母親の姿が多く見受けられた。ケヤキなどの大木に囲まれた広い自由広場には、ルネサンス庭園を思わせる石造りのテラス階段や、シャンパングラスの形をした大噴水の池が設《しつら》えられていて、実にモダンな雰囲気を漂わせている。歴史を感じさせる中に現代的なデザインを取り入れた公園だ。敷地の外には大塚病院に隣接して東京都監察医務院の建物が見える。都内で発見された変死体はここに運ばれて解剖され、死因が特定される。代官山も何度か足を運んでいたが、そのついでにこの公園にもよく立ち寄っていた。

「暖かくなりましたね」

代官山はベンチに腰掛けている女性に声をかけた。彼女は離れたところで駆け回っている子供たちを眺めながら「そうですね」と相づちを打った。二年前に離婚して現在はシングルマザーだと聞いていたが、高価そうなブランドの服やバッグを見るとかなり裕福な生活をしているようだ。実家が成城の開業医ということもあるのだろう。

今日は朝から快晴で気温も上がって外でも過ごしやすい。三月に入って徐々に気候が春に近づいていることが実感できる。

「お子さんたち、お元気そうですね」

代官山の視線の先には浜田と遊ぶ兄弟の姿があった。二人は来月小学二年生になるという。二人とも平均的な同年代の児童よりも小柄に見える。上着もズボンもお揃いだった。

「あと何年、こうやって一緒にいられるか分かりません」

女性は哀しそうな目で子供たちを見つめている。兄弟は浜田を鬼にして鬼ごっこをしていた。子供好きなのか浜田が一番楽しんでいるように見える。実に微笑ましい光景だ。マヤはそんな彼らを退屈そうに眺めていた。

「病院帰りですか」

代官山が尋ねると彼女、高須美智子《たかすみちこ》は「ええ」とうなずいた。二人の子供たちは週に二回ほどのペースで大塚病院に通っているという。

「大変ですね」

「あんな体に産んだのは私ですから。病院通いくらいなんでもありません。できることなら代わってあげたい。子供たちのためならどんなことだってします」

彼女は声を小さく震わせた。ここから眺めている分には子供たちの体に異常は認められない。

「ああ、面白かったね」

浜田が兄弟を連れて母親の元へ帰ってきた。

「お兄ちゃん、また今度遊ぼうよ！」

「お兄ちゃん、また今度遊んでよ！」

二人の兄弟の声が重なったが、まるで同じ声質なので一人が話しているように聞こえた。

そして二人の兄弟は顔立ちがまるで瓜二つだった。彼らは浜田の周りをグルグルと回りながら駆けっこをしている。

「飛車《ひしゃ》、角《かく》、止めなさい。お兄ちゃんは仕事中なのよ」

美智子は子供たちに注意した。彼らの名前は将棋の駒である。別れた夫、そして子供たちの父親が将棋好きだったということもあって、そのように名づけたという。そのうち一人が動きを止め、その場で胸を押さえてうずくまった。

「大丈夫？　飛車」

美智子はベンチから立ち上がると、すぐに少年に近づいて彼の背中をさすった。

代官山はさすが母親だと感心した。どちらがどちらなのか顔立ちからは兄弟の区別がつかない。顔立ちはもちろん、体のサイズや髪型や肌の色まで鏡に映したように一致している。二人を見分ける目印が見当たらない。

飛車は何度か深呼吸すると「大丈夫」と答えた。しかし目がほんのりと充血している。

「飛車は生まれつき心臓に障害があるんです。それでときどき発作を起こしてしまいます。心臓移植するしか助かる方法がないんですが、成功率は高くないと言われました」

「かわいそうに」

涙目の浜田が飛車の頭を撫でた。子供は胸を押さえながら彼を見上げている。自分が重い病気だとよく分かっていないのかもしれない。無邪気な表情に胸が締めつけられる。

「角の方は呼吸器系の障害を抱えています。現代医学では延命させるのが精一杯みたいで。病院の先生はそれでもあと二年保《も》てばいい方だろうと……」

母親は感情を抑え込むように声を押し殺して言った。

「すみません。辛い話をさせてしまって」

「刑事さんたちは私になにか聞きたいことがあるんでしょう？」

代官山たちは、二人の子供を連れて大塚病院から出てきた美智子に声をかけた。まずはリラックスしてもらうため浜田に子供たちの相手をしてもらい、世間話から入っていった。やがてそれは子供たちの障害の話へとつながっていった。

「小岩と武蔵境の事件をご存じですか？」

今まで黙っていたマヤが初めて口を開いた。美智子は目を白黒させる。

「え、ええ……ニュースで見ました」

「被害者はどちらも成人しているとはいえ双子ですからね。ご心配ですよね」

「そうですね……」

彼女の表情がわずかに強ばっているように見える。代官山は意識を集中して観察した。

「実は私たち、その事件を担当しておりまして、双子のいる家庭に変わったことがないか聞いて回っているんです」

「そうだったんですか。取り立てて変わったことなんてないですよ。むしろ二人の障害のことの方が心配です」

美智子は少し安堵したように頬を緩めた。

「そうですよね……。ところで先ほど、息子さんたちのためならどんなことだってするっておっしゃってましたけど、そういうものですか」

「刑事さんはまだお若そうだから子供はいらっしゃらないでしょう」

「ええ、いません」

「だったら分からないわね。母親になるっていうのはそういうことです。私もそうなる前はとても信じられなかったけど、今だったらどんなことでもできますよ。二人の病気を治せるのなら、この命を差し出すことだって厭《いと》わない。全世界を敵に回しても子供を守るわ」

美智子は力強い眼差しを真っ直ぐマヤに向けていた。

「きっとそうなんでしょうね」

マヤは相手の視線を冷えた目で受け止めながら言った。美智子の瞳がどす黒さを増したように見えた。

「今日はお騒がせしました。なにかありましたらすぐこちらに連絡をください」

この緊迫した空気がまったく読めていないのか、浜田はヘラヘラと愛想を振りまきながら、捜査本部への連絡先が記載された名刺を差し出した。美智子は引ったくるようにそれを受け取ると、まだ遊び足りないといった様子の子供たちを連れてそそくさと公園を出て行った。

＊

雨粒が激しくフロントガラスを叩く。代官山はワイパーを起動した。路面で跳ね返った雨粒がしぶきとなって前方の視界を白く煙らせている。遠くの方で雷鳴が聞こえた。

「代官様、見失わないでよ」

後部席のマヤが前方を指さしながら言った。

「大丈夫です」

助手席の浜田も目を細めて前を見つめている。

代官山は、二台前を走る紺色のアウディのステーションワゴンに神経を向けながらハンドルを握る。途中、渋滞に巻き込まれたが今は比較的スムーズに流れている。アウディの尾行を始めて三十分が経つ。アウディの運転手は職場を出てから世田谷通りを西に向かっている。やがて車は右折して路地に入っていった。しばらく進むと、四階建ての白い瀟洒《しょうしゃ》なビルに隣接した駐車場に入った。代官山も距離を置いて停車する。

「これから決行するつもりですかね」

代官山は前方を注視したまま後部席のマヤに声をかけた。しかし彼女はなにも答えず駐車場に注目している。

「出てきましたよ」

浜田が前のめりになる。茶色のジャケットを羽織った男性が駐車場から出てきた。男性は傘を差さずに、小走りでビルの裏口の扉から中に入っていく。白亜のビルの正面の看板には「成城外科クリニック」と洒脱《しゃだつ》な字体が刻まれていた。建物全体が病院となっていて、小規模ながら入院施設も完備しているようだ。今日は「臨時休診」のプレートがかかっている。

しばらく眺めていると同じ駐車場に真っ赤なプジョーが入った。今度は女性と子供二人が姿を見せた。彼らも同じように裏口から入っていった。

「役者が揃いましたね」

浜田が興奮気味に言った。

代官山はダッシュボードから双眼鏡を取り出してビルを覗いてみた。一階の窓から通路を通り過ぎる男女の姿が見えた。それを伝えるとマヤは、

「もうしばらく様子を見ましょう」

と言って背もたれに背中を預けた。代官山と浜田は交替しながら双眼鏡で監視を続けた。

それから三時間。

あたりはすっかり暗くなっている。代官山たちが乗っている車は、病院が見える場所にあるコインパーキングに駐めてある。一時間七百円。さすがは東京だけあって浜松の倍以上だ。

そのときだった。

代官山の視界に緑色がよぎった。

「動きがあります！」

視線の先に集中する。緑色は手術衣だった。先ほどの男性ともう一人の男性が手術衣姿で

通路奥の扉に消えていった。どうやらその先がオペ室のようだ。

「もう一人は年配の男性です。きっとここの院長でしょう」

「行くわよ！」

マヤが扉を開けて車外に出た。雨はいつの間にか止んでいる。エントランスがシャッターで閉ざされているので、代官山たちは裏口に回った。チャイムを押すとしばらくして女性の声がした。浜田が「話を聞きたい」と用件を伝えると、躊躇《ちゅうちょ》を思わせる沈黙があった。もう一度声をかけようとしたところで、鍵が外される音がして扉が動いた。チェーンが掛かっているので半開きだ。隙間から顔を覗かせたのは高須美智子だった。表情には警戒の色がありありと浮かんでいる。

「お話というのはなんでしょうか」

「話を聞きたいのは社家間正和《まさかず》さんの方です」

「彼とはすでに離婚しています。もう関係ありません」

美智子は毅然《きぜん》とした口調で否定した。この病院は彼女の父親が経営している。

「今はこちらにいらっしゃるんでしょう？」

「知りませんよ。今日は私と父親しかおりません」

「嘘をつくと互いのためになりませんよ。我々はここをずっと見張ってました。三時間ほど前に社家間さんが入っていくところも確認しています」

美智子は「ぐっ」と喉を鳴らした。

「中を確認させていただいていいですか」

「令状はあるんですか」

「それは……」

浜田が言葉を詰まらせた。

五日前、ルポライターの勝俣裕次郎に話を聞きに行ったあと、代官山たちはさっそく、三人の男性について調査した。勝俣との会話の中に登場した、東都大学医学部の本田教授、東海遺伝子工学センター長の伊吹、文明大学医学部の社家間准教授。いずれも外科や遺伝子工学のジャンルにおいて名の知れた医師である。その捜査過程においてマヤが目をつけたのが高須美智子だった。それで二日前に大塚公園で子供と過ごす彼女に声をかけたというわけだ。

代官山たち三人は捜査本部において別枠扱いである。本来、捜査は地取りや鑑取りなど役割がはっきりと決まっているのだが、例外的にマヤのチームは彼女独自の捜査が許されている。ここ数日は彼女に従って捜査を重ねて証言を集めた。

それらを元に、マヤはある推理をはじき出した。

今回、捜査本部では他に数人ほど容疑者の目星をつけている。代官山は毎日、捜査の進捗を報告しているが、上司たちは現時点ではマヤの推理を受け入れていない。根拠が乏しいし、そもそも荒唐無稽すぎるという判断だ。なのでガサ入れの令状は発行されていない。

「高須美智子さん、中でなにが行われているのか、我々は把握しています。そしてあなたや元ご主人がしてきたこともです」

浜田に代わって代官山が告げた。把握していると言ったが、現時点では憶測に過ぎない。しかし美智子は唇を震わせ、顔を青ざめさせた。

「人間として許されないことです！　こんなことをして、お子さんたちが幸せになれると思っているんですか！」

さらに畳みかけると彼女は代官山を睨みつけた。

「私は子供たちのためならなんでもすると言ったでしょう。鬼にだって悪魔にだってなれるわ！」

美智子は扉を開けようとしない。しかし彼女の反応から憶測が確信に近づいた。強い罪の意識を抱えているのだろう。彼女は虚勢を張っているように見える。そうでなければ平然とシラを切り通していただろう。扉にしがみつくようにして立っている。足がわずかに震えている。

「あなた、そのやり方で本当に上手くいくと思っているの？」

一連のやりとりを冷えた目で眺めていたマヤが口を開いた。美智子はさっと目を伏せた。

「まだ確実じゃないけど一か八かの賭けに出たといったところかしら。警察に目をつけられたと察知したあなたたちは決行に踏み切った。そうでしょ」

「だ、だからなんなのよ」

美智子は顔を上げてぎらついた瞳をマヤに向けた。

「お気の毒だけど、あなた方はその賭《か》けに負けることになるわ」

「意味が分からないわ」

マヤは一枚のA4用紙を取り出してヒラヒラさせた。

「ルポライターの勝俣さんを知っているでしょ。これは彼が昨日入手したメンゲレ博士の論文のコピーよ。彼がすでに入手していた論文の一部、つまりページが抜けていたわけね。勝俣さん曰《いわ》く、これがないと上手くいかないらしいわ。あなたの元ご主人はそのことをちゃんと把握してるのかしら」

美智子の顔色が変わった。

「お願い！　そのコピーをあの人に見せて！」

半開きになった扉の隙間から彼女の声がマヤにすがった。

「扉を開けてもらえれば差し上げるわ」

美智子は逡巡《しゅんじゅん》するように首を左右に振った。

「分かったわ。でもせめてあと三時間……すべてが終わるまで逮捕は待って。お願いします」

「もちろんよ。私も興味があるわ。現代のメンゲレ博士なんて最高だもの」

「はぁ？」

彼女は素《す》っ頓狂《とんきょう》な声を上げて両目をパチクリとさせた。

「できたら社家間さんの仕事に立ち会わせてほしいの。邪魔はしないから」

「ちょ、ちょっと黒井さん！」

代官山が詰め寄ろうとしたそのときだった。

突然、チェーンが外されて扉が開いた。扉の向こうから美智子の両腕がマヤに伸びてくる。すかさずマヤの手からコピーを引ったくると扉を勢いよく閉めた。と同時にマヤは浜田の体を突き飛ばす。

「うぎゃあああああ！」

浜田の叫び声が炸裂した。扉は最後まで閉まっていない。彼の左手の指が扉の間に挟まっている。

代官山はすぐに動いた。扉を力任せに引っぱると、ドアノブを握ったままの美智子が引きずられて外に飛び出してきた。彼女と泣き喚《わめ》いている浜田を無視して中に入る。令状はないがそんなことを気にしている時間はない。そのまま通路を進んだ。車の中から双眼鏡で覗いていた通路だ。突き当たりに「手術中」のランプがついたスライド式の扉が見えた。扉の脇にある開閉ボタンを押し込む。扉は静かにスライドした。中に踏み込むと緑色の手術衣の二人の男性が振り返った。ベッドには子供が二人横たわっている。高須飛車と角の兄弟だ。それぞれ口や鼻に管が通されて意識はない。

「社家間正和と高須宗介《そうすけ》だな？」

代官山は二人に近づきながら言った。壁も天井も手術衣と同じ緑色だった。天井には術野を照らし出す大きなライトが二つ設置されていた。

「なんなんだ、あんたらは」

代官山は彼らに向かって警察手帳を掲げた。

「警視庁捜査一課の代官山です。小岩と武蔵境の事件のことで話をお聞かせ願いたい」

と告げると、社家間はよろめいて手をベッドの上についた。宗介も呆然《ぼうぜん》としてこちらを見つめている。

「お父さん！　オペを中止して」

代官山を追いかけるようにして美智子が手術室に飛び込んできた。

「中止とはどういうことだ？」

宗介がマスクを外して言った。口元が娘とよく似ている。

「あの論文は不完全だったの」

娘は宗介に駆け寄ってコピーを渡した。

「なんだ、これは？　全然関係ないじゃないか」

父親の言葉に彼女は「え？」と目を見開く。

「まさかこんな単純な手に引っかかるとは思わなかったわ」

今度はマヤが室内に入ってきた。

「だ、騙《だま》したのね」

美智子が血相を変えてマヤに詰め寄る。マヤは涼しい顔で、

「それはドイツの古い医学文献をコピーしたものよ。双子の臓器の類似性に関する論文だけど、執筆者はもちろんメンゲレ博士じゃないわ」

と言った。

文献は浜田が母校の医学部の図書館から借りてきたものだ。さすがは最高学府だけあってそれらしい資料が揃っている。

そのときだった。

突然、人影がマヤの背後に回り込むと後ろから押さえ込んだ。

「動くな！」

高須宗介がマヤを引きずって背中を壁につけた。

「黒井さん！」

「動くとこの女を殺す」

宗介の手には手術用のメスが握られていた。彼はそれをマヤの喉元に突きつけている。

「よせ、院長！　そんなことをしても意味がないぞ」

代官山は両手を上げて声をかけた。

「刑事さん、聞いてくれ。これまでのことはすべて私と正和くんでやったことだ。娘は関係ない」

「お父さん……」

娘が辛そうな目で父親を見た。

「正和くん。すぐにオペを始めなさい。見てのとおり、私は手が離せない。一人でやるんだ。君ならできるだろ」

一瞬だけ社家間の方に顔を向けたのを見た代官山は、半歩だけマヤに近づいた。

「おっと！　動くと彼女の命はないぞ。どうせ老い先短い命だ。私はどうなってもいい」

宗介の鋭利な眼光は本気を物語っていた。娘はそんな父を哀しそうな目で見つめている。しかし止めるつもりはないようだ。

「分かったから、彼女を傷つけるのだけは止めてくれ」

代官山は足を止めた。マヤは社家間の方を見つめている。メスを突きつけられているのに恐怖が窺えない。社家間はオペの準備を始めている。彼は四十五歳、大学時代はラガーマンだったらしく、がっしりとした体格だ。

「さすが日本の警察は優秀だ。どうやってここまでたどり着いた？」

代官山はすかさずポケットに手を入れて中のＩＣレコーダーの電源を入れた。しかしすぐに、ポケットから手を出すよう宗介に命じられた。代官山は手を出すと、なにもしていないことをアピールした。

「大したことじゃない。勝俣さんがメンゲレ博士の研究論文を見せたという三人のドクターをそれぞれ調べた。社家間氏はここ数年でアルゼンチンやパラグアイ、ブラジルといった南米の国々を何度も訪れている。これらの南米の国はメンゲレ博士が終戦後、イスラエルの追跡を避けて転々とした地と一致する。もちろん社家間氏が一番多く訪れた国はドイツだった」

特に南米ではカンディド・ゴドイというブラジルの村に訪問している。この村で生まれる兄弟姉妹は、双子の確率が周辺の地域と比べても突出して高い状態が今でも続いているという。メンゲレは一九六〇年代にその村を訪れていて、なんらかの実験を施したのではないかと噂されているが、真偽のほどは定かでない。

「さらに社家間氏は離婚した妻との間に双子の子供がいた。そのことに注目した我々は元妻の美智子さんに接触した」

代官山はさらに続けた。そうやって反撃のチャンスを窺っているのだ。宗介の持つメスはマヤの首筋にめり込んだままだ。ひと掻《か》きで頸動脈を切断できるだろう。しかし彼女は気にとめず、社家間の動きを見つめている。

「あんたの双子の孫はそれぞれ心臓と呼吸器系に障害を抱えている。どちらも完治は見込めないし、このままでは余命いくばくもない。そこであんたらはヨーゼフ・メンゲレの研究に活路を見出そうとした。博士はアウシュビッツで一つの臓器を二人で共有する実験を双子で行っている。飛車くんと角くん、それぞれの健常な臓器を共有させれば二人とも生かせると考えたんだろう。社家間氏は海外を回って博士の文献に関する情報を集めた。しかしそれらは終戦間近にナチスの手によって破棄されていて入手できない。仕方がないからあんたらは双子を誘拐しては独自に双子を結合させる実験を行った。おそらくスタッフのいない休診日にこのオペ室を使ったんだろう。今のところ見つかっているのは二組だけだが他にもあるはずだ。しかしそんな実験がそうそう上手くいくはずがない。試行錯誤を繰り返したはずだ」

　ここ二年前から関東圏では双子の捜索願が多く出ている。おそらく実験を始めたのは二年前からと思われる。

「諦めかけていたところに、メンゲレ博士の研究論文の一部が見つかったという話を東都大学医学部の本田教授から聞いた。本田教授と社家間氏とは同窓で先輩後輩の関係だ。あんたらは教授を通じて論文を入手することができた。それが一年ほど前だ。それから論文のデータを元に実験することでなんとか実現の目処《めど》がついた」

　死体は切断縫合された状態でしばらく生きていたという報告を思い浮かべた。それがメンゲレ博士の研究成果の賜《たまもの》なのか。

「そこへ娘から警察の捜査が及んでいるかもしれないという報告を受けた。我々は彼女にカマをかけてそう仕向けたんだ。焦ったあんた方は『生体実験』もそこそこにオペを決行することにした」

　生体実験を強調すると親娘の表情が強ばった。しかし代官山の話を否定しようとしなかった。ただ娘もなんらかの形で関与しているはずである。父親を興奮させたくないのでそのことについては触れないでおいた。

「それにしてもトランクルームや雑居ビルに死体を廃棄したのが解せない。それまで死体は出てきてないのに、どうして最近になって手口が杜撰《ずさん》になったんだ？」

頭の中に引っかかっていた疑問を直接に問い質《ただ》してみた。

「外注先が手抜きをしたんじゃないの」

突然、マヤが口を挟んだ。メスを当てられているのに相変わらず怖《おそ》れる素振りも見せない。かといってやせ我慢をしているわけでもなさそうだ。

「外注？」

「高須宗介氏は以前医療ミスで患者と揉めたときに、吾妻《あずま》組の連中をさし向けているわ。彼らを使ったのよ」

吾妻組はこの界隈を取り仕切る暴力団である。

高須宗介が死体の後始末を彼らに委託した、ところが彼らの手抜きによって二組の死体が発見されてしまった——そういうわけか。

「すべては私と正和くんが仕組んだことだ。娘は一切関係ない。私は孫を救うことさえできれば、あとはどうなってもいい。正和くんも同じ考えだ」

離婚はしていても子供を思う気持ちは母親と変わらない。正和もまた父親の話を一切否定せず、黙々とオペの準備を続けている。二人が美智子をかばおうとするのも、子供たちを守るには母親の存在が不可欠だと考えているからだろう。そして彼女自身もそれを自覚しているようだった。

「とにかく考え直せ。人工的に結合双生児を作るなんて、そんな手術が上手くいくはずがないだろう。神を冒瀆《ぼうとく》する行為だ」

「神様が存在するのなら、どうして子供たちにこんな障害を負わせたのよ！」

美智子が顔を真っ赤にさせて喚いた。

「もう私たちには時間がない。このまま手をこまねいていれば、待っているのは死だけだ。だからやるしかないんだ。終わるまでそこでおとなしくしていろ。そうすればこの女を無事に返してやる。あとは私を死刑にでもすればいいだろう」

宗介はマヤを自分の方へさらに引き寄せた。これではとても手が出せない。子供たちへのオペは許すしかないのか……。

そのときだった。

室内でなにかが破裂したような音が響きわたった。

同時に宗介の手がマヤから離れた。

その瞬間、代官山の体は勝手に動いていた。一気に距離を詰めると拳骨を宗介の顔面に叩きつけていた。彼は壁に背中をバウンドさせるとその勢いで前のめりになって床に倒れた。

いつの間にかマヤは宗介から離れていた。

「お父さん！」

美智子が父親の元へ駆け寄る。

代官山は二人を無視して今度は社家間に向かった。

「オペを中止しろ！」

「悪いが断る。息子を救うにはこれしかないんだ」

「死の天使のやり方なんかで上手くいくはずないだろう。あんた方はそれをするために何人の命を奪ったんだ。悪いが続けさせるわけにはいかない」

代官山はジャケットで覆い隠していたホルスターから拳銃を抜くと社家間に向けた。しかし彼はまるで怯《ひる》まない。むしろ口元に笑みさえ浮かべている。子供のためなら死ぬことも怖れない、父親の顔になっていた。それがどんなに歪んだ精神であっても。

「撃ちたければ撃てばいい。私はなにがあっても息子たちを救う」

社家間は銃口から目を離すと作業を再開した。

代官山はそっと社家間の背後に立つと、拳銃のグリップを彼の後頭部に叩きつけた。

＊

一気呵成《いっきかせい》に事件は解決した。

代官山たちの連絡を受けて成城外科クリニックに捜査員たちが駆けつけた。

高須宗介と美智子、そして社家間正和はその場で逮捕され、麻酔によって意識を失っていた子供たちは保護されて別の病院に運ばれた。

「浜田さん、グッジョブでした」

署に戻ると代官山は浜田に向かって親指を立てた。彼もつい先ほどまで病院で手当を受けていた。高須美智子が裏口の扉を閉めようとしたときに挟んだ指の治療だ。もっともそうなったのは、マヤに突き飛ばされて閉まる扉の隙間に手を突いたからだが。

「いやあ、あのときは無我夢中で。姫様を救いたい一心でしたから」

彼は巻き毛の髪を掻きながら照れくさそうに言った。

「浜田さんがいなければどうにもなりませんでしたよ」

手術室内に響いた乾いた破裂音の正体は銃声だった。手術室の出入り口に潜んでいた浜田が宗介に向かって発砲したというわけだ。おかげでマヤも無傷で事なきを得た。これから容疑者たちの取り調べが始まる。手術室で交わした彼らとの会話の録音テープも提出してある。

「それで……大丈夫なんですか？　指の方は」

代官山は浜田の左手を見た。厚く巻かれた包帯で拳闘士みたいになっている。

「ええ、四本骨折してそのうち二本はちぎれる寸前だったんですけど、切断は免れました」

「そ、それはラッキーでしたね」

思えば重い鉄製の扉が勢いよく閉まっていた。あのときはすぐに中に飛び込んだので確認している余裕がなかった。

「指が三本しかない妖怪人間べムの気持ちが分かりましたよぉ」

浜田はヘラヘラと笑う。相変わらずタフにもほどがある。

その時、ヒールの音を立てながら左右に長い髪を揺らす女性のシルエットが、廊下の向こうから近づいてきた。

「あ、姫様だ」

浜田は嬉しそうに彼女の方を向いた。いつも仕事の足を引っぱっている彼だが、今回はマヤの命の恩人である。彼女も感謝の言葉の一つくらいかける……はずがなかった！

マヤは浜田と顔を合わせるといきなり魔のデコピンを食らわせた。次の瞬間には額がぱっくりと割れて傷口から鮮血が噴き出した。

「うぎゃあああああああ！」

浜田は断末魔を思わせる叫びを上げながら、ケガのない右手で額を押さえたが、指の隙間から血液があふれ出してくる。

「なんてことしてくれるのよ！　あなたが余計なことをするからオペが見られなかったじゃないの」

　そう言って今度はうずくまっている浜田の顔面を、手加減なしに蹴飛ばした。彼は床に転がると、涙と血がまじった瞳でマヤを見上げる。どうやら今回も縫合が必要なようだ。

「まあまあ、黒井さん。今回は事件も解決したことですし」

　代官山が宥めに入ると彼女は「ふん！」と腕を振り払う仕草をした。

「なにが事件解決よ。じゃあ、あの兄弟はどうなるの。あのままにしておいたってどうせ死んじゃうんでしょ。つなげちゃえばよかったのよ！　つなげちゃえば！」

「そ、それは……なんとも言えないですけど」

　はたしてあんなオペが上手くいくのだろうか。決行したということは社家間たちに多少なりとも勝算があったということなのだろうが、やはり信じられない。そもそも子供たちが結合双生児として生きていくことに意義があるのだろうか。かといってなんとか子供の死を食い止めたいという親心も理解できなくはない。難しい問題だ。

「現代のメンゲレ博士を牢屋に入れちゃうなんて、我々人類にとって損失以外のなにものでもないわ。日本の警察は正義をはき違えているのよ」

　マヤはブツブツ言いながら離れていった。自販機に向かっている。モリムラのカフェショコラを買い占めるつもりだろう。そんなこともあろうかと今朝は二本ほど確保しておいた。

代官山は浜田を立たせると医務室に送った。やはり五針ほど縫うことになり、トレードマークの包帯が額に巻かれた。これがないと浜田という気がしない。

「似合いますよ、浜田さん」

彼ははまんざらでもなさそうな顔で、

「姫様は僕の包帯姿に惚れているからあんなことをするんですかね」

と微笑んだ。

ポジティブにもほどがあるが、それがまた羨ましくもある……ような気がする。

「おい、代官様」

すぐ近くのトイレから出てきた渋谷係長が声をかけてきた。

「お疲れさまです」

代官山と浜田は上司に頭を下げた。渋谷は浜田の包帯に目を細めながら、

「お手柄だったな。高須たちは早くも自供を始めているぞ。お前たちの見立てどおり、他にも何組かの双子をモルモットにしていたそうだ。知り合いのヤクザに死体の後始末を依頼したらしい。マル暴の連中がそいつらを締め上げて死体の処分場所を吐かせるつもりだ。それはともかく優秀な部下を持って私も鼻が高いよ。一課長も管理官も喜んでおられたぞ」

と言った。

「お手柄といっても……結局、黒井さんの推理でした」

現場の状況からヨーゼフ・メンゲレに結びつけたことが犯人逮捕につながった。多少の僥《ぎょう》倖《こう》はたしかにあったが、斜め上の発想から真相につなげてしまうあたり、まさにマヤの真骨頂である。

「それでいいんだよ。君の仕事は姫から推理を引き出すことだ。それにしても今回はスムーズに運んだな。もう少し手こずることになるんじゃないかとヒヤヒヤしてたよ。あんまり長引くとマスコミの連中に叩かれるからな」

「今回の黒井さんは妙に素直に推理を開陳してましたね。いつもだったら知らんふりしてるのに」

そうすれば現代のメンゲレ博士の「作品」をもっと楽しめたはずだ。彼女が刑事になったのもそのためである。しかし渋谷はそれを決して口にしない。マヤを怒らせて僻地に飛ばされることを怖れているのだ。

「君との信頼関係が深まったということじゃないのか。これは結婚式も近いな」

渋谷が代官山の脇腹をくすぐってくる。

「だから、そんなんじゃないですって。協力的だったのにはちゃんと目的があるみたいですよ」

「目的？　なんだ、それは」

「三係の慰安旅行です。黒井さん、どうしても行きたいところがあるらしくて」

「どこだよ？」

「ここです」

ちょうど掲示板に東京都の地図が貼り付けてあったので場所を指し示した。

「こんな田舎になにがあるんだ？　少なくとも観光地じゃないよな。温泉が出るなんて聞いたことがないし」

「なにかのイベントがあるみたいなことを言ってましたよ。それを逃すと次は五十年以上も先になるとかならないとか」

「そうか……。まあ、とりあえず手配はお前に任せた。頼んだぞ、幹事さん」

「え？　行き先は決定ですか」

「姫がそこがいいって言ってるんだろ。だったらそうするしかないじゃないか」

渋谷は捜査員たちを取りまとめる仕事に関しては優秀な上司だと思うが、典型的な事なかれ主義である。もっともそんな人間こそが公務員の世界においては順調に出世していくわけだが。

「ああ、それと浜田」

渋谷に呼ばれた浜田は姿勢を正した。

「体と命は大切にしろよ。頼むから殉職なんてしないでくれよな」

「あ、ありがとうございます！」

浜田は離れていく渋谷に向かって敬礼をした。

「渋谷さんって部下思いですよねぇ。感動しちゃいましたよ」

浜田が彼の背中を見送りながらしみじみと言った。上司の皮肉にまるで気づかない浜田のポジティブさに、代官山はまたも羨ましさを覚えた。

一九七九年三月二十日——諸鍛冶儀助

目が覚めると、錨《いかり》が下りているのではないかと思うほどに体が重い。洗面台で顔を洗ってから自分の顔を映してみる。目の下にはうっすらと隈《くま》ができていた。顔つやも悪く髪もぱさついている。心なしか頰がこけて見える。

諸鍛冶は昨日、浜岡知美《ともみ》にはたかれた頰に手を当てた。彼女は霊安室に入るなり、諸鍛冶に詰め寄って言った。

「あんたたちがちゃんと仕事をしてないから妹がこんな目に遭ったのよ！」

彼女は整った眉をほぼ垂直につり上げると、「この税金泥棒！」と怒鳴りつけながら何度も何度も諸鍛冶の頰をはたいた。彼女の両親が止めに入るまで諸鍛冶は甘んじて彼女のビンタを受け続けた。そのあと家族はストレッチャーに寝かされた由美の死体にとりすがるようにして慟哭《どうこく》の声を上げた。諸鍛冶は息苦しさに耐えられず、逃げるように霊安室をあとにした。

昨夜は犯人に対する怒りと、ふがいない自分自身に対する失望と悔しさに悶《もだ》えてほとんど眠れなかった。ここ数日、体から疲れが抜けず澱《おり》のように蓄積している。食事も喉を通らない。

家を出て署に向かう間も、通り過ぎる町民たちから敵意めいた視線を感じた。彼らの「役立たずめ」という心の声が聞こえてくる。胃の辺りがキリキリと痛む。

今日も朝一番から捜査会議だ。三件目の発生とあって会場の雰囲気は張り詰めており、咳《せき》をするのも憚《はばか》られるような空気だった。監察医の見解によれば、死亡推定日時は捜査本部が立った三月十六日の夜、左手の中指は死後に切断されたらしい。他も前二件とほぼ同じである。幹部連中だけでなく、捜査員たちも険しい顔で報告を聞いていた。

「本庁に増員を要請した。本庁から九係、及び石松署と草上署から応援が駆けつける。大所帯になるから部屋が狭くなると思うが、各自さらに気を引き締めて捜査に当たってほしい」

係長が締めくくると、主任の号令によって散会した。

「箕輪さんはどうしたんですか」

諸鍛冶は捜査資料を眺めている黒井に尋ねた。会議の席に箕輪の姿が認められなかった。

「親族の不幸ということで帰宅されてます。といってもこんな状況ですからね、とんぼ返りで今夜には戻ってくるそうです」

「そうだったんですか」

刑事はいったん捜査に入ると冠婚葬祭にもなかなか顔を出せなくなる。本庁の刑事となると一年中捜査に忙殺されているから、なおさらだろう。

「黒井さん、聞きたいことがあるんですけど」

「なんですか」

黒井は捜査資料の表紙を閉じると諸鍛冶に向き直った。

「二十一年前の事件《ヤマ》ってどうなったんですか」

「諸鍛冶さん、地元の方なのにご存じないのですか？」

「ええ。上司もあまり話したがらないんですよ。今回のように若い女性が立て続けに殺されたことと、犯人《ホシ》が警察官だったということくらいしか知りません。図書館でも調べたことがあるんですけど、資料が見当たらないんです」

服部はその犯人に随分世話になった、そしてその話を箕輪にはするなと言っていた。

「犯人は城之内要蔵《じょうのうちようぞう》という定年間近の城華町署勤務の警察官でした」

「城之内……この町では聞かない名字だな。隣の芦原村《あしはら》に多いですよ」

芦原村は城華町署から四キロほどしか離れていない。自転車なら小一時間で行き来できる。

「女性の死体が発見されて捜査本部が立てられました。二十一年前といえば一九五八年、昭和三十三年です。東京タワーが完成したり巨人の長嶋茂雄選手がデビューした年になります。事件は三月だったというからちょうど今ぐらいの時期ですね。その事件を箕輪さんは、城之内と組んで担当していたそうです」

「相棒が犯人だったということですか⁉」

諸鍛冶が驚きの声を上げると、黒井が小さくうなずいた。しかしそれ以上のことは黒井もよく知らないという。捜査資料の多くが破棄されているらしい。

「モロ」

呼びかけに振り返ると、服部が立っていた。

「服部さんは当時の捜査に参加したんですよね」

「俺は漆町署勤務だったからあくまで応援だ。とはいえ自分の管轄の業務だってある。あんときは二つの所轄を自転車でえっちらおっちらと行き来しながら仕事していたんだ。大変だったぞ」

そのときから本庁勤務だった箕輪が送り込まれて捜査が始まったらしい。

「城之内要蔵をご存じなんですか」

黒井が尋ねると服部は苦虫を嚙み潰《つぶ》したような顔で首肯した。

「そろそろ話して下さいよ。誰かから口止めでもされているんですか？」

「そんなことあるわけないだろう。事件当時、今の俺と同じで次の年が定年だった。奥さんに先立たれて子供もいなかったから天涯孤独の身と言っていたよ。城華町署のヌシみたいな人で三十年以上勤務していたそうだ。俺も人手不足を補うため数ヶ月間だけ城華町署に臨時で配属されたことがあった。そんとき随分と世話になったんだよ」

女性の被害者は全部で四人。いずれも鎌のような刃物で喉を切られた状態で山林や田畑に捨てられていたという。

「昭和三十三年。高度経済成長期とはいえ、こんな田舎だ。戦前戦後の貧困が町中に色濃く残ってたよ。当時は今よりもずっと人口も建物も少なくて、夜は完全に闇に呑み込まれていた。犯人は俺たちをあざ笑うように犯行をくり返した」

「どうやって犯人の尻尾を押さえたんですか」

諸鍛冶が問いかけると、服部は大きく深呼吸をして口を開いた。

「箕輪さんが囮《おとり》作戦を立てたんだ。町の娘に夜道を歩かせて俺たちが張り込んだのさ。そんときおかしいと思ったんだよ。メンバーの中に城之内さんの姿がなかった。箕輪さんに尋ねたら『今に分かる』って言ったんだ」

服部は唇を舐めると話を続けた。

「あの日は雨だった。娘は傘を差しながらレインコート姿で夜道を歩いていた。俺たちは林の木に登って上から見張っていた。そうしたら……」

　諸鍛冶はゴクリと唾を飲み込んだ。

「彼女が俺たちの前を通りかかったとき、向かいの草むらの中から男の影が飛び出してきた。彼女を押し倒して馬乗りになると右手を振り上げたんだ。その手には鎌が握られていた。俺たちは木から飛び降りてすぐに駆け寄った。男は俺たちに気づいて鎌をこちらに放り投げると、彼女を放置したまま走り出した。こう見えても俺はマラソンの元国体選手でな。健脚だったんだ。俺は鵺山橋《ぬえやまばし》まで男を追いつめた。やつは橋を渡ろうとしたが、箕輪さんが橋向こうに先回りしていた。やつを挟んだ俺たちはジリジリと距離を詰めていった。その日の午前中は雨が強く降ったこともあって、川は濁流になっていた」

　城華町は川の上流に位置していて、雨が降ると川の流れが激しくなる。だから強い雨の日は子供が川に近づかないよう、有線放送電話で呼びかける。有線がなかった当時は消防団が半鐘を鳴らして警戒を呼びかけていたという。

「俺は懐中電灯を男の顔に向けた――」

「それが城之内というわけですね」

　諸鍛冶が先読みすると服部は辛そうな顔でゆっくりとうなずいた。

「信じられなかった。ここ城華町の治安を三十年以上も守ってきた、同僚や町民たちからも信頼される警察官だったんだ。あの人がまさかあんなひでぇことをするなんて思いも寄らなかった。心をえぐられたよ」

「城之内はどうなったんですか」

　気になって続きを急《せ》かした。

「橋の上には俺と箕輪さん、そして新米の巡査が一人。俺たちは拳銃を向けて間合いを詰めた。城之内さんは橋の欄干に背中をつけると観念したように両手を上げた。そんとき箕輪さんが言ったんだ。『すべてあんたの仕業だったのか』とな。俺も詳しくは知らなかったんだが、城華町では、それまでにも同じような殺しが散発していたらしい。城之内さんは『俺がやった』と薄笑いを浮かべていた。ショックを通り越して背筋が凍りついたな」

　服部の気持ちはよく分かる。もし信頼できる上司である彼が今回の一連の犯人だとしたら、諸鍛冶にとっても衝撃が大きい。まさかそんなことはないだろうが。

「俺は尋ねた。どうしてあんたなんだと。そしたら城之内さんはこう答えた。『俺はこの町を守ったんだ』と」

「守った？　なにをどう守ったって言うんですか」

「それは今でも分からない。だけどその直後だ。城之内さんは川に飛び込んだ。俺たちはすぐに欄干に駆け寄って下を覗き込んだ。懐中電灯を向けたが見えたのは激しい濁流だけだった。あんなのに呑み込まれたら、どう足掻《あが》いても助からん」

しかしその後の捜索にもかかわらず、城之内の死体はあがらなかった。生存説も囁《ささや》かれたが、姿を目撃したという情報も入ってこない。そもそもあの激しい濁流に投身して助かるとはとても思えない。人目に触れることなく海まで流されたのだろう。どちらにしても服部や箕輪たちにとっては、わだかまりが残る幕引きとなった。

「箕輪さんは犯人が城之内だと目星をつけていたんですよね。だから囮作戦のことを城之内に伝えず、むしろ泳がせていた」

「そういうことになりますね」

黒井の指摘に、服部が同意した。

「箕輪さんはどうして城之内が真犯人だと気づいたんでしょう」

諸鍛冶は聞いた。

「俺もその疑問を本人にぶつけたよ」

「そしたら？」

「被害者たちにある共通点を見つけたとさ」

「共通点？」

「冗談みたいな話さ。あれほどの事件だ、今でも被害者たちの名前は覚えている。一人目は水城《みずき》春美《はるみ》、二人目は木之下美貴《きのしたみき》、三人目は内山伸江《うちやまのぶえ》、四人目は石山要子《いしやまようこ》。全員、城華町で生まれ育った娘たちだ」

服部はメモ帳に被害者たちの名前を書き出した。諸鍛冶は四人の名前に見入った。

「共通点なんてありますかね。名字も名前もバラバラじゃないですか」

「モロ、よく見てみろ。殺される順番も意味があるぞ」

諸鍛冶は首を傾げながら唸った。

「なるほど。城之内は全部で五人を殺すつもりだったわけですね」

黒井の方は気づいたようだ。さすがは最高学府を出ているだけある。

なぜ五人で打ち止めなのか……。

「ヒントをやろう。囮の女性の名前は宇佐美蔵代《うさみくらよ》さんだ。箕輪さんが犯人の次の標的は彼女だと推理していた。四人の共通点を満たす名前を持つ女性は、当時の城華町で彼女しかいなかったからだ。だから囮になってもらうよう説得した。彼女は勇気ある女性だった。この町で起こる凶行を止められるならと協力してくれた」

服部はメモ帳に宇佐美蔵代の名前を追加した。

「宇佐美蔵代……蔵代……蔵！　そうか、そういうことか」

黒井から遅れること五分。諸鍛冶にも服部の謎々が解けた。

「それぞれに犯人の名前の一文字が含まれているんですね」

服部は指で丸を作ると片方の口角を上げた。

水「城」春子、木「之」下美貴、「内」山伸江、石山「要」子、そして宇佐美「蔵」代。それぞれの一文字を殺される順番通りに並べると「城之内要蔵」、犯人の名前となる。

「犯人は、そんなとんちみたいな手がかりを残していたわけですか」

「そういうことだ。当初は被害者たちの交友関係を当たっていたが、こんなとんちではたどり着けるはずがないわな。箕輪さんも箕輪さんで、よく気づいたもんだと感心したよ」

服部は肩をすくめた。

「いったいなんのための殺しなんですか。人を殺しておいてなにを守ったんですか」

「それが聞けず終《じま》いだったのが心残りだ。城之内さんは罪を償うことなくこの世からいなくなってしまったからな」

服部が城之内を今でも「さん」づけするのはかなりの恩義を感じているからだろう。

「さらにその以前にも殺しを重ねていたわけですよね」

「らしいな。それについては詳しい記録が残ってないから、俺も詳しくは知らない。古株の署員から聞いた話では、歴代の署長が不祥事を嫌がって事件のことが表に出ないよう働きかけたそうだ。署内でも事件の話は禁忌だったらしい。だから新聞や雑誌でも扱いが小さかった。昭和犯罪史に残るような連続殺人事件なのに、ほとんど語られることがないだろ。それはあまりにも情報が少なすぎるからだ。だけど今は昔のようにはいかん。人類が月に行くような時代だ。いくら署長や町長でも昔のように隠し通すことはできんだろう」

「どちらにしても、真相がさっぱり理解できませんよ」

諸鍛冶は投げやりに両手を虚空へ放った。

「黒井さーん！」

若い女性が入ってきて黒井を呼んだ。

「摩耶ちゃん」

彼は嬉しそうな顔で女性に駆け寄る。旅館まやの看板娘、池上《いけがみ》摩耶だ。

「はい。頼まれていたお弁当です」

彼女は新聞紙で包んだ弁当を差し出した。

「わざわざ届けてくれてありがとう」

「いえいえ。私の仕事ですから。うちのお父さん、ああ見えて料理がとても上手だから美味しいですよ。私も教えてもらいながら修業中です」

「今度、摩耶ちゃんの手料理を食べたいなあ」

黒井はとろけそうな声で言った。

このガマガエルが！

諸鍛冶は心の中で毒づいた。

「諸鍛冶さんもお仕事ご苦労さまです」

彼女はペコリと頭を下げる。

「夜は一人で外を出歩いては絶対にダメだよ」

「もちろんですよぉ。あんな怖い事件が続いているんだから一人でなんて歩けません。ただでさえうちの周りは夜になると暗いんだから」

たしかに彼女の地区は民家に面する道でも街灯が少ない。畔道に至っては漆黒の闇である。

「どうしても出かけなくちゃいけないときは刑事を頼りなさい。お客さんだからって遠慮はいらないよ」

「そうそう、遠慮はいらない。そのときは僕に言ってよ」

黒井が間に入って自身を指さす。そんな彼に殺意を覚えた。

「はい、ありがとうございます。なにかあるときはお願いしますね」

摩耶は人なつこい笑みで頭を下げると諸鍛冶から離れていった。

「相変わらずいい子だな、摩耶ちゃんは」

服部が彼女の背中を見つめながら言う。

「ええ。いい子ですね」

諸鍛冶と黒井の声が重なった。諸鍛冶が睨みつけると、黒井は不敵な眼差しで受け止めた。

＊

墨田地区に住む江崎正次郎《えざきまさじろう》は小柄な老人だった。顔の皺と区別がつかないほどに細い目をしている。真っ白になった髪は年齢のわりにはフサフサしていた。年齢を尋ねたら八十歳になったばかりだというが、見た目はもっと上に見える。

「最近物忘れがひどくてねぇ。もっとも、若いときも物覚えがよくなかったんだが」

老人は縁側に座って鶏が駆け回る殺風景な庭を眺めながら、緩慢な仕草で息子の嫁が淹《い》れてくれた茶を美味しそうに啜った。湯飲みを持つ手は枯れ木を思わせる。若いときはフリーの新聞記者だったという。

「江崎さんが二十一年前の連続女性殺人事件を取材されていたと耳にしまして、お話を伺いに参りました」

黒井が用件を切り出すと、江崎は顔の皺をさらに深くして鈍色《にびいろ》の空を眺めた。また雨が降ってきそうだ。

「あの事件だけは忘れようにも忘れられないね。もっとも私の取材は新聞の片隅の小さな記事にしかならなかったけどさ」

「町の有力者たちの圧力ですか」

　黒井が言うと江崎は大きくうなずいた。

「まあ、そういうことだ。町長も署長も町の恥を表沙汰《おもてざた》にしたくなかったんだろう。当時はホテルやゴルフ場といったレジャー施設の開発話が持ち上がっていたからな。もっとも、その計画は流れちゃったけどね。この町の人間は昔から町内の不祥事が外に漏れることをとても嫌がるんだ。そうなると、よそ者たちが首を突っ込んでくるからね。今はそこまででもないが、まだ城華村だった戦前はひどかった。よそ者が移り住んでくると村人たちは競って嫌がらせをしたもんだ。家に火をつけた者までおる」

「それはひどいですね。そういえば戦前にも似たような事件があったと聞いたんですが……」

「ちょっと待ってなさい」

　老人は立ち上がると奥の部屋に消えた。それから数分後、数冊のノートを持って戻ってきた。いずれも表紙は色褪せて中身は黄ばんでいる。相当に年季の入ったノートらしい。ノートは数えてみると全部で八冊あった。それぞれの表紙に年号が振ってある。

大正十四年、大正十五年、昭和二年、昭和四年、昭和七年、昭和十二年、昭和二十年、そして昭和三十三年だ。

「この年に村の若い女たちが殺された。地元で起こった事件だったから、私も記者魂に火がついたもんさ。もっともこんな田舎の事件だから本社はさほど関心を向けないし、村人たちにもさんざん脅されたから、大した記事にはならなかったけどね。それでも事件が起こるたびに私は現場に駆けつけた」

「これらの事件はすべて城之内の犯行だったんですか」

今度は諸鍛冶が質問した。

「いや、城之内要蔵の犯行は昭和十二年から三十三年だ。その前は榊原政治《さかきばらまさはる》という警官で城之内の先輩に当たる」

「その前も警官だったんですか⁉」

諸鍛冶と黒井が同時に驚きの声を上げた。

「だからなおさら表沙汰にしたくなかったんだよ。昔の有力者は今よりずっと力を持っていたから、多少の不祥事はもみ消せたもんだ。当時は村の外では話題にもならなかったな」

江崎はノートを開きながら当時のことを話し始めた。ノートには江崎が撮影した何枚かの写真が貼り付けられている。

榊原と城之内は城華村の派出所勤務だった。事件は大正十四年から昭和四年までに四回、それぞれ五人計二十名もの被害者が出た。被害者はいずれも村出身の若い女性で、絞殺されていた。大正十四年、大正十五年、昭和二年、そして昭和四年は事件当時、捜査員を投入したにもかかわらず、手がかりの乏しさから犯人を特定できず迷宮《おみや》入りの気配が濃厚だった。そして昭和七年にまたもや連続殺人事件が起こり、同じく迷宮入りになるかと思われたが、四人目が殺された現場で城之内は小さな金属片を拾う。それを見た瞬間、ピンと来るものがあった。

「これは義歯のバネだ！」

城之内の父親は歯科医師だった。父の職場で何度も義歯を目にしているので、すぐに分かったという。

そして数日前、彼はバネの欠けた義歯を目にしたばかりだ。場所は自分の勤務する交番である。よき先輩である榊原が昼食後、義歯を洗っているところを見るともなしに見た。その義歯のバネがひとつだけ欠けていた。そのとき、バネは他の部位にもあるから不自由しないのだろうとさほど気にしなかったが、城之内の視線に気づいた榊原は、慌てた様子で義歯を口の中に戻したという。

城之内はまさかあの榊原が、と信じられない思いで上司にそのことを伝えた。そこでバネを発見したことを本人には知らせず泳がせる方針となった。

そしてある日、単独で夜回りに出かけた榊原を、城之内を含む四人の警察官があとをつけた。

「そこで彼らが目にしたのは女性に襲いかかる榊原の姿だったというわけだ」

取材を記事にできず忸怩たる思いが強いのか江崎は熱っぽく語った。目の前に情景が浮かびその場の空気まで感じられるような迫真の語りだった。

「榊原は逮捕されたわけですね」

「それがそうはいかなかった」

城之内が声をかけると、女性に馬乗りになっていた榊原は驚いた様子で立ち上がった。そのすきに女性は逃げ出した。城之内は尊敬する先輩にどうしてこんな恐ろしいことをしたのか問い質した。榊原は皆の前で拳銃をこめかみに当てるとこう言った。

『俺はこの町を守ったんだ』

警官の一人が飛びかかろうとしたタイミングで彼は引き金を引いた。

「即死だったそうだ。とりあえず犯人死亡でこの事件は解決したかに思えた。しかし五年後の昭和十二年、再び城華村に悪夢がよみがえった」

榊原の遺志を引き継いだかのように、今度は城之内がおぞましい犯行を重ねるようになる。

それも二十一年前の昭和三十三年に幕が引かれた。

「守った……か。城之内も同じ言葉を残してる」

諸鍛冶は服部の話を思い浮かべた。榊原も城之内もあれほどの惨劇をくり広げておきながら、なにからなにをどう守ったというのか。いくら頭を捻ってもなにも思いつかなかった。

「犯人は二人とも地元に根ざした警官ですね」

黒井がじっと諸鍛冶を見て言った。

「ちょ、ちょっと待ってくださいよ。俺を疑っているんですか⁉」

「諸鍛冶さん、事件当日どこで誰と、なにをしていましたか？」

黒井は瞳を猜疑《さいぎ》の色に染めながら目を細めた。

「アリバイ……ていうか俺、署にいましたよね」

「さあ……。捜査員が多く出入りしてたし、どさくさに紛れて小一時間くらい姿をくらませても誰も気づきませんよね」

諸鍛冶は唾を飲み込んだ。彼の言うとおりだ。

「まさか、また警察官のしわざかい。署長も町長ももみ消しに大変だな」

江崎が呆れたような口調で言った。

「違いますって！　俺はやってません」

「まあまあ、いつの時代も犯人はそう言うもんだ」

老人はポンポンと諸鍛冶の肩を叩きながら諭すように言った。

黒井は思案気な顔で諸鍛冶を見つめていた。

＊

怖れていたことは次の日に起こった。

捜索願の出ていたもう一人の失踪者と思われる死体が入野地区で見つかったのだ。他の現場に比べると駅が近いこともあって民家が比較的集まっており、さらにすぐ近くを国道が通っている。夜とはいえ他の地区とは違って多少の交通量がある。現場のすぐ近くにはバス停もあった。

死体は入野公園内に設置された公衆便所で見つかった。発見者は工事を請け負う業者の人間だ。この公衆便所は老朽化のため改装される予定だった。

ここは一ヶ月前から閉鎖されていて、「立ち入り禁止」とプレートを掲げたフェンスが置いてある。もっともフェンスは移動できるので犯人は簡単に便所の中に入ることはできる。

死体は一番奥の個室の中に転がっていた。下着姿の被害者、針金による絞殺、左手中指の切断も他三件と同じだ。監察医の検死によって死亡日時は六日前の三月十五日と推定された。一人目の犠牲者である夏木時江が発見された日でもある。手口が同じことから、今回も同一犯による犯行とみられた。

「あいつ、死体を見るときはいつも嬉しそうな顔をしているなあ」

と箕輪が言った。彼は昨夜、最終電車で城華町に戻ってきていた。

黒井はいつものように瞳を輝かせながら死体に顔を近づけている。箕輪は楽しそうというが、どちらかといえばそれを悟られないように笑みを押し殺しているといった感じだ。黒井がいつまで経っても死体から離れようとしないので、鑑識課員が迷惑そうな顔を向けている。痺《しび》れを切らした箕輪は黒井に声をかけた。彼は名残惜しそうに死体から離れた。

被害者は沙村氷見子《さむらひみこ》。同じ入野地区に住む二十三歳、駅前に建つ町唯一の書店の従業員だ。諸鍛冶もその書店には定期購読している雑誌を購入するために、月一度くらいのペースで顔を出す。だから死体をひと目見て彼女だと分かった。

新たな死体が発見されてから、丸一日が経過していた。捜査会議は絶望的な空気が流れていた。

昨日発見された沙村氷見子はもちろん、これまでの三件に関してもこれといった進捗がみられない。現場からは足痕以外に犯人特定の手がかりになるようなものが見つからず、その足痕も毎回微妙に歩幅や角度が変わっていることから、犯人は捜査を攪乱するためわざと歩き方を変えている、もしくは複数犯ではないかと見られている。

雛壇の幹部連中からは部下たちを威圧するような表情が消えて、追いつめられたように青ざめた顔を引きつらせていた。怒鳴り声を上げて檄《げき》を飛ばすにしても、ヒステリックに喚いているようにしか見えない。

一週間ほどの間に町内に住む四人もの若い女性が犠牲になったのだ。ここにいる誰もがまさかここまでの事件になるとは夢にも思っていなかったはずだ。

怒り、失望、動揺、焦り……。

会議場では消極的で後ろ向きなため息ばかりしか聞こえない。

二十一年前の事件のことも話題にのぼったが、手口などの類似姓も乏しいため、模倣犯の可能性はとりあえず却下された。現時点ではそれを裏付けるような関連性も見当たらない。

会議が終わり部屋を出ると、廊下で池上摩耶に声をかけられた。手には新聞紙で包んだ弁当箱を二人分持っている。

「黒井さんのかい？」

仕事とはいえ、彼女に弁当を届けてもらえる黒井が羨ましく思えた。

「ええ。今日は箕輪さんからも頼まれてるの」

「二人なら会議場で係長と話しているけどすぐに出てくるはずだよ。それはそうと約束は守ってくれよ。夜は一人で出歩かないこと」

「分かってますって。それにしても今度は城華堂の人が殺されたんですってね。私、先週あのお店で会話したのよ。そのときはこの人が数日後にこの世からいなくなるなんて思いもしなかった」

城華堂は沙村氷見子が勤めていた書店の屋号だ。諸鍛冶も同じ気持ちである。

「まだ犯人は見つかってないんだ。町のみんなには本当に申し訳ないと思ってる」

「諸鍛冶さんが謝ることはないわ。みんな一生懸命やっているんだし。それはそうと、うちに食材を届けてくれる若い人が不思議なこと言ってた」

「不思議なこと？」

「ええ。三人目の死体が見つかった日に、『次に見つかる死体は十五日に殺されてる』って言ってたわ。それって当たってるの？」

「その人は、十五日に殺されてるって言ったのか⁉」

諸鍛冶は前のめりになって聞いた。摩耶は少し驚いた様子で後ずさった。

「ごめん。そいつは十五日って言ったのか？」

「ええ、間違いなく言ってたわ。それに『これは予言だ』とも」

次に見つかる死体とは沙村氷見子のことだろう。彼女の死亡は十五日と推定されている。また姿を消したのもその日だ。家を出た夜のうちに犯人の毒牙《どくが》にかかったと捜査本部はみている。

「摩耶ちゃん。そいつが誰なのか教えてくれ」

「玉川商店のお兄ちゃんよ。いつも野菜を届けてくれるの」

玉川商店は駅前の商店街に入っている八百屋である。店頭販売だけでなく町内にいくつかある旅館や民宿に食材を配送しているという。近隣にできたスーパーマーケットへの対抗策らしい。あそこの商店街の客の多くがスーパーに流れているという話だ。

「摩耶ちゃん、いいか。その男とは絶対に二人きりになるな。声をかけられたら挨拶だけにしておけ」

諸鍛冶は彼女の肩に手を置いて強い口調で言った。

「え、ええ……諸鍛冶さんがそう言うならそうするわ」

彼女は戸惑った顔でうなずいた。

「も、諸鍛冶さん……なにをしているんですか」

振り返ると、箕輪と一緒に黒井が立っていた。

彼は挑むような目つきで、諸鍛冶を睨みつけている。

「城華町の町民である摩耶ちゃんを守るのはやっぱり俺たち所轄の仕事ですよ」

諸鍛冶も受けて立った。

摩耶はポカンとした顔で二人を見つめていた。

＊

玉川商店の従業員仙道康道《せんどうやすみち》は、年齢は二十八歳、隣の漆町出身でバイクで城華町に通勤している。手足が長く華奢な体つきで、目が大きく逆三角形の顔立ちは、どことなくカマキリを思わせる。一度はそんなあだ名で呼ばれたことがあるに違いない。

「どうして漆町の人間が城華町にわざわざ通勤しているんだ？」

諸鍛冶はデスクを叩きながら言った。ここは城華町署の取調室である。あれから玉川商店に出向いて、昼休み中だった仙道を任意同行してきた。部屋の片隅では、前と同じように黒井が記録係をしている。箕輪は腕を組みながら仙道の背後に立って、座っている彼を見下ろしていた。

「別に理由なんてありませんよ」

「理由がないだと？　漆町は城華町より大きな町なのにおかしいじゃないか」

「そうですかね。漆町の町民が城華町で働いちゃいけないっていう法律でもあるんですか」

仙道は引きつった笑みを浮かべている。

「理由は分かってんだよ。お前は地元で女子高校生に乱暴しようとして捕まっているよな。だから人目を避けてわざわざここに通ってる。違うか？」

彼は舌打ちをするとふてくされた表情で黙り込んだ。男のことは事前に警視庁に問い合わせてある。

「今日はそのことでここに連れてきたわけじゃない。お前、予言したそうじゃないか」

「予言？　なんのことだよ」

仙道は首を小さく傾げた。

「ここ最近城華町で起こっている事件だよ。人づてに聞いたんだが『次に見つかる死体は十五日に殺されてる』と言ったそうだな」

もちろん摩耶の名前は出さない。

「ああ、そのことね」

彼はわずかに頬を緩めながらうなずいた。

「もしかして当たってた？」

諸鍛冶は答えない。まだ正式に発表していない。仙道は沈黙を肯定と受け取ったようだ。

「次もきっと当てられるよ。次があればだけど」

「ふざけんな！　お前が犯人なんだろ」

諸鍛冶は仙道の髪を引っぱって、顔をグイッと近づけた。

「離せよ！　俺がやるわけないだろ」

「じゃあ、どうして当てられるんだよ」

さらに引っぱると何本かの髪の毛が音を立てて抜けた。仙道は痛みに顔を歪める。

「有線だよ、有線！　事件の夜にファックユーが流れるんだよ」

「はぁ？」

諸鍛冶が手を離すと仙道は涙目になりながら頭を押さえた。諸鍛冶は手にからみついた髪の毛を虚空に払った。

有線放送電話では毎日、夜の七時から始まる町内ニュースのあとに七時半くらいまで音楽が流される。その曲はいつも町民からのリクエストを受けて選ばれる。彼の言う「ファックユー」とは、村木浜沙耶の歌うヒット歌謡曲「あなたに向かってファックユー」のことだ。

「あの時間帯、俺はいつも店の事務部屋で有線放送を聴きながら伝票整理をしてるんだ。レコードなんて高くてそうそう買えないからさ。楽しみにしている番組だし、リクエストをしたことも何度かあるんだ。ほら見ろよ、メモもとってある」

彼はポケットからメモ帳を取り出した。ページを開くとその日買ったものや食べたもの、見たテレビ番組などが細々と記録されている。几帳面な性格のようだ。その中に有線放送の項目もあった。

「三月十二日、十四日、十五日、十六日の夜七時台にその曲が流されているだろ。最初はヒット曲だから続くんだろうと思っていたけど、新聞の記事を読んでピンときた。そのうち三つが殺害された日と一致していることに気づいたというわけさ」

四件目は昨日発見されたばかりだ。仙道が摩耶に予言したのは三人目の死体が見つかった十九日である。一致していないのは十五日だけ。つまり四人目が殺されたのは十五日と推測できたわけだ。ちなみに十六日を最後に、その曲は一度も流されていないという。

「予言ってそれかよ！」

「痛えっ！」

諸鍛冶は仙道の頭を思いきり殴るとデスクを蹴飛ばした。

「てめえが犯人かとさんざん期待させといて、『ファックユー』だと？　ふざけんじゃねえぞ！」

立ち上がって彼の胸ぐらをつかみ上げた。

「な、なんなんだよ！　俺がなにか悪いことしたのかよぉ」

「こっちは忙しいんだよ。てめえの戯《ざ》れ言《ごと》なんぞにつき合ってる暇なんて一秒もねえんだよっ！」

一発殴ろうとしたところで、箕輪が止めに入った。諸鍛冶は仙道を突き飛ばして再びデスクを蹴飛ばした。この男が犯人、少なくともその手がかりになると踏んでいただけに失望は大きい。

「なに見てんだよ！　おら、出てけ！」

諸鍛冶が手で払うと、黒井に促されて仙道は取調室を出て行った。室内は箕輪と二人だけになった。

「こんな与太話、上に報告なんてできませんよ」

「まあ、笑いものになるだろうな」

彼は辛気臭いデザインのネクタイを緩めた。

それでも取り調べをしたのだから、一応は捜査会議で報告する必要がある。

「そうですよ。事件当日に有線で流れたなんて偶然にすぎないんですから。やっとまともな手がかりをつかめると思ったのに……くそっ！」

拳を壁に叩きつける。一課長や管理官の不機嫌そうな顔が目に浮かんだ。

「同級生の妹さんのことは気の毒だったと思ってる。だけどもう少し冷静になった方がいい」

　箕輪がそっと肩に手を置いて言った。諸鍛冶はその手を振り払う。

「ここは俺の生まれ育った地元です。こんな田舎じゃあ、町民の多くは身内みたいなもんです。その身内が殺されてるんだ。箕輪さんには俺の気持ちなんて分からんでしょうね」

　諸鍛冶は箕輪を睨みつけたが、彼は真っ直ぐな眼差しで受け止めている。

「たしかに君の気持ちを汲《く》んでやることはできないかもしれんが、犯人を憎む気持ちは捜査員共通だろう。それに冷静さを欠いたら犯人の思うつぼだ。見えるものすら見えなくなる。もし冷静になれないのなら捜査から外してもらえ。上には俺から言ってやるぞ」

　諸鍛冶は箕輪の前で深呼吸を三回した。

「すみません、もう大丈夫です。捜査は続けます」

　と心の中で取り乱したことを恥じた。彼の言うとおり捜査員たちは心の底から犯人を憎み、そいつを逮捕することに心を砕いている。寒い道場で寝泊まりしながら捜査に当たっている者たちもいるのだ。強い信念がなければできることではない。

「俺にとってもここは因縁のある土地なんだ。知ってるよな」

　箕輪が少し寂しげに言った。

「え、ええ……上司から聞きました」

「そうさ。俺たちは殺人の連鎖を断ち切らなきゃいかん」

「連鎖？　今回の事件は過去とつながっているってことですか。でも犯人は死んでますよね」

「たしかにそうだが、俺にはなにか見えない糸でつながっているように思える。いくら犯人を捕まえようともその糸を断ち切らなければ、今後も続いていくような気がするんだ」

そのうち仙道を送った黒井が戻ってきた。

「本人に聞いてみたんですが、事件の当日はアリバイがあるそうです。伝票整理していたときは他にも従業員が何人かいたそうで、彼らが証言してくれると言ってました」

それから諸鍛冶は黒井と一緒に玉川商店に出向いて従業員たちから話を聞いた。仙道の言ったとおり、その日は遅くまで店に残って仕事していたという。

その日の夜の捜査会議は増員された捜査員たちが到着したので一気に席が狭くなった。いかつい顔をした刑事たちが、肩をちぢめながら着席している。そして班分けも一部変更となった。諸鍛冶たちのトリオから箕輪が抜けて、黒井とのコンビになった。箕輪は服部とベテラン同士でコンビを組んで捜査に当たることとなった。なにより二十一年前に一緒に捜査をした因縁もある。この事件に対する思い入れは、他の捜査員たちよりも強いはずだ。本部もそれを見越して組ませたのかもしれない。

「箕輪さん、今度は二十一年前のようにはしない。犯人は死なせない。生きたまま捕らえます」

「そうしましょう」

二人は固い握手を交わしていた。そんな姿を一課長が頼もしそうに見つめていた。

＊

三月二十六日月曜日。

捜査員が増員されてから四日間、新たな死体は上がってこなかった。

この四日間、数名の容疑者が浮上したが、いずれもアリバイがあったり、証拠不充分だったりで、逮捕起訴までに至らなかった。

歌謡曲の件は、思ったとおり捜査会議で一蹴された。幹部だけでなく他の捜査員たちも諸鍛冶の報告に苦笑を漏らしていた。諸鍛冶は着席すると「ファックユー」と心の中で毒づいた。

一課長や管理官たち幹部の間には、犯人の可能性のありそうな者なら誰でもいいから挙げたいという焦りが見え隠れしている。テレビや新聞では警察の不手際を非難する論調に向いてきている。彼らを黙らせるためにもなんとか結果を出したいといったところだ。

諸鍛冶たち捜査員にとっては、マスコミよりも町民の反応の方がストレスだ。聞き込みをする際に税金泥棒だの役立たずだの面罵されることも多くなった。署に怒鳴り込んでくる町民も少なくない。そのたびに辛抱強く頭を下げて叱責を浴びなければならない。

諸鍛冶は凶悪犯罪の過酷さを思い知った。手柄を立てて一課に引き抜かれて華やかな都心で活躍したいという思いもすっかりしぼんでしまった。プレッシャーとストレスで神経をすり減らされる日常ではこの給料に見合わない。刺激は乏しくとも田舎でのんびり過ごせる方が幸せに思えてきた。

町民同士にも猜疑心が芽生えてきているようだ。「隣人が怪しい」「学校の担任が犯人だ」「城華町病院に勤務するかかりつけ医師がやった」など身内や知り合いを疑う情報もあがってくるが、すべてが思い込みや勘違いのたぐいであった。

昼過ぎ、箕輪と黒井に弁当を届けた帰りの摩耶と廊下ですれ違った。彼女は、

「私の父は疑われているの？」

と声を潜めて尋ねてきた。その瞳には強い不審の色が浮かんでいた。

「そんなはずないだろ。どうしてそんなことを言うんだよ」

と聞き返したら、複雑そうな顔で「今のは忘れて」と答えるや、逃げるようにして帰っていった。

もちろん警察が彼女の父親を容疑者としてマークしているということはない。それにしても自分の父親を疑うなんて、それだけこの事件は彼女の心を追いつめているのだろう。被害者は同世代の若い女性ばかりなのだ。

それからも聞き込みに回ったものの、犯人に結びつくめぼしい情報は得られなかった。

失意のまま署に戻ったが他の刑事たちはまだ出払っていて閑散としている。時計を見ると午後六時半を回るところだった。諸鍛冶たちは堀課長に報告するため刑事課室に向かった。堀はデスクに腰掛けて、窓の向こうの暗くなった町の風景を眺めていた。諸鍛冶が声をかけると憔悴しきったような顔を向けた。

「ああ、そうだ。お前にも一応聞いておく。犯行当夜、お前はどこで誰となにをしていた。たとえば夏木時江が殺された十四日の夜だ」

夏木時江の死体が発見されたのは次の日だ。

「十四日の夜は……ああ、交通課の田《た》宮《みや》と庶務課の香《か》川《がわ》と三人で飲んでましたよ。なんでそんなことを聞くんですか。まさか俺が疑われているんですか」

「別にそういうわけじゃない。他の捜査員たちにも確認してる。形式的なものだ。それで……交通課の田宮と庶務課の香川だな」

二人は諸鍛冶の同期でときどき飲む仲である。堀がメモを取った。これだけ切羽詰まってくると署員や捜査員たちにも疑惑の目が向くのだろう。堀は同じことを黒井にも聞いた。彼は素直に答えた。そして、

「雨が降ってきましたね」

と窓を指さした。雨粒が滴となってガラスの表面を蛇行しながら落ちている。そのうちボツボツと音を立てながら滴の数を増やし、やがては滝のようになっていった。

「最近の天気予報は当てにならないな」

堀は外に向かって吐き捨てるように言った。遠くの方で雷鳴が聞こえた。

「思えば事件はいずれも雨の日でしたね」

黒井が恨めしそうに窓を流れる雨水を眺めている。

「犯人は雨になにか思い入れがあるのかな。雨音を聞くと殺人衝動を抑えられなくなるとか」

と堀がつぶやくように言った。

この四日間はずっと晴天だった。雨の日の陰鬱が心の歪みを助長させるというのは考えられる話だが、足痕などの証拠を洗い流してくれることを見越して雨の日に犯行を重ねたのか

もしれない。どちらにしても憶測でしかない。

「今夜、起こるんじゃないだろうな」

三月のこの地方の雨は冬の余韻を残していて触れるとヒヤリと冷たい。

「黛《まゆずみ》のばあさんに占ってもらえばいいんじゃないですか」

「五点界のトネさんか。バカ言え。捜査にオカルトが通用するかよ」

冗談で言ったのに、堀は眉を曇らせた。

トネさんとは山深い森山地区に住む九十歳を超える老婆で、本名を黛トネという。

黛家は代々巫女《みこ》の家系で、古くから城華町（村）で占術や祈禱《きとう》で生計を立てている。

城華山には古来龍が棲みついているという言い伝えがあり、シャーマニズム（山岳信仰）が受け継がれてきた。トネは龍神の怒りを静めるため山に籠《こ》もっては日夜祈禱を捧げているという。

見た目は恐怖映画に出てきそうなやせこけた白い顔の老婆であるが、占いがよく当たるということで遠くから訪ねてくる顧客も少なくない。町民の中には熱心な信者がいて「五点界」なる団体を組織しているが、大昔に比べれば信者の数もかなり減ってしまったようで、数世代先には長らく続いた城華町シャーマニズムも消滅するだろうと言われている。人類が月に行くような時代だ。兎がいると信じられていた月も、殺風景以外の何ものでないと科学技術が証明してしまった。今さら城華山に龍神だなんて誰も信じない。信仰とはもともとファンタジーなものではあるが、ある程度のリアリティーがないと信じる方も信じにくいというのもあるのだろう。

「たしかに龍神様のお告げでは一課長も管理官も納得しませんよね」

「そうだよ。どうせトネさんは芝居がかった口調で『龍神様の祟りじゃあ！』とか喚くんだろ。あのばあさんはなにかが起こると決まって龍神様のお怒りだからな」

黒井は椅子に腰掛けて真剣な表情でメモ帳を見つめながら、なにやらつぶやいている。そっと近づいて聞き耳を立ててみると、四人の被害者の名前を音読しているようだ。

〈城華町の皆さん、一日お疲れさまでした。先ほどから強い雨が降ってきました。帰りがまだの人は気をつけるようにしてください。また子供と女性の皆さん、外出は控えるようにしましょう。農協よりお知らせがあります。松下地区と下沢地区の大根とほうれん草の収穫について……〉

部屋の出入り口付近に設置された有線放送電話から男性の声が聞こえてきた。時計を見ると七時を指している。雨音はさらに激しくなってきた。

「死体が出てこねえかな」

堀が窓に向かってぽつりと言った。

「堀さん、なんてこと言うんですか！」

諸鍛冶は尖った視線を堀に向けた。地元の町民に対してそれは……さすがに聞き捨てならない。

「ああ、すまん。もちろん本音じゃない。だけど現状では手がかりが少なすぎる。現実的には次の犯行からそれを探っていくしかないだろう」

「それはそうですけど！　あんたは城華町の出身じゃない。部外者だからそんな無責任なことが言えるんだ。不謹慎ですよ！」

「だから本音じゃないと言ってるだろ。箕輪さんも言ってたけどお前、もう少し冷静になった方がいいぞ。すぐにカアッとなるその性格はなんとかならんのか！」

堀が諸鍛冶の肩を突き飛ばす。しかし小柄な堀は逆に跳ね返された。

「俺は冷静ですよ！　この町は俺の故郷だ！　あんたに何が……」

「ちょっと静かにしてくださいっ！」

突然、黒井が口を指で塞ぐジェスチャーをした。諸鍛冶も咄嗟に口を閉じる。

「♪あなたに向かって立てるの　私の左のお兄ちゃん　ファックユー　ファックユー　気味がいいわ～」

頭に血が上っていて気づかなかったが、有線放送電話が音楽を流していた。町内放送はいつの間にか終わったらしい。時計の針は七時十二分を指していた。

「この歌が犯人からの殺人予告だって？　諸鍛冶、推理小説の読みすぎじゃないのか」

堀が蔑《さげす》むように言った。

「俺の推理じゃねえよ！　玉川商店の若いやつが証言したことをそのまま報告しただけだ。そんなもん、殺人予告と思うわけねえだろうが！」

「なんだ、上司に向かってその口のきき方は！　貴様、自分の立場が分かっているのか」

堀が胸ぐらを摑んできた。逆に諸鍛冶も摑んでやる。

「二人とも止めてください！　やっぱりこの歌は犯人の予告ですよ！」

「はぁ？」

黒井の言うことに二人は間抜けな声を返した。冷静になった堀が手を離したので諸鍛冶もそうする。有線電話からは村木浜沙耶のキュートな歌声が聞こえている。窓の外が一瞬眩《まぶ》しく光ると、直後にガラスがビリビリ震えるほどに雷鳴が轟《とどろ》いた。すぐ近くに落雷があったようだ。

「被害者は左手の中指を切断されていた。歌詞にもあるじゃないですか。『私の左のお兄ちゃん』って、左中指のことですよ！」

黒井が左手の中指をこちらに向かって立てた。

「ば、ばかな……そんなことがあるかよ」

諸鍛冶は信じられない思いで首を横に振った。

「それだけじゃない。被害者の名前を見てください」

黒井は開いたメモ帳を諸鍛冶と堀に向けた。そこには四人の被害者のフルネームが書き込まれていた。それぞれの名前の一文字を赤丸で囲んでいる。

「これは発見された順番ではなく死亡推定日時順、つまり殺された順番で並べてます」

磯村京子、夏木時江、沙村氷見子、浜岡由美。

「これがどうしたんだ」

堀がメモ帳を眺めながら尋ねた。諸鍛冶も黒井の言わんとすることが分からなかった。

「よく見てててください」

黒井はそれぞれの名前の一文字を赤丸で囲んでいった。

磯「村」京子、夏「木」時江、「浜」岡由美、「沙」村氷見子。

「むら、き、はま、さ……？」

堀はなおも首を捻るが諸鍛冶は手を打った。

「分かった！　歌手の名前ですね」

黒井は硬い表情で頷《うなず》いた。

諸鍛冶と堀は顔を見合わせた。再び轟く雷鳴がガラスだけでなく体をも震わせる。外を見ると雨の塊が窓に叩きつけられている。点在している民家の明かりが今にもかき消されそうなほどに滲んでいる。

「ああ、どうして今まで気づかなかったんだろう。僕のバカ！　バカ！　バカ！」

黒井は自分の頭に拳骨をぶつけると、部屋の中を落ち着かない様子でウロウロと動き回り出した。

「ぐ、偶然じゃないのか」

堀が声をかすらせた。しかしすぐに「こんな偶然があるわけないよな」と撤回した。諸鍛冶ももはやこれが偶然の一致とは思えない。

「常識にとらわれてあり得ないと決めつけたことが我々の敗因です。やはり犯人は二十一年前の事件を模倣してますよ。被害者たちになんらかのヒントを残している。その前もさらにその前の事件もきっとヒントを残していたはずです。警察がそれに気づかなかっただけなんだ」

いつも冷静だった黒井の顔が張り詰めている。

「堀課長、すぐに町民に警戒宣言を出すよう役場に要請してください！　こうしているうちにも犯人はターゲットに接触しているかもしれない！」

「わ、分かった」

堀は部屋を飛び出すと本部のある二階会議室に向かって駆け出した。

「村木浜沙耶だから『耶』がまだです。次のターゲットは名字か名前に『耶』がつく人で……」

そこではたと思い当たることがあった。『耶』のつく名前が知り合いにいる。

「黒井さんっ！」

名前を呼びかけたときにはすでに彼の姿がなかった。いつの間にか部屋を飛び出して行ったようだ。窓の外を見ると傘も差さずに署の出入り口から駆け出していく黒井の背中が見えた。彼は一目散に渥美地区に向かって走っていった。

町役場のサイレンと一緒に「なにがあっても外に出ないでください」と有線放送が流されたのはそれから間もなくのことだった。

窓の外では雷光と雷鳴が重なっていた。

諸鍛冶は自分の胸元のシャツを鷲摑《わしづか》みにした。

どす黒い不安が急速に濃度を増しながら胸の中で広がっていった。

二〇一三年三月十八日――代官山脩介

三係十人を乗せたマイクロバスが集合場所の東京駅を出発して、かれこれ三時間以上経っていた。それは渋谷係長がマイクを握っている時間とほぼ同じである。彼は通路の一番前で振り付けを交えながら熱唱している。東京をスタートしてから演歌やら歌謡曲やらアニメソングなど、三十曲以上も歌い踊っているのに、まだノリノリである。定年が近いオッサンのどこにあんな体力があるのだろう。バックミラーに映る運転手も眉をひそめている。

「♪あなたに向かって立てるの　私の左のお兄ちゃん　ファックユー　ファックユー　気味がいいわ〜」

曲が終わると刑事たちは心底うんざりした様子で拍手を送った。渋谷は新年会や忘年会や納涼会の二次会でもいつもそうだが、一度マイクを持つと未来永劫という勢いで放さない。自慢の歌声を延々と披露してくれるのだが、それがまるで音痴なところが、ドラえもんに出てくるジャイアンを思わせる。

二人席の隣に座っているマヤは、代官山の肩に頭を載せて気持ちよさそうに寝息を立てている。こんな騒音の中で眠ることができる彼女が羨ましい。

「それにしてもなんですか？　今の曲は」

「なんだ、代官様。村木浜沙耶を知らんのか」

「村木浜沙耶……聞いたことないですね」

メロディも歌詞も、どこかずれている気がする。

「俺がまだ新米刑事だったから三十年以上も前だな。そんときに流行った歌謡曲だよ。結構ヒットしたんだぜ。ファックユーってな」

席に座った状態で再び振り付けを始める。たしかに昭和の匂いがする。

「はいはい、分かりましたから」

三十年以上前ということは、代官山が生まれる前後だろうか。

「さて、次はなにを歌うかな。そうだ、ジュリーいきますか」

ジュリー？　トムとジェリーなら知ってるが……。村木浜沙耶といい、ジェネレーションギャップを感じる。

「まだ歌うんすかぁ。よく喉が保ちますね」

渋谷は代官山のため息を感嘆と解釈したようだ。誇らしげな笑みを浮かべた。

「今までのはウォーミングアップにすぎん。本番はこれからさ。今夜は俺のオンステージを見せてやるからな。代官様にはS席を用意してやる。幹事でいろいろ苦労をかけるからな」

「いや、S席なんて畏《おそ》れ多いですよ」

代官山は両手をヒラヒラ、首をフルフルと振った。耳栓を持ってくればよかったと後悔する。

「あ、姫も同席させてやるから。今回のヤマも彼女のおかげで解決できたからな」

「浜田さんに譲りますよ。手にあんな大ケガを負って犯人逮捕に貢献したんですから。浜田さんがいなかったらどうにもならなかったですよ」

その浜田は一番後ろの席で子供のようによだれを流しながら寝入っていた。頭と手に包帯を巻いている。自宅でゆっくり静養すべきなのに、マヤと一緒の旅行を心底楽しみにしていたらしい。「おやつは三百円までですよ」と冗談で言ったら、バスに乗り込む前にお菓子の入った包みを「全部で二百九十八円です」とレシートと一緒に見せて律儀に申告してきた。ただ「バナナはおやつに入らないですよね」と一房バッグに入れている。小学生か！

「あいつは無事でいてくれればそれでいい。せめて俺の在任期間中は生き長らえてほしいよ」

渋谷は妙に慈愛のこもった瞳を浜田に向けた。渋谷にとって浜田は出来の悪い息子みたいなものだろうか。たしかに健気すぎる姿勢が時に涙を誘うことがある……かもしれない。

「よし、次はジュリーの『勝手にしやがれ』を歌うぞ！　幹事、セットを頼む」

渋谷はカラオケの選曲リモコンを代官山に手渡した。

「お客さん、そろそろ到着するんですけど」

スピーカーを通して運転手の半ば抗議めいた声が告げた。長時間にわたって渋谷の歌を聴かされながら運転していたのだ。ご苦労なことである。

「なんだ、もう城華町に入ったのか」

渋谷と代官山は窓の外を眺めた。田畑が広がって民家が点々としている。バスは〈ようこそ水と緑の城華町へ〉と書かれた看板を通り過ぎた。

「水と緑か。つまりこの町にはなんにもありませんよってことだな」

渋谷の言うとおり、見えるのは山と田畑と点在する民家だけだった。舗装された歩道にたまに老人が歩いているくらいだ。前後の車と充分すぎる車間距離が取れる程度の交通量である。遠くの方に見える草原には牛の姿が見えた。

「これでも住所は東京都になるんですからね」

「まるで別世界だな。それにしても姫はどうしてこんなところを選んだのかな」

「なにかすごいイベントがあるみたいですけど……」

「祭りか」

「いえ……一応ネットで調べてみたんですけど、イベントなんて城華町農協祭くらいですよ」

「農協祭ってＪＡのあれか。姫の目的はそれなの？」

「さあ……どうなんですかね」

代官山は首を捻った。農協祭も城華町ＪＡのサイトで調べてみたがマヤの関心を引きそうなものは見つからなかった。むしろ「田舎もんのしみったれた祭典」と小馬鹿にしながら嘲《ちょう》笑《しょう》しそうな内容だ。また観光客を集めるような温泉街やレジャー施設があるわけでもない。山に囲まれているからトレッキングの拠点として立ち寄る程度だろう。

尋ねようにもマヤは代官山の肩で寝息を立てている。乳白色の頬がほんのりピンクに染まった寝顔が少女みたいで可愛らしい。とはいえキャラクターからして寝起きは不機嫌そうなので、起こすわけにはいかない。そんなことをしたら浜田の生命が危ない気がする。

「こんな町にまともな宿があるのか。ちんけなビジネスホテルなんてごめんだぞ」

「ちゃんとした旅館ですからご安心ください。それはそうと、その宿には黒井さんにとってちょっとしたサプライズがあるんですよ」

「姫にとってのサプライズ？　なんだそりゃ」

渋谷がマヤの寝顔を見つめながら言った。

「着いてからのお楽しみですよ」

「もったいぶんなよ、幹事」

そのときサイレンを鳴らした三台のパトカーが対向車線を通り過ぎていった。

「事件ですかね」

「こんな田舎で事件なんか起こるかよ。呆けたばあちゃんがいなくなったとか、ヤンキーのクソガキが事故ったとかじゃないのか。まあ、俺たちには関係のないことさ。旅行のときくらい仕事のことは忘れようぜ、なあ」

「そうですね」

代官山は渋谷と一緒に、離れて小さくなっていくパトカーに向かって敬礼を送った。こんな田舎の所轄はきっと暇なんだろうなと思う。凶悪事件の捜査に忙殺される毎日を送っていると、こんな田舎でのんびりとお巡りさんをするのも悪くないなと思う。

都心を離れるといつも感じることがある。それは空が広いということだ。都会のビル群は人々の視野と心を狭めている。そんな風景が人々に殺意をもたらしているのではないか。

そんなことを考えているうちに三係を乗せたバスは宿泊先の駐車場に到着した。

「黒井さん、宿に着きましたよ」

代官山は肩に頭を載せたマヤに向かってそっと声をかけた。彼女はゆっくりと長い睫毛《まつげ》の瞼を開けると、ぼんやりとした瞳で辺りを見回した。口を手で覆いながら欠伸《あくび》をして背を伸ばす。

幹事の代官山を先頭に、三係の刑事たちがバスを降りる。そこには旅館の主人と思われる男性と三名の女性従業員が立っていた。

「長旅お疲れさまです。皆さんの到着をお待ちしておりました」

背中に旅館のロゴが入った法被《はっぴ》を羽織った男性は、柔和な笑みを浮かべながら丁寧にお辞儀をした。

「警視庁の代官山です。私が一行の幹事をしております」

「当旅館の館主をしております、池上と申します」

受け取った名刺には池上誠と印字されていた。身長は低めだががっしりとした体格である。年齢は五十代半ばといったところか。髪の一部が白くなっている。彼は紅一点の客であるマヤの荷物を持った。

建物は瓦屋根の重厚な木造建築だ。柱の表面の光沢からしてそれほど年季が入っていないように思える。

「当館は五年ほど前に改装しております。老朽化もそうですが、設備の面でもいろいろと不便がありましたので」

代官山が柱を指でこすっていると池上が説明を加えた。

「この旅館はいつから?」

「先代、つまり私の亡くなった父親が開業したのが今から五十二年前です。私はそのとき二歳でした。オープンの日のことはうっすらですが記憶にあります。それが私の最も古い記憶になりますかね」

「五十二年ですか。歴史ある旅館なんですね」

池上は「単に古いだけですよ」と照れくさそうに頭を搔いた。

「なるほど。姫にサプライズってあれのことか」

渋谷が建物の屋根を指さした。一同の注目が旅館の看板に集まる。一枚板を彫りだしたもので、旅館名が毛筆体で浮き上がっている。

「ちょっとご主人。私の名前を勝手に使わないでよ」

「おや、お客さんも『まや』さんですか。これはこれは奇遇ですね」

マヤは愉快そうに笑った。

「ご主人、旅館名の由来はなんですか」

横から渋谷が尋ねると、池上は看板を見上げながら眩しそうに目を細めた。

「私の妹の名前です。この旅館がオープンしたのは妹が生まれた年だったんですよ。だから父が娘の名前をそのまま旅館名にしたというわけです」

城華町にいくつか存在する宿の中から代官山がこの旅館を選んだきっかけは、名前に引かれたからだ。

「旅館名が姫様のファーストネームなんて、僕は気に入っちゃいましたよぉ。なんか日本の旅館って感じで素敵じゃないですか」

浜田が緊張感のない口調でヘラヘラと笑う。館主は「ありがとうございます」と浜田の額の包帯を心配そうに見つめながら頭を下げた。浜田の言うとおり、旅館まやは見た目は新しいが造りそのものは古風である。これから年月が経てば柱や瓦がほどよく色褪せて風格が出てくるのだろう。

「それはそうと、先ほどパトカーが通り過ぎていったんですが、なにかあったんですかね」

渋谷が尋ねると池上は表情を曇らせた。

「事件みたいですよ。私も詳しくは知らないんですけどね。なんでも女性が殺されたとか……」

「殺しですか⁉　こんな田舎で」

三係の面々が一瞬だけ刑事の顔に戻った。隣に立つマヤが「キター！」とつぶやいたが、他の者たちには聞こえなかったようだ。

「そんなこと何十年もなかったんですけどね」

館主は大して寒くもないのに手をさすっている。

「つまり何十年前はあったということね」

突然、マヤが口を挟んだ。殺しと聞いてすぐに食いつく。代官山は肘《ひじ》で彼女の腕をつついた。

「そりゃあ、こんな田舎とはいえ、長い歴史の中で事件の一つや二つは起こるでしょう。都心では毎日のようにこういうことが起こっているとは思いますが。警視庁の皆さんもきっとご苦労が多いことでしょうね。それはともかく皆さんはやはり城華山のトレッキングですか。まだちょっと朝夕は冷えますけど」

池上はすぐ近くに聳《そび》える山を指さした。

「代官様、山登りなんてするつもりじゃないでしょうね。私はやんないわよ。虫とか嫌いだし」

マヤは心底嫌そうに顔をしかめた。

「なに言ってるんですか。今回の旅行は黒井さんの希望に沿ったんですよ。なにかイベントがあるようなこと言ってましたよね」

「そうなの。今回は実にナイスタイミングよ。これも日頃の行いの賜だわ」

今度は顔を輝かせる。なにがナイスタイミングなのか見当もつかないが、経験上、この表情を見せるときは、大抵ろくなことにならない。

＊

玄関をくぐるとニスの香りがした。五年前に改装したというだけあって、広めの玄関口から望める階段や廊下は光沢を放っている。まだオフシーズンということもあって他に宿泊客はいないという。なので大浴場も三係で占有できる。マヤに至っては女性一人だ。もっとも観光資源が乏しい町だけあって、宿泊客の多くは近隣の工事現場の労働者だという。代官山が代表して宿帳を記帳する。その間に池上と従業員たちは三係の客を部屋に案内していった。玄関には代官山一人だけが取り残された。

カウンター近くの掲示板には城華町の地図が貼りつけてあった。それによると町は十三の地区に分けられている。この旅館は渥美地区になるという。繁華街のある城華町駅はここから歩いて二十分ほどの距離になる。すぐそばの県道を駅行きのバスが走っていてバス停までは徒歩三分ほどかかるとある。もっともバスも数時間に一本なので歩いた方が早いかもしれない。

カウンターの上のパンフレットケースには、城華町繁華街や商店街のパンフレットが束になって収まっていた。そのうちのひとつに旅館まやのパンフレットもある。代官山は一部引き抜くと広げてみた。客室や料理、そして館主や従業員の顔写真が掲載されている。それとは別にもう一つ色褪せた感じの顔写真がページの片隅に載っている。若い女性の写真で彼女は和やかな笑みを向けていた。髪型やメイクの感じから古さを感じるが、従業員紹介のページではないのでスタッフではないだろう。最初は女性宿泊客かなと考えたが、はたと思い当たることがあった。

「いらっしゃいませ」

トントンとリズムよく足音を立てて階段から降りてきた若い女性が代官山に声をかけた。館主と同じ法被を羽織っているが、下はデニムのホットパンツだ。スラリと伸びた真っ白で細い両足がなまめかしい。

「宿の人？」

代官山は咳払いをしながら彼女の生足から視線を外すと尋ねた。パンフレットに目を落とすと、従業員紹介のページに彼女の顔写真があった。

「はい。池上千鶴《ちづる》と申します。館主は私の父です」

「へえ、そうなんだ。高校生かな」

父親とはさほど顔が似ていない。

「去年卒業しました。今はうちの旅館の手伝いをしてるんです」

「あ、そうだったの。ごめんね」

「いいんです。背が小さいし顔が子供っぽいからお客さんたちからも中学生に間違われます」

千鶴は頭を掻きながら苦笑する。彼女の顔を見て先ほどの直感を確信した。古い写真の女性は館主の妹であり、千鶴の叔母であり、さらに旅館名にもなっている「まや」だろう。目元や口元や顔の輪郭が、千鶴にそっくりである。髪型を変えれば瓜二つになりそうだ。そのことを話すと千鶴は笑顔でうなずいた。

「親戚からも叔母によく似ていると言われるんです」

千鶴は、「まや」は「摩耶」と書くのだと教えてくれた。

「摩耶さんは今はどちらにいらっしゃるんですか」

「私が生まれるずっと前に亡くなったそうです。事故に遭ったって聞いてます」

千鶴の声は少し淋《さび》しげだった。礼儀正しくて可愛らしい娘だと好感を持った。

「この町は観光というか見どころなんかはあるのかな」

「見どころですか？　ええっと……」

彼女は首を捻る。

「あるといえば城華山の龍神伝説くらいですかね」

「龍神伝説？」

「ええ。巫女さんがいるっていうだけなんですけどね。巫女さんといってもおばあさんですよ。『五点界』とかいう信者の団体があるみたいですけど、活動してるのかな。城華山はむしろトレッキングです。春と秋は景色が最高です。まだちょっと寒いから早いかな。この時期は雨も多いですしね」

「雨が多いんだ」

「イギリスのロンドンみたいですよ。傘が手放せません。昨夜も降ってました」

千鶴が窓の外を覗き見ながら言う。今のところ晴れ間が広がっているようだ。

「とりあえず今日からお世話に……」

代官山が自己紹介を始めようとしたとき、玄関の扉が開いた。外の涼しい風が頬を撫でた。

玄関口には年配の男性が立っていた。長身で骨太の頑丈そうな体格をしている。

「あ、諸鍛冶さん」

「千鶴ちゃん、こちらで不審な人物は見かけなかった？」

諸鍛冶と呼ばれた男は千鶴に尋ねた。紺色のスーツの上に皺が目立つベージュのコートを羽織っている。そのコートも洗濯が行き届いていないのか、ところどころ黒ずんでいた。

「いえ、別に見かけませんでしたけど」

「そちらはお客さん？」

「東京から来られました。今日から宿泊されます」

諸鍛冶は代官山を一瞥《いちべつ》すると「そうなんだ」と相づちを打った。代官山の会釈は無視された。

「それはそうと、女の人が殺されたって聞いたんですけど」

千鶴は不安げに顔を歪めた。

「まだ詳しいことは分からない。千鶴ちゃんも暗くなったら一人で出歩いちゃダメだよ。怪しい人物を見かけたらすぐに署の方に連絡をしてくれ。よろしく頼む」

諸鍛冶はそう言い残して千鶴の返事も聞かず玄関を出て行った。

「今のは警察の人？」

「ええ。城華町署の諸鍛冶さんです。私が生まれるずっと昔から刑事さんとしてこの町を守ってくれてます。渋くて格好いいですよね」

枯れた感じではあるが頬や額の皺に刑事の風格を滲ませていた。ドラマに出てくる古参の刑事のような趣だ。

「でも来年で定年だそうです。もう少し刑事さんやってほしいんだけどなあ」

千鶴は残念そうに言った。

そのとき廊下の奥から女性のシルエットが現れた。マヤだ。スマートフォンを耳に当てている。

「ああ、パパ？　ちょっとお願いがあるんだけど……」

彼女はそのまま旅館の草履《ぞうり》を履いて玄関から外に出て行った。父親と話をしているらしい。

「お願い」というのが気になるが、ここからでは聞こえない。

「あの方も刑事さんなんですか」

千鶴はマヤのほっそりした背中を眩しそうに眺めた。

「ああ、そうだよ」

「すごくきれいな人ですね。それでいて刑事さんなんて格好いい。憧れちゃうなあ」

千鶴は胸の前で手を組み合わせながら声を弾ませた。

「君にはダークサイドに堕ちてほしくない」

「え、ダーク？」

「いや、なんでもない。とにかく美人なのは間違いないよ、美人なのはね。でも女性って顔だけじゃないからさ。やっぱり重要なのは性格だよ、性格」

「はあ……」

千鶴はポカンとした顔を向けていた。

＊

夕方六時を回って少し早めの夕食となった。

それぞれが大浴場に浸かって長旅の疲れを癒した。温泉ではないが心地よい湯であった。三係の一同は浴衣姿で頬を緩ませながら二階の大広間に集まった。

「うわあ、姫様、美しすぎまするぅ～」

浜田がマヤの浴衣姿にうっとりしている。他の連中の視線も彼女に釘付けだ。まだ乾ききってない濡れた黒髪に、胸元から覗くほんのりと上気した白い肌。桜の花びらが描かれたシンプルなデザインの浴衣は、彼女の細い体に張りつくようにフィットしている。代官山も思わず見惚れてしまった。彼女が近くを通り過ぎると石鹼のいい香りがした。

「代官様、隣に座っていいかしら」

「え、ええ……どうぞ」

代官山は隣の座布団を整えた。他の連中は羨ましそうに眺めているが、地雷であるマヤには決して近づこうとしない。彼女の逆隣の席はちゃっかり浜田が押さえていた。包帯がこれ以上増えないようしっかり守ってやらなければ。

テーブルには食事の用意がされている。目の前に並べられた小皿に海の幸やら山の幸が彩り美しく盛りつけられて、老舗《しにせ》旅館らしい豪華なメニューである。三係の面々は満足げな笑みを浮かべていた。

しかしどういうわけか一番上座の渋谷だけが浮かない顔をしている。オンステージ用の、カラオケでも故障したのだろうか。

「あ、お姉ちゃん、ビールを人数分持ってきてくれないか」

刑事の一人が広間に入ってきた法被姿の千鶴に声をかけた。

「ああ、ちょっとビールは待ってくれ」

渋谷が外に出て行こうとする彼女を呼び止めた。

「全員、話を聞いてくれ」

渋谷が箸でグラスを叩きながら部下たちの注目を促した。全員が居住まいを正して係長に向き直った。

「非常に言いにくいことなのだが、今回の慰安旅行は中止となった」

刑事たちはきょとんとした顔で渋谷を見つめている。代官山にも訳が分からなかった。係長は苦虫を嚙み潰したような顔で話を続ける。

「笹山《ささやま》刑事部長から電話があった。先ほどここ城華町で女性の死体が発見されたそうだ。それで今夜にでも城華町署に帳場が立つわけだが……俺たち三係が出向くよう命じられた」

刑事たちは動揺した様子でざわめいた。笹山刑事部長といえば警視庁刑事部のトップである。階級は警視正のさらに上の警視長。そんな人物からの直々の命令だ。

「どうしてよりによって俺たちなんですか」

三係の現場リーダーである主任の高槻義男《たかつきよしお》が抗議めいた口調で尋ねた。部下たちも同意したようにうなずいている。

「たまたま俺たちが現場近くにいるからだろう。とにかく上が決めたことだ。全員従うしかない」

渋谷も渋谷で不満げに返す。

「というわけで今夜は酒類はなしだ。夕食を食べ終わったらすぐに城華町署に向かう。分かったな」

「俺たちスーツなんて持ってきてないですよ」

高槻が浴衣の襟を引っ張り上げた。

「そのことは所轄に連絡済みのようだ。今回に限り、私服が許された。さすがに浴衣はまずいがな」

「マジかよぉ」

全員、げんなりした顔をしてため息をついた。まさか旅先でこんな展開になるとは夢にも思わない。それぞれが失望と不機嫌をない交ぜにした顔で夕食をとる中、マヤだけが楽しそうに鼻歌を歌いながら料理を箸で突いている。

「黒井さん、さっきお父さんに電話してましたよね」

代官山はお椀の蓋《ふた》を開けながら言った。

「ええ、してたわよ」

「もしかしてこのことと関係あるんですか」

「さあ……どうかしら」

マヤは代官山に顔を向けようともせず、里芋を口の中に放り込んでいる。彼女はこういうときに嘘を隠すのが下手だ。

「ああ、やっぱりそうなんだぁ。旅行中の俺たちに刑事部長直々の命令が出るなんて不自然ですよ。黒井さんがお父さんを動かしたんでしょ」

里芋を口の中に詰め込むマヤの顔を覗き込みながら代官山は言った。

「旅行中だろうとなんだろうと、悪を許さないのは私たち刑事の義務であり責任じゃないの？」

彼女が正論を振りかざすときはやましいことがある証拠だ。そしてそれは大抵ろくなことではない。

「もしかしてイベントって、この事件のことですか」

「なんで私が今日ここで殺しが起こるって知ってんのよ」

「そ、それは……」

代官山は言葉を詰まらせた。いくらマヤでもさすがにそれは知り得ないだろう。

＊

城華町署は繁華街や商店街の並ぶ城華町駅から徒歩十分ほどの立地に位置していた。人口のわりに大ぶりな三階建ての建物は老朽化が目立つ。煤《すす》けた外壁はところどころひび割れを起こしていた。警察署と隣接している城華町役場は外壁に御影石がふんだんに使われた立派な造りだが、手入れが行き届いてないようで、傷みや汚れも目につく。

代官山たち三係は、大神《おおがみ》署長以下二十数名の署員に出迎えられて、二階にある大会議室に通された。今夜、ここに捜査本部が立ち上げられるという。

署員たちがセッティングしたテーブルに着席する。雛壇の上のテーブルでは、若くて美しい女性署員がお茶を並べていた。間もなく一課長や管理官たちが到着するという。渋谷係長は城華町署の刑事課長らしき中年男性から、現状の報告を受けている。被害者が写っているであろう写真を眺めると顔を大きくしかめた。

部屋に入ってきた長身の男性に目が留まった。代官山の近くを通り過ぎようとしたところで目が合った。彼は立ち止まると代官山を見つめた。

「あんた、たしか『まや』の宿泊客じゃ……」

「警視庁の代官山脩介です」

代官山は立ち上がると敬礼をした。身長百八十センチの代官山より男性の目線はわずかに上にある。肩幅は広く屈強そうな体格だ。

「本庁の刑事だったのか」

「諸鍛冶さんですよね。千鶴ちゃんから聞きました。城華町署勤務が長いんですってね」

「ああ。今では城華町署のヌシと言われてる。ヒラのまま来年定年を迎えるよ」

諸鍛冶は照れくさそうに言った。署長の大神岳郎《たけろう》は警察学校時代の同期だという。

お互いに簡単な自己紹介をした。

諸鍛冶儀助、五十九歳。現在独身だが二度の離婚歴がある。階級は巡査部長なので巡査の代官山より一つ上、そしてマヤと同じだ。年齢のわりにボリュームのある髪は長めで耳が隠れている。ファッションというよりしばらく床屋に寄っていないだけだろう。皺くちゃのコートに無精髭、そしてどこか疲れたような淀んだ瞳。荒《すさ》んだ気配が窺えるが、そこがまたハードボイルドを思わせる男臭い、枯れた渋さを醸し出している。

「……というわけで慰安旅行中だったんですが、本件の捜査に参加することになりました」

「あの美人のお嬢さんも刑事かね」

諸鍛冶はそっとマヤを指さした。

「黒井マヤ巡査部長です」

「黒井……マヤ？」

彼はつぶやくとなにかを思い出したかように目を細めた。

「彼女ああ見えて警察庁幹部の実娘です。ご存じなんですか」

「いや……あんたらが泊まってる旅館と同じ名前だからちょっと気になっただけだよ。それはともかく、最近の捜一には刑事に女がいるんだな」

「ええ、いますよ。数は多くないですけどね」

「女なんかに捜一の刑事が務まるのかね」

諸鍛冶は、古参刑事たちがマヤに対してするように訝《いぶか》しげな視線を向けた。幸い彼女の耳には届いていないようだ。

「捜一の女刑事はアクが強いですよ。その代わり存外に優秀ですけどね」

そうこうするうちに古畑一課長や藤代管理官が到着して捜査会議が始まった。彼ら幹部も相次ぐ凶悪事件に疲労を隠せないようだ。

渋谷係長によって事件のあらましが解説された。雛壇のすぐ隣に設置されたホワイトボードには現場の写真が貼りつけられている。

被害者は加賀見《かがみ》明巳《あけみ》、二十三歳。城華町で生まれ育ちJA城華町に勤務していた。死亡推定日時は昨夜の二十時から二十二時の間。十九時四十分に職場を出る姿を目撃されている。現場は職場と自宅の中間を走る農道脇の草むらで、すぐ近くを鵜山川が流れている。周囲は街灯が乏しく人通りも少ない。もっとも町内は日が暮れると繁華街以外は人通りが途絶えてしまうようだ。

現場近くで彼女が通勤に利用している自転車が見つかっている。タイヤはパンクしており、彼女は自転車を引きながら帰宅している最中に襲われたと思われる。また彼女が職場を出た直後にあとをつける男の姿が目撃されている。頭にジャケットのフードを被《かぶ》っていたので、顔は確認できなかったそうだ。

写真に写された被害者の状態は凄惨を極める。顔が潰されていて目鼻の配置すらつかめない有様だ。浜田が「うげえ」と呻いて顔をしかめている。マヤは……もちろん楽しそうに瞳を爛々《らんらん》と輝かせている。

「凶器は金づちやハンマーなど鈍器のたぐいと思われる。現場の状況から、背後から頭部を凶器で殴られ身動きが取れなくなったところを草むらに連れ込まれた。そこで再び頭部と顔面を滅多打ちにされて絶命したと思われる。なお、被害者の膣内《ちつない》からA型の精液が検出された。着衣に乱れは認められなかったが、レイプされた可能性も否定できない」

刑事たちがざわめいた。いずれも険しい顔を向けている。犯人に対する激しい憎しみがそれぞれの顔に浮かんでいた。

「昨夜は雨が降っていたため手がかりの多くが洗い流されてしまった。地面もぬかるんで足痕も不完全だ。採取された何本かの毛髪は現在鑑定中である」

係長の報告が終わり班分けが告げられた。いつものように代官山はマヤとコンビを組まされた。しかし二人とも土地勘がないので、渋谷の指示で所轄刑事課の若い署員も加わることになった。

「僕はいつものように姫様と一緒がいいんですけどぉ」

解散後、浜田は涙目で代官山たちに寄ってきた。まるで迷子になった子供みたいだ。

「浜田さんの相棒は諸鍛冶さんですよね」

「あんなおっさん嫌ですよ。だって怖そうですもん」

浜田は駄々をこねる子供のように瞳をぐっしょりと濡らしながらイヤイヤをする。

「姫様、なんとかしてくださ……」

マヤに訴えようとした浜田が突然、電池の切れた玩具《おもちゃ》のように動きを止めてその場に倒れた。

「浜田さん！」

代官山は駆け寄って彼の顔を覗き込んだ。白目を剥《む》いたまま泡を吹いて痙攣している。

「黒井さん、なにをやったんですか！　それってスタンガンですか」

代官山はマヤの手にしているものを指した。マヤは黒い直方体の器械を握っている。

「いつ犯人と出くわすか分からないでしょ。だから護身用に持ち歩いているのよ」

「だからって、どうしてそれを犯人でもない、人畜無害な上司の浜田さんに使うんですか！」

代官山はスタンガンに指を突きつけながら、厳しい口調で言った。

「充電が弱まっていたり故障したりしているかもしれないでしょ。それではいざという時に役に立たないわ。こうやってときどき試さないと分からないじゃないの」

彼女は相手の肩に付着した埃を払ってやっただけとでも言いたげに、涼しい顔をしている。その瞳には罪悪感の「ざ」の字も窺えない。空気を吸うような感覚で浜田に高圧電流を流したのだ。

「普通、市販のスタンガンで気絶なんてしませんよ」

ドラマや映画では、いとも簡単に相手を気絶させてしまうが、実際にはそうならない。

「ああ、こういうのが得意な知り合いに頼んで、電圧を五倍にブースト改造してもらったの。でも安心して。この電圧でも死ぬのは十人に四人もいないらしいから」

今回は浜田がトリオから外されて本当によかったと思った。

「おい、どうした？　口から泡を吹いているじゃないか」

諸鍛冶が近づいてきて床の上で痙攣している浜田を見下ろした。

「あ、えぇっと……発作ですよ、発作」

代官山は咄嗟に出任せを言った。

「発作？　勘弁してくれ」

「大丈夫です。すぐに元どおりになりますから」

代官山は身を屈《かが》める。浜田の上半身を持ち上げると、彼の両肩を支えて背中に膝を押し込み活を入れた。

「あれ？　おばあちゃんはどこですか」

浜田はパチクリと瞼を開くと、つぶらな瞳をクリクリさせながら辺りを見回した。

「おばあちゃんってなんですか？」

「川の向こうでおばあちゃんが手を振っていたんですけど……」

「それって三途《さんず》の川だと思うんですけど」

「そうですよね！　よくよく考えたらうちのおばあちゃんってずっと前に亡くなってました」

浜田は満足そうにうなずくとぴょこんと立ち上がった。そんなことより、どうして三途の川をさまような羽目になったのか考えろって話だが。

「だ、大丈夫なのか？　この人は。頭と手に包帯なんて巻いてるし。そもそもどう見ても中学生じゃないか」

諸鍛冶が心配そうに眉を寄せた。

「浜田さんはああ見えて東大卒のキャリアです。だからとってもとってもびっくりするほどに優秀なんです」

心の中で「あくまで学業に限るけど」とつけ加えた。とにかく浜田のお目付役を諸鍛冶に引き受けてもらいたい一心だった。そろそろ子守から解放されてまともな捜査に専念したい。

「東大卒のキャリア……またも若様か。なにかの因縁かな」

諸鍛冶がぼそりとつぶやいた。

「若様？　因縁？」

「ああ、いや、こちらの話だ。とにかく浜田さん、よろしくお願いしますよ。巧真《たくま》、本庁さんたちの足を引っぱるなよ」

諸鍛冶は浜田に握手を求めると同時に、離れたところに遠慮がちに立っている青年に声をかけた。

「はい。僕は大丈夫です」

巧真は背筋を伸ばして力強く応じた。

「お前のじいさんも似たようなネクタイをしてたな」

諸鍛冶は彼の少し曲がっているネクタイを直した。星印のデザインだ。

「気づきましたか、祖父の形見ですよ」

「これもそうだな」

諸鍛冶はネクタイピンを指で弾いた。こちらも先端にネクタイと同じ星柄の彫り物が施されている。

「柄も色も古くさいですけどね。祖父の刑事魂を受け継ごうと思ってます」

「そうか。実は俺も生前にこれをもらったんだ」

諸鍛冶はポケットからジッポーライターを取り出した。表面には同じ星印が一つ彫り込まれていた。

「あれ？　諸鍛冶さんはタバコなんて吸いませんでしたよね」

「ああ、もう昔に止めた。親父が肺ガンで死んだのをきっかけにな。でもこれだけはいつも身につけているよ。尊敬する先輩の形見だからな」

諸鍛冶は浜田を連れて会議室を出て行った。

「本庁の代官山と黒井です」

諸鍛冶たちが見えなくなったところで、代官山は巧真に声をかけた。

「城華町署刑事課の服部です。トリオなんて珍しいですよね」

巧真はシャープに整った顔を柔和に綻《ほころ》ばせながら自己紹介をした。

服部巧真。代官山より四つ年下の三十歳。出身は城華町。地元である城華町署刑事課に配属されていて、階級は代官山と同じ巡査だ。身長も細身の体つきも代官山と似ていた。シルエットだと見分けがつかないかもしれない。ただ目鼻立ちは代官山よりもさらに切れがある。切れ長の澄んだ瞳には彼の実直そうな性格が窺える。

「普段は諸鍛冶さんが相棒です。といってもこんな田舎で起こるのは、事件ではなくて諍《いさか》いとかトラブルばかりです。だから殺人事件の捜査に関わるのは今回が初めてです」

巧真は気恥ずかしそうに言った。町内で発生した殺人事件は何十年かぶりだと館主の池上が言っていた。巧真が生まれる前だろう。

「服部さんは城華町署は長いんですか」

「いえ、配属されたのは三年前です。それまでは立川東署でした」

「諸鍛冶さんはここのヌシと言われているとか」

「僕の祖父が警察官でここ城華町署勤務だったんですよ。祖父は僕が生まれる前に定年になって今はもう亡くなってますけど、諸鍛冶さんはその頃からいたらしいですからね。刑事時代は祖父とコンビを組んでいたと聞いてます」

つまり諸鍛冶にとって昔の上司の孫が、部下になっているわけだ。

「そうだったんだ」

巧真は年下なので堅苦しい口調は止めた。

「でもここだけの話、諸鍛冶さんは高校時代、相当のワルだったみたいです。そんな諸鍛冶さんに声をかけたのが祖父らしいんですよ。諸鍛冶さんはよく祖父の警察官時代の話をしてくれますよ。すごく世話になったから今度は俺が世話をしてやる番だと、僕に目をかけてくれてます。ただちょっと厳しいんですけどね」

巧真は拳骨を振り上げた。ときどき鉄拳が飛ぶという。

「あの浜田さんという人、大丈夫かなあ」

「浜田さんなら大丈夫だよ。無駄に打たれ強い人だから」

鉄拳くらい、マヤの嗜虐に比べれば蚊に刺されるようなものだ。

「ああ、だけど緊張するなあ。殺害死体を実際に見たのも初めてなんです。足の震えが止まらなかったですよ。諸鍛冶さんにさっそく拳骨をもらいました」

巧真は苦笑しながら自分の頭に拳をぶつけた。

「服部くん」

マヤが彼を「くん」付けで呼んだ。年齢はマヤの方が年下だが巡査部長なので、階級的には上司になる。

「はい」

「死体はまだ霊安室なの」

「そうだと思います。霊安室は別棟にあります」

「案内してちょうだい」

「了解です」

巧真に促されて署の外に出ると、同じ敷地内に建つこぢんまりとした建物に案内された。

中の小部屋に入ると冷たい手で撫でられたように全身がヒヤリとして身震いする。白装束姿の遺体はステンレス製のストレッチャーの上に載せられていた。顔は白い布で覆われている。頭の方には簡単な祭壇が施されて盛り塩が置かれていた。線香の匂いと酸っぱい臭いが同時に鼻腔を突く。家族による身元確認は先ほど終えたらしい。

「あんたらも来たのか」

　霊安室には諸鍛冶と浜田が先に入っていた。諸鍛冶がそっと被害者の顔の上の布を取り払った。浜田が口元を手で押さえて顔を思いきりしかめた。女性の顔は完全に潰されていて原形を留めていない。若くしてこんな無惨な姿で命を絶たれた被害者の無念が伝わってきて胸が締めつけられる。

「巧真、目を逸らすなよ。お前も知ってる娘だろ。この姿をよく目に焼きつけておけ。こんなことをしでかした犯人を絶対に許すわけにはいかない」

「わ、分かってます……」

　巧真はハンカチで口元を覆いながらも遺体の顔をじっと見つめている。

「知っている女性なんですか」

　代官山は彼に尋ねた。

「こんな田舎ですからね。彼女は僕の従姉妹《いとこ》の同級生です。先月も痴漢に遭ったと相談を受けたことがあります」

「それより黒井さん、あんた、そんなに遺体が気になるのか」

諸鍛冶が味わうように死体を観察するマヤに声をかけた。

「下駄を履かせて四十五点といったところね」

「四十五点？　なんですかそりゃ」

顔を上げたマヤを見て諸鍛冶も巧真も目を丸くしている。

「つ、つまり傷が四十五カ所あるということですよ！」

咄嗟に代官山はマヤの前に立って思いつきで返した。諸鍛冶は「ふぅん」と曖昧《あいまい》にうなずいている。マヤは「さっさとどこかに行ってよ」と言いたげに顔をそむけている。彼らが部屋を出て行ったら、死体の手足を動かしてお気に入りのポーズに変えるつもりだろう。

「そういえば諸鍛冶さん、昔も若い女性の連続殺人事件があったんですよね」

巧真が聞いた。

「じいさんから聞いてないのか」

じいさん……諸鍛冶の元上司のことだろう。

「ええ。諸鍛冶さんも捜査に関わっていたんですよね」

なおも巧真が尋ねる。

「ああ……。本当にひでえ事件だったからな。思い出すだけで反吐《へど》が出る。その話はマジで勘弁してくれ」

諸鍛冶の声は暗い。しかめっ面は本当に辛そうに見えた。こんな田舎でも凄惨な事件があったらしい。

「さて、聞き込みに回ってくるわ」

彼は浜田を置いたまま霊安室を出て行った。

「ちょ、ちょっと待ってくださいよ」

浜田は追いかけるように後をついていく。

「諸鍛冶さんは一匹狼の上によそから来る人たちを嫌いますからね。なにかと単独行動に出ようとするので、浜田さんは苦労されるかもしれません」

巧真が苦笑しながら言った。たしかに見た目から偏屈そうな雰囲気ではある。

代官山たちも被害者に手を合わせると建物の外に出た。

「黒井さん、採点はまずいですって。特にここは町民同士が顔見知りですから。服部さんも諸鍛冶さんも被害者のことを知ってるじゃないですか。あんなことしたら黙ってないですよ」

少し離れたところを歩く巧真に聞かれないように小声で言った。マヤはふてくされたように唇を尖らせている。

「うっさいわねぇ。ぶっちゃけ犯人《ホシ》には失望しているわ。クソ田舎で起こる事件の犯人は、センスもクソね。特に目と耳のつぶし方がなってないし、たとえば右頬の肉がちぎれて裂け目から奥歯と舌が見えるみたいな気の利いた演出もない。こんなの、ど素人《しろうと》のやっつけ仕事よ！　死体に対するリスペクトが足りないわ」

彼女は評価の低い死体に当たると露骨に不機嫌になる。腹いせといわんばかりに地面に落ちてる石ころを蹴った。浜田がいなくてホッと胸を撫で下ろす。一緒だったら、凶器ともいえる爪で顔を削り取られていたかもしれない。

＊

翌日の三月十九日。

ＪＡ城華町は城華町署から車で十分ほどの上新地区にある。だだっ広い敷地には駐車場と三階建ての建物の他にＪＡが運営しているスーパーマーケットが併設されている。朝になると城華町の農家が自分たちの農作物を持ち寄って販売するという。しかし近隣の町にも大型スーパーがいくつかオープンしたために、経営的には苦戦しているそうだ。

代官山たちはＪＡの建物を訪れていた。被害者である加賀見明巳は二階にある営農部営業企画支援課に事務員として配属されていた。明巳の上司である課長と、彼女と仲の良かった遠藤仁美《えんどうひとみ》が緊張した面持ちを向けていた。

「仁美ちゃん、大丈夫かい」

巧真が優しく声をかけると、仁美は「なんとか」と頬を赤らめながら安堵したようにうなずいた。前髪の後退具合が気になる中年の課長も相づちを打っている。互いに面識があるようだ。こんなとき地元に根ざした刑事がいると心強い。また仁美は巧真になんらかの好意を寄せているようにも見える。顔立ちは充分イケメンの範疇《はんちゅう》に入るので心惹かれる女性も少なくないだろう。仁美らへの話は巧真に任せることにした。マヤも席に腰掛けて彼らを見つめていた。

「明巳はやっぱり……殺されたんですよね」

仁美は絞り出すような声で尋ねてきた。巧真がゆっくり首肯すると、上司と一緒に顔をしかめた。

「我々警察は犯人を追っています。明巳ちゃんの命を奪った犯人を許すわけにはいきません」

「どうか加賀見さんの仇を取ってやってください。仕事も真面目で本当にいい子だったんです」

課長は泣きそうな顔で頭を下げた。本心から部下のことを可愛がっていたようだ。

「それで明巳ちゃんに最近なにか変わったことなかった？」

巧真はさっそく質問を切り出した。犯罪捜査の場合、まずは被害者の交友関係から洗っていく。無差別殺人や快楽殺人でもない限り、犯人のほとんどは友人知人の中に潜んでいる。その場合、金銭、痴情のもつれ、怨恨のいずれかに当てはまることが多い。明巳は仁美と比べてもかなりの美形である。異性関係でなにかトラブルがあった可能性もある。

「変わったこと……」

仁美はさっと視線を外して顔をうつむけた。

「誰かにしつこく言い寄られていたとか、つきまとわれていたとか。本人から聞いたことがないかな」

「別にそういうのはないですけど……」

彼女は言葉を濁した。

「なにか知ってるの？　どんな小さな情報でもいいから教えてほしいんだ」

「私が話したことは内緒にしてもらいたいんですけど」

「もちろん。情報提供者の秘匿は約束するよ」

巧真は課長に席を外してもらうよう願い出た。彼は立ち上がると部屋の外に出て行った。それを確認すると仁美は小さくため息をついた。

「共済課の東海林《しょうじ》さんを知ってますよね」

「ああ、東海林裕三《ゆうぞう》でしょ。僕の一つ下の後輩だよ。高校時代は同じ陸上部だった。僕は短距離走で裕三はやり投げ。あいつは陸上部のくせに駆けっこが苦手だったな。その分、腕力があったけどね」

　巧真は見るからに運動神経が良さそうだ。

「実は……明巳は東海林さんとつき合っていたようなんです」

「はあ？　東海林は既婚者だよ」

　彼は素っ頓狂な声を上げた。

「だから不倫ですってば。噂になってないからまだ気づかれてないみたいでしたけど」

「まあ、たしかにあいつは雰囲気イケメンで、昔から女の子にモテたからなあ。でもなんでそのことを仁美ちゃんが知ってんの？」

「私、見ちゃったんです。二人が建物の裏でキスしているところを。それで、それとなく明巳に聞いたんですよ。肯定しなかったけど否定もしませんでした。ただ好きな人はいると言ってました。いつかは結婚したいとも。それってやっぱり東海林さんのことだと思います」

巧真は代官山をちらりと見た。相づちを返す。

「仁美ちゃん、ありがとう。また話を聞かせてもらうかもしれないけど」

「服部さんなら大歓迎ですよ。犯人逮捕したらお祝いしましょうよ」

「い、いや……明巳ちゃんが亡くなっているわけだし」

「あ、そうですよね」

仁美は慌てて手で口を押さえた。口で言うほど、友人の死を哀しんでいないようだ。

それから代官山たちは三階の共済課に向かった。

「服部くん、モテモテじゃないの」

マヤが冷やかすように言うと、巧真は「そんなことないですよ」とまんざらでもなさそうに頭を掻いた。

共済課に到着すると、事務の女性に警察手帳を見せながら声をかける。

「東海林は昨日から欠勤してます」

「昨日から？」

「ええ。昨日も今日も奥さんから電話がありました。風邪を引いたから休むって」

代官山たちは礼を言うとそのまま建物の外に出た。そして駐車場にとめてある白いカローラに乗り込む。こちらは城華町署の車両である。運転手はもちろん地元の地理に明るい巧真だ。

「東海林の自宅は知ってます」

　ハンドルを握る彼は険しい顔をしていた。

　東海林の自宅はＪＡから数分のところだった。新築だが見るからに安普請《やすぶしん》の建て売り住宅だ。周囲には似たような造りの家が五軒ほど並んでおり、いずれも若い夫婦が住んでいるという。チャイムを押すと女が丸顔を覗かせた。東海林裕三の妻である康子《やすこ》だ。顔に合わせて体型もふくよかである。顔もお世辞にも美形とはいえない。明巳に気が向くのも男としては分からないでもない。

「ああ、服部さん……」

　疲れたような声だった。彼女の目の下には大きな隈ができている。

「裕三は中にいるの？　駐車場にあいつの車がないみたいだけど」

「どうぞ入ってください」

　康子に促されてリビングに通された。代官山たちは安っぽいソファに腰を下ろす。

「康子ちゃん、裕三は寝室で寝てるの」

「いいえ。裕ちゃんはおとといの夜から帰ってきてないんです」

「どういうこと？」

巧真が身を乗り出した。

「私、知ってるんです。彼の浮気を」

「そ、そうだったのか。相手が誰かも知ってんの？」

康子は小さくうなずいた。しかし巧真は明巳の名前を口にしなかった。

「あの女から裕ちゃんと別れてほしいみたいなメールが二日前に届いて、それで知りました」

「とにかく裕三は今どこにいるんだよ？」

康子は絶望的に歪めた顔を横に振った。

「きっとあの女と一緒だったんですよ。私はてっきり駆け落ちしたんだと思ってました。すべてがバカバカしくなって、どうやって二人を追い込むかずっと考えていたんです。不倫をばらせば職場にもいられなくなるし、二人に慰謝料の請求もできますしね。なのに……」

「その女が昨日死体で見つかった、と」

巧真が先読みすると、彼女は苦しそうにうなずいた。

「康子ちゃん、裕三の髪の毛なんかないかな。髭でもいい」

「洗面所に彼が使っているブラシやカミソリがあるけど……それをどうするつもりなの」

「ＤＮＡ鑑定だよ」

マヤが洗面台に向かった。一分後にはブラシを持って戻ってきた。康子に確認すると間違いなく裕三の使っているブラシだという。本体には抜けた髪の毛がからみついていた。

「あの女を殺したのはやっぱり裕ちゃんかなぁ。彼はきっと私たち夫婦の関係を守ろうとしたんですよ。別れを切り出したのにあの女が納得しなかった。だから思いあまって……」

康子は声を震わせた。

「それをはっきりさせるためにも康子ちゃんの協力が必要だ。ブラシを押収させてもらうけどいいね？」

彼女は観念したようにうなずいた。

*

三月二十日。

その日の捜査会議では捜査員たちからの報告が次々とあがった。

まずは代官山たちが東海林の自宅から採取してきた東海林の毛髪だ。ＤＮＡ鑑定の結果、被害者の体内に残された精液と遺伝子情報が一致した。鑑定の精度はほぼ百パーセントに近い。つまり被害者は殺害される前に東海林裕三と性交したということになる。着衣の乱れは認められなかったからレイプではなさそうだ。また性交が行われた場所も、現場ではなく別の場所であるというのが捜査員たちの見解だ。いくら若い二人とはいえ雨の中、あんな草むらの中で励むとは考えにくい。東海林の黒塗りのワンボックスカーはＪＡの広い駐車場の隅に駐《と》めっぱなしにされていた。事件当夜、その車の中に人の気配がしたという目撃情報があり、車が小刻みに揺れていたという証言から、二人は車内で性行為に及んだと捜査本部はみている。

それから東海林の親友の、農業を営んでいる田口という青年の証言。東海林は相手の名前こそ明かさなかったが、不倫をしているようなことを田口に告げていたらしい。その中で東海林は女性との関係を解消したいと漏らしていたという。彼にとって不倫はあくまで遊びにすぎず、自分の家庭を壊すつもりは毛頭なかったそうだ。そんな彼が酒の席で「あの女、死んでくれないかな」と口走っていたらしい。といっても東海林は酩酊《めいてい》気味だったので、そのときは冗談だと思ったという。

それともう一つ、気になる情報があった。現場近くに住む年配の女性が、犯行時刻に「止めろ！　止めてくれ！」という男性の叫び声を聞いたという。ちょうど雨が降り始めていたのではっきりと聞き取れたわけではないが、そのように聞こえたと主張している。

「今回はすんなり解決しそうだな」

諸鍛冶が近づいてきて言った。うしろには浜田が金魚の糞のようについて回っている。

「ええ。裕三を捕まえれば、真相ははっきりしそうですね」

巧真もよく知る後輩だけに複雑な表情を浮かべながらも同意している。

明巳はカーセックスのあとに職場に戻り、帰り支度を終えて退社した。その姿は守衛が認めている。しかし東海林が退社する姿は見ていないという。おそらく彼は明巳より先に裏口からこっそりと外に出たと思われる。そしてすぐに彼女の自転車のタイヤをパンクさせた。自転車を引いて帰る明巳のあとをつけて人気《ひとけ》のない現場で襲った。おそらく目撃された彼女のあとをつけるフードを被った男というのは彼のことだろう。そして現場付近であがった「止めろ！　止めてくれ！」という叫び声も東海林と思われる。明巳を殺すつもりが思わぬ反撃を受けてピンチに陥ったのかもしれない。しかし最終的には東海林が明巳を組み伏せ、所持していた鈍器で彼女の顔面を滅多打ちにしたのだ。不倫のことを妻にメールでばらしたことを告げられて逆上したのかもしれないが、そうでなくても邪魔な存在になった明巳をいずれは殺すつもりだったのだろう。

どちらにしても東海林裕三は行方不明だ。乗用車は職場の駐車場で見つかっている。今のところＪＲやバスに乗ったという情報もない。警察は彼を全国に指名手配した。

「本庁の皆さんが赴くまでもなかったですかね。こういうのは俺たち所轄に任せてくれりゃいいんだよ」

諸鍛冶は嫌味っぽくバイバイをしながら出口に向かった。巧真が彼の背中に頭を下げた。

「浜田さん、諸鍛冶さんはどうですか」

「あのおっさん、僕のことなんか完全無視ですよ。すぐに一人でどっかに行っちゃうので捜すのが大変です。今日もお互いにほとんど単独行動でした。代官山さんたちのチームに戻りたいですよぉ」

浜田がピョンピョン跳びはねながら涙目で訴える。まるで駄々をこねる子供だ。

「でもほら、浜田さんは上司なんだし、これからの警視庁を背負って立たなくちゃいけないんですから。頑張ってくださいよ」

とりあえず浜田をマヤから遠ざけておきたい。そうでなければ命の保障ができない。

「これだから田舎のおっさんって嫌なんですよ。それより姫様、どうかしました？」

浜田が心配そうにマヤに聞いた。彼女は思案気な顔で、遠くなっていく諸鍛冶の背中を見つめていた。

「え、ええ……別になんでもないわ」

「そういえば摩耶さんの写真を見ましたよ」

代官山はふと思い出したことを口にした。

「摩耶さん？」

マヤは小首を傾げた。

「館主の妹さんです。旅館のパンフレットに写真が出てました。千鶴ちゃんに似てましたよ」

「妹ってことは千鶴ちゃんの叔母さんになるわけですもんね。やっぱり似てるんだ。あとでパンフレット見てみようっと。それはそうと千鶴ちゃん、可愛いですよね。めっちゃ好みですよぉ」

浜田が嬉しそうに言った。この男、なにかと面食いだ。

「それにしても裕三のやつ、どこに行ったんだろう」

巧真が爪を噛みながらため息をついた。

「服部くんは後輩が犯人だと思ってるの」

マヤは歌うように聞いた。

「信じたくはないですけど……今のところ第一容疑者です。あいつ、昔から小心なところがあったんですよ」

「どういうことなの」

巧真は表情を曇らせた。

「中学んとき、校舎の中の物置に火を放ったんですよ」

「放火ってこと？　どうしてそんなことを」

「宿題を忘れて先生に怒られるのが怖かったからです。小火《ぼや》を起こせば騒ぎになってその日の授業は中止になると考えたそうです」

「そんなことを実行しちゃうところがすごいわね」

「小心者は取るに足らないトラブルから自分を守るために、とんでもないことをしでかすことがあります。あいつは昔からそういうところがありました。頭に血が上ると抑制が利かなくなるんです」

不倫がバレるのを怖れて浮気相手を殺す。呆れるほどに浅はかで短絡的な思考回路だ。しかし世の中にはそんな動機で人の命を奪う人間がままいる。先日起きた他の係が担当した殺人事件も、犯人はたかだか数万円の借金を踏み倒すために二人の人間を殺《あや》めたのだ。

「まっ、いつまでも逃げ切れるものではないわ。東海林が犯人ならきっとすぐに見つかるわね」

「犯人ならって、どういう意味ですか」

マヤの含みのある言い方が気になったので聞いてみた。

「言葉のとおりよ。私、おかしなこと言ったかしら」

彼女は鼻を鳴らすと会議室を出て行った。時計を見ると八時半を回っていた。

「浜田さん。俺たちも宿に戻りましょう」

「それがいいですね。ああ、大浴場に浸かりたいです」

浜田は大欠伸と一緒に背伸びをした。

帰り支度をして署の玄関ホールに向かうと、マヤが代官山たちを待っていた。外を眺めながら舌打ちをしている。

「参ったわね。雨が降り始めたわ」

「うわあ、本降りになってますね」

街灯に照らされたアスファルト面に雨粒が激しく叩きつけられている。遠くの方で雷鳴が聞こえた。浜田が背中をのけぞらせている。不死身のくせに人一倍怖がりだ。

「刑事さん」

そのとき玄関ホールのガラス扉が開いてレインコート姿の小柄な女性が入ってきた。

「千鶴ちゃん？」

旅館の看板娘だった。傘を十本以上も抱えている。

「雨が降ってきたんで傘を持ってきました」

千鶴はそれぞれに一本ずつ傘を差し出した。

「ここまで一人で歩いて来たの？」

マヤが尋ねる。彼女を見ると千鶴は嬉しそうに微笑んだ。千鶴にとってマヤは憧れのお姉さんらしい。旅館に戻ってても千鶴はなにかと理由をつけてはマヤの部屋を訪ねている。珍しいことにマヤもまんざらでもなさそうだ。端から見ていても仲良し姉妹みたいで微笑ましい。

「ええ、父は今ちょっと車で外出しているんで」

「ダメよ、若い女の子が暗い夜道を一人なんて。危ないわ」

マヤは心底心配そうに言った。そんなふうに他人を気遣う彼女を見るのは初めてだ。

「でも犯人はどこかに逃げちゃったんでしょう。JAの人だって聞きましたけど」

さすが田舎だけあってこの手の情報が伝わるのは早いようだ。

「まだ近くに潜んでいるかもしれないでしょ。そもそもその人が犯人だと決まったわけじゃないわ。この町のどこかで次の獲物を狙っているかもしれないのよ」

「ええ？　それってめっちゃ怖いじゃないですかぁ」

千鶴は眉をひそめた。そんな仕草も可愛らしい。浜田も嬉しそうに彼女を見つめている。

「今からみんなで一緒に帰りましょう。千鶴ちゃん、約束して。絶対に夜は一人で出歩かないこと」

千鶴は素直にうなずいた。事件とは関係なく、たしかにこの時間に女性の一人歩きは危険だ。繁華街以外のエリアはほぼ人通りが絶えるらしい。

マヤと千鶴は一つの傘に入って肩を並べて歩き出した。ときおり二人の間から楽しそうな笑い声が聞こえてくる。いつもはクールなマヤも心なしか表情が緩んでいるように見える。

＊

三月二十一日。

捜査本部に大きな衝撃が走った。

大崎地区で若い女性の死体が発見されたのだ。一報を聞いて代官山たちはすぐに現場に駆けつけた。大崎地区は城華町署から車で十五分ほど。分厚い山々を背景に民家が点在しているが、あとは荒れ地が広がっている。

代官山たちは昨夜の雨でぬかるんだ地面を踏みしめ、群生している丈の長い草木をかき分けながら荒れ地の中に入っていった。シャツやズボンが草木に付着した水分を吸い込んで重く感じられた。代官山のすぐ後ろを巧真がついてくる。マヤも体を濡らし靴を汚しながら巧真に続いている。そこまでするのも死体を見たい一心だろう。そうでなければ荒れ地どころかぬかるんだ畔道にだって入ってこないはずだ。

現場には数人の刑事と鑑識のスタッフが到着していた。その中には諸鍛冶と浜田の姿もあった。なんとか浜田は年配の偏屈な相棒に食らいついているようだ。それぞれがヘアキャップを被りゴム手袋を着用している。現場に自分たちの髪の毛や指紋を残すわけにはいかない。もちろん代官山たちもである。

「まだ新しいな。おそらく犯行は昨夜だろう」

諸鍛冶は草木で覆われた状態で仰向けになって転がっている女性を見つめながら言った。

「なんてこった……」

巧真は口元を手で押さえながら顔を歪めた。一同、死体に向かって手を合わせる。被害者の無念を悼む気持ちもあるが、殺人事件と聞いて高揚した気持ちを引き締めてニュートラルにするためでもある。

「知っている女性ですか」

「篠崎未來《しのざきみく》です。署の近くにあるベルリンという喫茶店の店員です。僕もその店にはよく立ち寄るので顔見知りでした」

彼は辛そうに答えた。ベルリンは城華町に古くからある店だという。

「こめかみに陥没した痕がある。ハンマーのような鈍器で殴られたんだろう。これが致命傷になっているようだ。今回は一撃ということらしい」

しゃがみ込んで死体を検分している諸鍛冶が静かに言った。

「ハンマーのような鈍器って……加賀見明巳と同じ手口じゃないですか」

明巳の顔面は滅多打ちにされて原形を留めないほどに損壊されていたが、こちらも程度の違いはあれど凶器は同じだろう。

篠崎未來の自宅は点在している民家の一つだ。母親と二人暮らしと巧真が言った。ここから少し離れた位置を走る車道で、女性が警官に押し留められている。おそらくあの女性が母親だろう。現場を保存しなければならないので、肉親でも立ち入らせるわけにはいかないのだ。

隣に立つマヤが小さく舌打ちをしている。

「何点なんですか」

代官山は他の捜査員たちに聞こえないよう彼女に耳打ちした。

「四十五点！　話になんないわ」

彼女は声を潜めながらも吐き捨てるように答えた。及第点は六十点だからかなりご不満のようだ。たしかに先日のあしゅら男爵と比べれば普通すぎるにもほどがある。といっても高得点がつくことが被害者にとって幸せとはとても思えないが。

「同一犯なら、昨夜の時点で東海林は町外に出ていないということですね」

浜田の言葉に一同が考え込むように腕を組んだ。

「東海林と篠崎未來には親交があったんですか」

代官山は巧真に問いかけた。

「どうですかね。ただ東海林とベルリンでコーヒーを飲んだことが二回ほどあります。篠崎未來が注文を取ったり会計をしたりしてましたけど、取り立てて顔見知りという感じではなかったですね」

加賀見明巳を殺害し、姿をくらましてからその三日後に二件目に及んでいる。巧真は東海林のことを小心者と言ったが犯行は大胆不敵だ。指名手配されている人間が現地に踏み留まって犯行を重ねるだろうか。

「こんな町でも頭のおかしいやつはいる。模倣犯か、そうでなければたまたま凶器が一致したか」

と諸鍛冶が言った。たしかに東海林の犯行と決めるには多少の疑問が残る。

代官山たちは現場からほど近い未來の自宅で母親から話を聞くことにした。彼女は娘の死を告げられて半狂乱状態だった。話ができる程度に落ち着くまで、しばらく待たなければならなかった。

「昨日は風邪を引いてしまったので寝込んでいました。娘がおかゆを作ってくれたり薬を買ってきてくれたりしてたんです。夜の九時くらいに電話が鳴りました」

「相手は誰だか分かりますか」

「友達と言ってました。名前は聞いてません」

「お嬢さんが外出したのは？」

「それが……いつの間にか外に出ていたみたいなんです。私は寝ていたので気づきませんでした」

「外に出れば扉の音がするんじゃないですか」

未來の家の玄関の扉は引き戸になっていて、開け閉めするときはガラガラと車輪がレールを滑る音がする。

「普通は聞こえるんですが、昨夜は聞こえませんでした。娘はきっと私に気づかれないようこっそりと出て行ったんだと思います」

「どうしてそう思われるんですか」

「もしかしたら好きな人でもできたのかなと思って。気になる人がいると言ってましたから。ただ相手の気持ちを確認したわけじゃないからまだ分からないって」

母親は目元を拭いながら言った。

「電話をかけてきたのもその男性だと？」

「はい。なんとなくそう思います。いつもだったら『友達からだったわ』なんて言いません。ちゃんと名前を言いますから。私も私でそれ以上は聞きませんでした。だってあの子ももう二十三歳の大人ですから」

母親はワッと泣き崩れた。

代官山たちもそれ以上は居たたまれず辞去した。

一日の聞き込みを終えて署に戻る。大崎地区は特に人気のないエリアなので、めぼしい情報は得られなかった。

「母親の話からすれば、篠崎未來は外におびき出されて殺されたようだな」

諸鍛冶は無精髭がまばらに広がった顎をさすった。

「つまり顔見知りの犯行ですね」

と浜田。

「この町の連中はみんな顔見知りですわ。いまだに家を空けるときに鍵をかけない老人もいるくらいですからな」

諸鍛冶は敬語を使っているが、口調は実に威圧的である。

「電話の相手は東海林ですかね。やつは明巳と未來に二股をかけていたとか」

代官山がマヤに振ると、彼女は腕を胸の前で組みながら首を小さく傾げた。

「なんとも言えないわね。もし東海林の犯行とするなら、指名手配されているのに殺しに来るくらいだから、相当に強い動機があるんでしょうね」

「ですよねぇ……僕は同一犯とは思えないんですよね。指名手配されているのに殺しを重ねるって、現実的じゃないですよ」

新聞やニュースで明巳の事件のことが報じられている。記事には「凶器はハンマーのような鈍器」と書かれていたから模倣犯もあり得る。被害者の傷痕を調べれば、形状や角度などから凶器や犯人の身長を特定することができるかもしれない。

「とにかく東海林の行方だ。やつを捕まえればはっきりするだろう」

諸鍛冶がホワイトボードに貼りつけられた東海林の写真を指さした。

＊

三月二十二日。

篠崎未來の死体が発見されて一日が経った。

その日の捜査会議では、捜査員たちが町内をかけずり回って集めてきた情報が報告された。

まずは東海林裕三の行方だ。こちらについては杳《よう》として知れない。電車やバス、タクシーなどの交通機関を利用した形跡がまったくなかった。本人所有の黒塗りのワンボックスカーは職場の駐車場に置かれたままだ。まだ町内に身を潜めている可能性もある。とはいえ目撃情報はゼロだ。誰かが匿《かくま》っているのかもしれない。未來の自宅にかかってきた電話は最寄りのバス停付近の公衆電話からだった。また現場付近で白の軽自動車が走り去るのを近所に住む老人が目撃しているが、そちらの方も捜査中である。

そしてなにより衝撃的だったのは監察医の報告だ。

未來の傷痕の形状が、加賀見明巳のものとほぼ一致したという。傷口に刻まれた文様からアスター社製の小型ハンマーと特定することができた。アスター社は国産工具メーカーの最大手であり、凶器に使われたハンマーも大量生産されているので、そこから犯人を割り出すのは現実的に困難である。それでも他の班が凶器の出所を当たることになった。

そして未來の傷痕に他人の血液が微量ながら付着していたという。その血液が最初の犠牲者である加賀見明巳のものと一致した。つまり凶器は明巳に使われたものと同一と考えられる。

「同一犯かぁ……」

代官山はため息を漏らした。それを見たマヤがクスリと笑う。

「勘が外れたわね」

「東海林が篠崎未來まで殺したんですね。加賀見明巳は分かるとしても、いったいなんのために」

東海林は公衆電話を使って未來を呼び出した。そして殺害……。

代官山たちは未來と東海林の接点を調べるために朝一番から喫茶店ベルリンに出向いた。また彼女の友人知人を回って聞き込みを展開させた。しかし未來と東海林がつながるような証言は得られなかった。

「交際するにしても不倫だから、細心の注意を払っていたということですかね」

明巳との関係も職場ではほとんど噂になっていなかった。東海林は浮気に関して相当の手《て》練《だ》れなのかもしれない。

「代官様はあくまで東海林が犯人だと考えているの」

「そりゃあ行方をくらましてますからね……って東海林が犯人じゃないんですか」

代官山はマヤの顔を覗き込んだ。

「そんなのまだ分かんないわよ。でも捜査に先入観は禁物ね」

「それは分かってますけど……って、もしかして犯人分かってるのに内緒にしているんじゃないでしょうね」

「そんなわけないじゃん。この時点で犯人が分かったら神様よ」

「いくら死体が見たいからって犯人を泳がすのは止めてくださいよ。黒井さんよりも若い娘が二人も殺されているんですよ」

とりあえずここで念を押して釘を刺す。

「たしかにあんなつまんない殺され方では浮かばれないわね。あの子たちもメンゲレ博士だったら幸せだったでしょうに」

「そ、それはないと思いますけど……」

先日のあしゅら男爵や首のすげ替え死体を思い出すと胃の辺りがムカムカしてくる。

「ぶっちゃけ、今回の犯人にはがっかりよ。殺しの美学がまるで感じられない。こだわりもなければセンスもゼロ。そんなやつに人を殺す資格なんてないわよ」

「いやいや、そもそもそんな資格自体がないですよ」

代官山のツッコミをマヤは意にも介さない。

「だからさっさと犯人を逮捕してくれちゃって構わないわ。もう少し楽しませてくれるかと思ったのにがっかりもいいところよ。こんなクソ田舎、歩いているのは老いぼればかりだし、コンビニもろくにないじゃない」

彼女は頬を膨らませた。

「そういえば聞こうと思って忘れちゃってたんですけど……」

「なによ？」

「ここに来る前、今回を逃したら次は五十年以上先になるとか言ってたじゃないですか。それって皆既日食とかなんとか彗星みたいな天体イベントだと思っていたんですけど、本当はこの事件のことじゃないですか」

「あら、もしかしてあなたも気づいたの？」

「気づくって……なにに気づくんですか」

「代官様がそこまで鋭いわけないか」

「わ、悪かったですね！　だったら鈍くさい僕に分かるように教えてくださいよ」

マヤはメモ帳を開くと代官山に向けて差し出した。そこには年号が並んでいた。


大正十四年（1925年）、大正十五年（1926年）、昭和二年（1927年）、昭和四年（1929年）、昭和七年（1932年）、昭和十二年（1937年）、昭和二十年（1945年）、昭和三十三年（1958年）、昭和五十四年（1979年）、平成二十五年（2013年）

「なんなんですか？　これは」

最後の平成二十五年はまさに現在だ。一番最初は大正時代だし、途中には終戦の年もある。

「城華町で殺人事件が起こった年よ。これらの年の三月にそれぞれ何人かの若い女性が殺されているの」

「マジですか」

今年の一つ前は昭和五十四年。今から三十四年前だ。そういえば霊安室で巧真が、昔の連続殺人事件のことを諸鍛冶に聞いていた。巧真の祖父もその話になると言葉を濁したという。

「被害者の女性たちは、下着姿のまま両手足をロープで縛られた状態で針金で絞め殺されていたそうよ」

「針金？　それはひどい」

死体の姿を想像すると居たたまれなくなる。

「今回の犯人よりもずっとセンスがいいわよ。被害者たちの魂も少しは浮かばれたと思うわ」

とマヤは真顔で言う。もはやつっ込む気にもなれない。

「それはともかく、昔はかなり頻繁に事件が起こっていたんですね」

「時代が時代だからきちんとした記録が残されてないの。インターネットでも調べてみたけど、ほとんどヒットしなかったわ。そこで今朝、郷土歴史研究家の江崎っていう人に話を聞いたの」

「どこに行ってたかと思ったら……」

今日の午前中、マヤは単独行動を取っていた。渋谷からマヤを自由にさせるように言われているので、聞き込みは巧真と二人で回った。

江崎正一《しょういち》という人物は城華町の歴史を研究している年配の男性だそうだ。亡くなった父親がフリーの新聞記者をしており、当時の資料が自宅に保管されていたという。マヤはそれらを閲覧させてもらっていたらしい。

「どうやら当時の町長や署長らが事件のことを表沙汰にしないよう動いていたようね。だから昔の事件は新聞沙汰にならなかったそうよ。さすがに情報化社会に突入していた三十四年前はそうはいかなかったようだけど。そうそう、その直後に韓国でも似たような事件が起こって、同一犯じゃないかなんて言われたそうよ」

韓国で起こったという女性連続殺人事件は映画にもなった。そちらは十人もの被害者が出たそうだ。犯人不明のまま公訴時効が成立してしまったという。

「それで……今回を逃すと五十年以上先になるってどういう意味なんですか」

「年号じゃなくて西暦をよく見てごらんなさい。なにか気づかない？」

「西暦ですか」

代官山はメモ帳に記載された数字をじっと見つめた。

1925、1926、1927、1929、1932、1937、1945……2013。

最初の三件は三年連続だが、その次は二年後だ。そして年代が進むにしたがってその間隔が広がっている。

「江崎さんも、彼の亡くなったお父さんも気づいてなかったみたいよ。お父さんの残した資料には年号で記載されていたからだわ。西暦に直さないと気づきにくいかもね。ヒントは数列よ。数字と数字の間隔に注目して」

「数列……間隔？」

代官山が答えをはじき出したのはそれから十五分も経ってからだった。いつの間にか会議は終わって会議室の中は閑散としていた。

「分かった！　フィボナッチ数列ですね」

「ほぉ、やるじゃないの」

マヤが感心したように口をすぼめた。

「実は今読んでいる『ダ・ヴィンチ・サイン』の暗号にフィボナッチ数列が出てくるんですよ。ある学者が殺されるんですけど、彼は死ぬ間際に自分の血をインクにしてダイイングメッセージを残すんです。いちいち暗号にする意味が分かんないですけどね」

そこはミステリ小説だから大目に見るとして、その暗号がフィボナッチ数列というわけだ。

「へえ、そうだったんだ。ミステリ小説もたまには読んでみるものね」

代官山は前後の数字の差を書き並べてみた。

1、1、2、3、5、8、13、21、34

この数列には大きな特徴がある。前二つの数字の和で次の数字が決まっている。

「なるほど。今年を逃すと、次は21足す34で55年後というわけか」

「そういうことよ」

ここではたと気づくことがあった。

「つまり黒井さんは、今年が殺人のある年だって気づいていたってことじゃないですか」

「警告したところで警察や町民たちが本気で取り合うと思う？　そもそも三十四年前の事件は解決済みよ」

そうだとしても数列に該当する今年、こうして事件が起こっている。

「そうか……だから旅行先に城華町を希望したんですね」

マヤにとって殺人事件は、皆既月食やなんとか彗星よりもはるかに有意義なイベントである。そしてそのイベントが起こることを彼女は確信していた。そこで父親に電話して捜査に参加できるよう手を回したのだ。

「おかげで慰安旅行がおじゃんになったんです。こんなこと知ったら三係の連中が怒りますよ」

「彼らは根っからの刑事よ。ほら見なさい、みんな生き生きしてるわ」

たしかに全員、刑事の目になっている。悪を憎む目だ。犯人を捕まえるためなら生活を犠牲にすることも厭わない。

「たしかにそうですけど……」

「それにこういうミステリ、代官様だって興味あるでしょ」

しかしながらこんな田舎の殺人事件の法則をよくぞ見つけ出したものだ。地元警察ですら気づいた様子はない。

とはいえ……。

「いやいや、でもやっぱり偶然ですよ。東海林がそれを狙っていたとは思えません。彼は不倫相手の存在が邪魔になったから殺したんでしょ。その動機と数列は関係ないんじゃないですか」

そう考えると過去の事件と数列との符合も偶然に思える。

「自然界はフィボナッチ数列に支配されてるのよ」

「はあ？」

マヤの言うことがさっぱり分からない。

「例えば花びらの数ね。ユリは三枚、サクラとウメは五枚、コスモスは八枚、キク科植物は十三枚、二十一枚、三十四枚、五十五枚などあって、フィボナッチ数列と一致するわ。他にもヒマワリや松ぼっくりのような植物の葉や実に現れる螺旋の数、木の枝分かれの数、葉のつき方、巻き貝の形、サボテンのトゲの数なんかもそうよ。蜂や蟻の家系を辿《たど》っていくとフィボナッチ数列が現れる。もちろん人間界も同じよ。建築や美術、科学、医学、遺伝子工学。あらゆる分野に出てくるわ」

「つまり一九二五年から八十八年にわたる一連の事件の犯人たちは、フィボナッチ数列に支配されていたというわけですか」

マヤはにっこりと微笑んで首肯した。

「たしかに数列が出てきてますけど、だからといって東海林の不倫や殺意まで、それに支配されていたなんて考えるのは飛躍しすぎでしょう」

人々の浮気や不倫が、数列に基づいているなんて聞いたことがない。

「やっぱり考えすぎかな……」

　マヤは持論に自信が失せたのか声のトーンを落とした。

「だと思いますよ。今回の事件は単純に痴情のもつれってところじゃないですかね」

　彼女は不満そうに唇《う》を突き出した。

　そのとき会議室の外に出ていた渋谷が戻ってきた。

「東海林裕三が見つかったぞ」

　渋谷が重苦しい口調で言った。出入り口で署の同僚と雑談していた巧真もこちらに寄ってくる。

「どこでですか」

「川だ」

「まさか泳いでいたんですか。まだ三月ですよ」

「アホか。下流で浮かんでいるところを発見された。どうやらそれが東海林らしい」

「つまり死体というわけですか」

　渋谷が顔をしかめながらうなずいた。かかりつけの歯科医師に確認を取ってもらったところ歯の治療痕も一致したという。

「逃げられないと観念して川に身を投げたんですね」

　と巧真が無念そうに言った。

「ところがそうでもなさそうだ。死体の頭部の一部が陥没していた。ハンマーで殴られた痕らしい」

「どういうことですか」

これには彼も目を大きく見開いた。

「それだけじゃないぞ。死亡推定日時は三月十七日から十八日にかけてと報告があった。少なくとも、篠崎未來は東海林の犯行ではないということだ」

「ちょ、ちょっと待ってください。加賀見明巳と篠崎未來は同一犯ですよね」

代官山の指摘に巧真も同調したようにうなずいている。

未來の傷口には明巳の血液が付着していたと監察医から報告された。つまりそれは同じ凶器が使われたことを示している。

「明巳を殺害したのも東海林じゃなかったってことだ」

一同は声のした出入り口の方を向いた。諸鍛冶が部屋に入ってきた。その後ろには浜田がついてきている。

「事件当夜、東海林が帰宅途中の明巳のあとをつけていたという目撃情報もある。人気のない場所で殺すつもりだったかもしれん。ところが実行する前に彼女は犯人に襲われた。東海林はそれを目撃してしまったんだろう。犯人に見つかって逃げ出した」

現場から「止めろ！　止めてくれ！」という男性の叫び声が聞こえたという証言。それは犯人に追われていたからだと言いつつ、諸鍛冶は話を続けた。

「犯人は川沿いに追いつめた東海林を凶器で殺害、死体を川へ投げ込んだ。あの日は上流のダムが放水していたから水嵩《みずかさ》も増していたはずだ。発見されるのに数日かかっているから、しばらく川底に引っかかっていたかもしれんな」

たしかにそれなら筋は通る。

「じゃあ、犯人は誰なんですか」

巧真が訴えるように言った。

「それを突き止めるのが俺たちの仕事だろう」

諸鍛冶は口調を引き締めながら、巧真の肩をポンと叩いた。彼は複雑そうな顔を向けた。後輩が犯人ではなかった安堵と、犯人不明に陥った焦燥が浮かんでいる。

「犯人だと思っていた人間が被害者になるなんて思いもしませんでした」

重々しい空気の中、浜田が遠慮がちに言った。

「あら、浜田くん。東海林が犯人だったら、ヒネリもなにもなくてつまんないわよ」

「つまんないとはどういう意味だよ」

諸鍛冶が険しい顔をして一歩前に出た。

「ま、まあ！　犯人はつまらない人間っていう意味ですよ。ねえ、黒井さん」

代官山は慌てて二人の間に入っていなした。

「そ、そうよ……。そんな凄まなくてもいいじゃないの。ただでさえ怖い顔してんだから」

諸鍛冶の形相に気圧《けお》されたのか、珍しくマヤが後ずさる。

「あの坊ちゃんの娘が今回の捜査に参加しているとは……なにかの因縁かね」

あの坊ちゃん……黒井篤郎のことか。

諸鍛冶はほんの少しだけ表情を緩めた。

「因縁ってどういう意味ですか」

浜田がおそるおそるといった様子で尋ねた。

「三十四年前の事件で俺は黒井さんと組んだんだよ。二人ともまだ駆け出しのぺーぺーだったけどな」

「マジですか！」

一同の視線がマヤに集まった。彼女に驚いた様子はない。

「黒井さん、なんで内緒にしてたんですか」

「別に言わなきゃいけないことでもないでしょ」

「そりゃそうですけど……」

しかし父親に手を回してまでこの事件に首を突っ込もうとする以上、三十四年前の事件が無関係とは思えない。

「もしかして数列のこともお父さんから聞いたんじゃないですか」

代官山は声を潜めてマヤを肘でつついた。

「単なる偶然なんでしょ」

と彼女もつっつき返してくる。

「仲がいいな。お似合いのアベックだ」

諸鍛冶が冷ややかに言った。

「諸鍛冶さん、今どきアベックなんて言いませんよ」

巧真がそっと指摘すると「うるせえな」と頭を掻いた。

「三十四年前ってどんな事件だったんですか」

浜田が緊張した面持ちで言った。

「町の若い女の子たちが五人も殺されたんだよ」

「その犯人はどうなったのかしら？」

マヤが腰を手に当てながら見下すような視線を彼に向けた。

「五人も殺したんだ。相応の罰が下ったさ」

「相応の罰ねぇ……」

彼女は鼻を鳴らす。諸鍛冶はなにか言いたげだったが、口を二、三度モゴモゴさせるだけで言葉にしなかった。

「三十四年前の事件の模倣犯ってことはないですかね」

浜田が人差し指を立てた。

「それはどうかしら。三十四年前の事件で女性たちは全員左手の中指を切断されていたそうよ。そうでしょ、諸鍛冶さん」

諸鍛冶は小さく首肯する。

「ああ、もうその話は止めてくれんか。前も言ったとおり気分が悪い。虫酸《むしず》が走るんだよ」

「でしょうね」

マヤがぼそりとつぶやくと、諸鍛冶は舌打ちをして彼女を睨みつけた。

一九七九年三月二十七日——諸鍜冶儀助

昨日からの雨は随分と弱まったが、冷たい霧雨となって体にまとわりついてくる。服の隙間から水分が入り込んできて、傘を差していてもあっという間に体が冷たくなった。

諸鍜冶は水滴で曇った腕時計の文字盤カバーを指で拭う。時刻は午前八時四十五分。朝を迎えたばかりなのに辺りはどんよりと薄暗い。木々の間に黄色いロープを張って封鎖された山林に足を踏み入れる。ぬかるんだ地面が靴に絡みついては前に進もうとする足を引っぱる。付近に停車しているパトカーの回転灯が幾層にも木々を横切っていた。

諸鍜冶はゆっくりと捜査員たちの集まっている奥に進んだ。近づくにつれて足枷《あしかせ》が増したように足取りが重くなり、無意識のうちに呼吸が浅くなる。隣を歩く黒井は傘を差すことすら忘れている。ガマガエルのような顔をぐっしょりと濡らしながら、虚《うつ》ろな瞳は目的地である五メートル先に向いている。足下に転がっている影が見えたが、それを取り囲んでいる捜査員たちの足が邪魔ではっきりしない。

あと三メートル。刑事たちの一人が振り返った。箕輪だ。その隣は服部だった。彼らは痛ましそうに顔を横に振ると場所を空けた。

諸鍛冶と黒井は箕輪たちと入れ替わると足を止めた。

足下には下着姿の女性……少女が横たわっていた。両手首は後ろに回されてロープで固定されている。見るまでもないが、左手の中指は短くなっていた。そして頸部には切れ目のような深い線が刻まれている。鑑識の一人が首を少し動かすと細い針金が巻きついていた。

少女の瞳は両方の眼瞼《がんけん》を開いたままの状態で光を失っていた。横向きになった顔の右側半分ほどがぬかるんだ泥水の中に埋まっている。

「どけぇえ！　どいてくれぇえ！」

背後で男性の怒鳴り声が聞こえた。振り返ると、ロープが張られた山林の入り口で男性が警官数名に取り押さえられている。

「娘に、娘に会わせてくれえ！」

男性は半狂乱で喚いていた。彼女の父親だ。諸鍛冶もよく知っている男性である。しかしいくら遺族といえど、今ここに立ち入らせるわけにはいかない。捜査においてはなにより現場保存が優先される。だが諸鍛冶は、取り押さえる警官たちを殴り倒して父親をここまで連れてきてやりたい衝動に駆られた。

すぐ近くで声が震えた。声の主に視線を向ける。黒井だった。彼はぬかるみも気にせず座り込むと、頭を沼のような地面にこすりつけた。

「ちくしょう！　ちくしょう！　ちくしょう！」

黒井の慟哭《どうこく》に反応したのか、木々に止まっていた鳥が一斉に飛び立った。彼は何度も何度も泥に拳を叩きつけた。

「なんでだよぉ、なんで摩耶ちゃんなんだよぉ」

それでも刑事の性分が体に染みついているのか、死体には触れなかった。

転がっているのは旅館まやの看板娘、池上摩耶だった。昨夜、旅館に帰った黒井に父親が「娘がいなくなった」と告げた。連絡を受けた捜査本部はただちに捜査員たちに招集をかけるとともに、町の青年団にも協力を取りつけた。捜索は夜を徹して行われた。

そして午前七時五十五分、山林内の枯れ木の下に隠された少女の死体を捜査員の一人が見つけ出したというわけである。

諸鍛冶は摩耶の死を現実として受け入れられずにいた。目の前の出来事がブラウン管や銀幕を通した映像のように見え、周囲の雑音や臭いすらなにかの演出にすら感じられた。そのおかげで怒りや憎しみや悲しみがわき上がることなく、むしろテレビドラマの視聴者のように客観的かつ冷静な心理状態だった。それはきっと逃避だったのだろう。目の前の出来事を絶対的な現実として認識していたら、きっと精神が崩壊していたに違いない。致命的な衝撃を近づけないよう、脳が壁を作ったのだ。

しかし黒井は違ったようだ。衝撃を真正面から受けてしまった。それは狂気じみた慟哭に表れている。しかしそれも長く続くわけでもなかった。彼はピタリと声を止めるとゆらりと立ち上がった。

「く、黒井さん……？」

諸鍛冶に返事もせず、黒井は回れ右をして山林の出口に向かった。

「黒井さん！　どこに行くつもりですか」

諸鍛冶は彼の後を追う。箕輪と服部が訝しげにこちらを見た。それでも黒井は傘も差さずに前に進む。彼の形相に気圧《けお》されたのか、捜査員たちはその場を離れて道を空けた。まるでモーゼの十戒の海面が裂けていくシーンのように、人波が二つに割れた。

黒井は警察車両の一つに乗り込むとエンジンをスタートさせる。声をかけてもなにも答えようとしないので、諸鍛冶は助手席に乗り込んだ。黒井は無言で車を発進させると、城華町署と隣接する城華町役場の駐車場に滑り込んだ。車の時計は九時ジャストを指していた。

黒井は車から降りると、役場の入り口に掲げられた案内図を確認し、階段に向かった。鉄筋の三階建ての庁舎は三年前に建て替えられたばかりだ。外壁に御影石が使われた重厚な建物で、人口規模や財政を考えれば豪奢《ごうしゃ》すぎる気もするが、ここで働けることは町民にとってちょっとしたステータスなのだ。

黒井は階段を駆け上がると、三階廊下の突き当たりの部屋に飛び込んだ。扉には「城華町有線放送局」と、字体を切り抜いたカラフルなプレートが貼りつけられていた。

乱暴に扉を開いたので中にいる三人のスタッフが目を丸くしている。その中に先日インタビューを受けた竹久保という女性もいた。さほど広くない部屋ではあるがアンプやスピーカーやマイクなど音響設備が充実していて、ちょっとしたラジオ局のスタジオを思わせる。スタッフのうち一人はヘッドフォンをつけていた。三十代半ばの男性だ。ピンク色のセーターを背中に羽織って袖を胸元で結んでいる。

「な、なんですか⁉」

ヘッドフォンの男性が諸鍛冶と黒井に非難の目を向けた。聞いたことのある声だ。

「警視庁の黒井篤郎だ」

彼は警察手帳を掲げると、男の頭からヘッドフォンをもぎ取って虚空に放り投げた。その迫力に気圧されたのか、男性はポカンと黒井の顔を見つめている。

「聞きたいことがある。昨夜七時過ぎに村木浜沙耶の曲を流したのは誰だ」

「ぼ、僕ですが……」

ヘッドフォンを取られた男性が手を挙げた。名前を尋ねると佐久米《さくま》と名乗った。聞き慣れない名字と思ったら案の定、竹久保と同じく地元の人間ではなかった。有線放送電話の運営は民間の業者に委託されているという。つまりここにいる彼らは業者の社員らしい。そして佐久米がＤＪを担当していた。どうりで聞き覚えのある声である。

「どういういきさつであの曲を流した？」

黒井が唸《うな》るような声で詰問する。

「どういうって……リクエストですよ。あの時間の選曲はリクエストで決めるんです」

黒井がいきなり乱暴に佐久米の胸ぐらを摑み上げた。竹久保ももう一人の若い男性スタッフも呆然《ぼうぜん》とした様子でやりとりを眺めている。

「誰だ⁉　誰のリクエストだ」

「な、なんのことですか！」

「村木浜沙耶の『あなたに向かってファックユー』だよ」

「し、知りませんよ」

「知らないわけないだろ！　正直に答えないとただじゃおかねえぞっ！」

黒井が凄味を利かせて怒鳴りつける。ガマガエルの顔は憎悪に満ちていた。

「本当に知らないんですよ！　リクエストはいつも葉書で来ますから」

「葉書はどこだ？　すぐに見せろ」

黒井が命じると竹久保が血相を変えながら葉書の束を持ってきた。

「諸鍛冶さん、ただちに確認！」

「は、はい！」

諸鍛冶は竹久保から葉書を受け取ると内容を確認した。全部で十五枚だ。消印を確認すると、ここ十日間ほどのリクエストだ。音楽の時間は夜七時だけでなく、他にも朝と昼の部をいれて合計三回ある。しかしリクエストの中に村木浜沙耶の曲は見つからなかった。

「どういうことだ！」

黒井が怒鳴りつけた。

「リ、リクエストのない日は私たちで選曲します」

緊張しているのか、竹久保は涙目になってたどたどしく答えた。

「そのときは誰が決めるんだ？」

「佐久米さんです」

彼女は佐久米を指さした。黒井が彼に向き直って胸ぐらを摑んだまままさらに顔を近づける。

「リクエストなんて嘘じゃないか！」

佐久米は首を小刻みに横に振った。

「思い出した！　電話です。村木浜沙耶のリクエストは電話でした。基本的に葉書が原則ですけど電話でも受けつけてます。葉書リクエストは昔に比べると随分と減ってしまったので」

「そいつは名前を名乗ったのか」

佐久米は心細そうに首を捻った。

「ジョウ……なんとかって名乗ってたような気がするんですけど、はっきりとは覚えてません。リクエストするのは常連さんが多いので、名前は紹介しませんから控えてないんです」

「もしかしてそいつの名前は城之内か？」

「ああ、そうそう！　城之内さんです。間違いありません」

佐久米は手をパンとはたいた。

城之内……二十一年前の犯人だ。どちらにしても本名ではないだろう。

「城之内さんからは何回かリクエストを受けましたよ。村木浜沙耶のファンだと言ってました。ヒット曲だし、くり返してもいいかと思って何回か採用してます」

一度二度は不採用だった日もあるようだ。その日は犯行を見送ったのだろう。

「そいつはどんな声だった⁉　話し方に特徴がなかったか」

「く、苦しい……」

興奮気味の黒井は佐久米の首を強く締め上げていた。諸鍛冶が黒井の肩を叩くと、彼は我に返ったような顔をして、佐久米から手を離した。佐久米は咳をしながら呼吸を整えている。

「声はどうでしたか？」

今度は諸鍛冶が優しく尋ねる。

「声も話し方も普通でしたよ。方言もなかったと思います」

城華町は東京都だけに町民たちの言葉は標準語に近い。イントネーションに若干の癖があったりするが、それも聞かれなかったという。

「思い出せ！　なんかあるはずだ」

黒井が横から怒鳴りつけた。

「黒井さん！」

佐久米が怯えるので、諸鍛冶は黒井を制した。

「それは初めて聞く声でしたか」

「いや、それが……どこか他でも聞いた記憶があるんだけど、思い出せないです」

佐久米はこめかみに指をグリグリと押し当てた。

「思い出せそうですか？」

「単に似てただけかもしれないし、思い違いかもしれません」

「ここの電話で受けたんですか？」

　諸鍛冶は電話を指した。台の上には普通の固定電話と有線放送電話が並んで設置されていた。

「はい。リクエストの電話はすべてこのスタジオです。その人の電話はいつも番組の始まる三十分前くらいにかかってきました。大抵電話リクエストの人はそのタイミングが多いですけどね」

「それは有線放送電話ですか」

「そういえば……村木浜沙耶のリクエストはいずれも固定電話でした。ここの町民は通話料金がタダの有線放送電話を使いますからね。自宅に有線放送電話を設置していないか、もしくは町外からかけているのかもしれません」

「情報提供ありがとうございます」

　諸鍛冶は無礼を詫びて黒井を促しながらスタジオを辞去した。

「諸鍛冶さん、電電公社を当たって、スタジオにかかってきた電話の通話記録を調べてください。今すぐにです！」

「りょ、了解です」

　黒井の目つきに背筋がぞわりとする。彼は昨日までとまるで人が変わっていた。その瞳には憎悪の炎が揺らめいて、ほんのりと浮かべた薄笑いには狂気すら漂っていた。

＊

取調室には池上正造《しょうぞう》が座っていた。まるで生気を抜かれたように虚ろな目をデスクの上に落とした状態でうなだれている。

「オヤジさん」

諸鍛冶が声をかけると、正造は土色になった顔を上げて曖昧な目つきで見た。

「こんなことになっちまって……本当にすまん」

諸鍛冶はデスクに額をこすりつけて謝った。

「摩耶のやつ、敏美《としみ》に会えてんのかな。会いたいって何度も言ってたからさ」

敏美は彼の妻、そして摩耶の亡くなった母親である。

「きっと……」

こみ上げてくるものがあって諸鍛冶は言葉にできなかった。黒井はいつものように部屋の片隅で静かに記録を取っている。後ろ姿の両肩はわずかに震えていた。

「誠には？」

「まだ連絡してない」

誠は摩耶の二つ上の実兄である。今は都心のホテルで修業中だ。いずれは旅館まやを継ぐつもりだと本人から聞いたことがある。

「妹思いのやつですからね……」

端から見ていても微笑ましく思えるほど、仲の良い兄妹だった。

「それにしても摩耶のやつはどうして外に出ちまったのかなぁ。俺もさんざんうるさく言っておいたのに」

正造は涙がこぼれないよう虚空を見上げながら声を震わせている。

「そこなんですよ。俺も彼女には夜は外出しないよう念押ししておいたんです。それなのに、どうしてあんな時間に外出したんでしょう」

正造の説明によれば、午後の六時半まで夕食の準備を手伝っていたという。それ以降、娘はてっきり自室で過ごしているものとばかり思っていた。夜十時になって風呂に入るよう声をかけたが返事がない。部屋の襖《ふすま》を開けたが娘の姿がない。屋内のどこかにいるのだろうと捜したが、それでも見つからない。客たちに聞いてみたが見かけていないという。ただならぬ胸騒ぎを覚えた父親はすぐに城華町署に連絡を入れた。それが昨夜の十時半頃だ。

「分からん……。昨日は娘の様子が少しおかしかったんだ。俺のことを軽蔑……いや、警戒していたような感じだった」

たしかに摩耶は昨日の昼過ぎにここを訪れて、父親を疑っているようなことを話していた。

「喧嘩でもしたんですか」

「それはない。憎まれたりする心当たりもないよ。おかしくなったのは昼くらいからだ。朝はいつもと変わらなかった」

正造は痛みがあるのか、胸を押さえてため息をついた。朝は変わらなかったということは、それから昼までの間に父親を疑うようなきっかけがあったのだろうか。しかし今となっては確かめようがない。

「なにがあったか知らないけど、それが原因で外出したってことは考えられますか」

「ああ。玄関が開くとチャイムが鳴るから、外に出たならすぐに分かる。チャイムが鳴らなかったということは裏口からこっそり出たんだろう」

「恋人にでも逢いに行ったとか」

黒井の背中がビクンと反応する。しかし彼は顔を向けなかった。

「そんなものはいない……いや、本当のところは分からんけどな。今となってはせめて恋人の一人くらいいたってなあ……そんな思い出もなく死んじまうなんて、あまりにミジメじゃないか！」

正造は涙腺が決壊したように泣き崩れた。

＊

――三月二十八日。

池上摩耶の死体が発見されてから一日が経った。

五人目の犠牲者が出たことで、捜査本部には絶望を通り越して末期的な空気が流れていた。雛壇の幹部たちは憔悴しきった顔で報告に耳を傾けている。

摩耶の死体が見つかった現場からは、やはり犯人に結びつく遺留品は見つからなかった。今回も雨が犯人に味方をしたようだ。多くの痕跡は洗い流されていた。捜査員たちの表情にも動揺が見え隠れしていた。

しかし黒井の報告だけは彼らの関心を大いに引いたようだ。

村木浜沙耶のヒット曲である。歌詞の一部に「私の左のお兄ちゃん」――つまり被害者たちが切断されている左の中指が出てくること。そして電電公社に問い合わせて、有線放送のスタジオにかかってきた電話の発信元を調べてもらったところ、村木浜沙耶のリクエストをしたと思われる日時の電話はいずれも町内の、それも犯行現場から最寄りの公衆電話であることも分かった。

報告を聞いた雛壇の幹部たちは顔を近づけて相談をはじめた。

そして一分後。

「黒井と諸鍛冶はリクエストをした人間を突き止めてくれ」

それまで曲との関連性について懐疑的だった新井が二人に命じた。

「新井管理官、我々も二人に協力したい。有線放送のリクエストは重要な手がかりだと思います」

箕輪が手を挙げて申し出た。隣に座っている服部もうなずいている。

「そうか。箕輪さんと服部さんが加わってくれるなら心強い。よろしくお願いします」

新井が自分より年上のベテラン刑事に半ばすがるような声で承諾した。今は犯人につながりそうな情報であれば、どんな些細《ささい》なことでもそれに賭けたいと思うほどに追いつめられているのだろう。

「よかったですね。あの二人が加わってくれるなら鬼に金棒ですよ」

「え、ええ……そうですね」

諸鍛冶が声をかけると、黒井はどこか上の空で答えた。いまだに摩耶の死のショックを引きずっているようだ。

「黒井さん、しっかりしてください。俺たちで摩耶ちゃんの仇をとるんでしょう」

「え、ああ……もちろんです。すみません」

黒井が奮い立たせるように自分の頬を叩く。

捜査会議が終わると廊下でベテラン刑事のコンビと合流した。

「箕輪さん、洗濯物ですか」

諸鍛冶は、箕輪が持っている膨らんだ風呂敷包みを指さした。

「ああ、ここんとこ雨の中に出ることが多かったからね。シャツはいいんだが、ズボンの替えがなくなっちまってな。少しだけ時間をもらってコインランドリーに寄ってきた。乾燥機があるから助かるよ」

彼は自販機近くのベンチの上に風呂敷包みを投げ置くと、缶コーヒーを買った。

「黒井さん、あんた大丈夫か？」

服部が心配そうに声をかけた。黒井は口を半開きにして、箕輪の風呂敷包みをじっと見下ろしている。

「黒井さんっ！」

またも上の空だったので諸鍛冶は名前を呼んだ。黒井は我に返ったように顔を上げた。

「頼みますよ。もうこれ以上、この町から被害者を出すわけにはいかないんですからね」

黒井はなおも曖昧な表情で「大丈夫です」と返した。

「とりあえずリクエストをした人間を突き止めて、そいつを引っぱってくることだな」

服部が言うと缶に口をつけた箕輪がうなずいた。

「そういえば、その電話を受けたスタジオの人間が、声をどこかで聞いたことがあると言ってましたね」

諸鍛冶は佐久米の言葉を思い出した。

「本当か⁉」

ベテラン刑事二人が身を乗り出した。

「ただはっきりと思い出せないみたいです。思い違いかもしれないと言ってました」

「まあ、似た声なんていくらでもあるからな」

服部が残念そうに首を振った。

「事件当時、現場付近の公衆電話を使っていた人間を手分けして当たってみよう。受話器に指紋が付着しているかもしれないから、そちらは鑑識に調べさせる」

箕輪と服部は、署を飛び出していった。

「黒井さん、俺たちも行きましょう」

「諸鍛冶さんは、もう一度佐久米を当たってください。犯人の声を思い出すかもしれない」

「黒井さんはどうするんです？」

「少し調べたいことがあります。数時間だけ単独行動を取らせてください」

「それってまずいんじゃないですか」

　捜査中の刑事は基本的に単独行動を禁じられている。どうしても必要なら上の許可が必要だ。

「ほんの数時間ですから。上には内緒ということでお願いします」

　黒井は拝むように両手を合わせてきた。

「まあ、数時間なら大丈夫だと思うんですけど……。夕方までには戻ってきてくださいよ。バレたらいくら黒井さんでもまずいことになりますから」

「大丈夫です。諸鍛冶さんに迷惑はかけません」

「お願いしますよ」

　諸鍛冶は念を押して署を出た。

＊

　三月二十九日。午前十時。

今日も厚い雲がどんよりとした、気の滅入るような天気だ。しかし穏やかな陽の温もりは春の訪れを感じさせる。徐々に桜が色をつけはじめている。来週には満開になるだろう。

「箕輪さん、服部さん」

諸鍛冶は署を出て行こうとする二人に声をかけた。

「公衆電話の方はどうでした」

「夏木時江と浜岡由美が殺害される直前に、現場付近の公衆電話ボックスで帽子を被った男が電話をかけている姿が目撃されている。今はその男の行方を追っている最中だ」

服部は握り拳に力を入れながら言った。

「見つかりそうですか」

「見つけるしかないだろう。そっちの方はどうなんだ」

「佐久米が電話の声の主に心当たりを思い出したそうです」

「本当か⁉　そいつは誰だ」

服部も箕輪も身を寄せてくる。

「それが誰なのかまではははっきりしないようで……」

「なんだそりゃ？」

「どうも自分が今までインタビューした人物の声だと思い出したようで、今日の仕事が終わったら、以前の取材テープを聞き直して確認すると連絡がありました」

「そうか！　それは大きな手がかりになりそうだな。切断された左手の中指、そしてリクエストは現場最寄りの公衆電話。あの曲は犯人につながっているような気がするぞ」

犯人はあの曲に殺人衝動を刺激されるのだろうか。

「今夜九時、スタジオで話を聞く予定になっています。八時には仕事が終わってスタッフも帰宅するようなんですが、佐久米は残ってテープの確認をしてくれるそうです。九時までには声の主を特定しておくと言ってました」

「夜遅くまで一人残って協力してくれるなんてありがたい」

箕輪は感心するように言った。

「九時になったら、俺と黒井さんで話を聞きに行って来ます」

「頼んだぞ。その情報が事件解決の糸口になるかもしれん」

服部が頼もしそうに諸鍛冶の背中を叩いた。

「村木浜沙耶の曲に着目したのも見事だった」

「あれは黒井さんです。新米とはいえさすがは東大卒のエリートですよ」

「若は大丈夫か？　旅館の娘の死が随分ショックだったようだが」

箕輪が心配そうに聞いた。

「ええ、そうみたいですけど、今日は少し元気を取り戻してますよ。今、佐久米のことを係長に報告しているところです」

「そうか……それならいいんだが」

箕輪は捜査本部が設置されている署の二階を見上げながら言った。

「とりあえず佐久米の件はよろしく頼んだぞ。我々は公衆電話をもう少し当たってみる。いくつか目撃情報は出ているがまだ絞り切れておらん」

「そちらもよろしくお願いします」

諸鍛冶は頭を下げて二人から離れた。

これで大詰めになるのか……この時点で諸鍛冶は半信半疑だった。

＊

中は狭くて暗くて息苦しい。

諸鍛冶は穴からそっと外を覗いた。

部屋の様子が、スリットの入った覗き穴の枠で切り取られている。そこから少し離れたデスクに座っている男性の背中が見える。壁に掛かった時計の針は八時二十分を指していた。

諸鍛冶は小さく細い息を吐いた。この中に入ってからもう三十分は経つ。こぼれ落ちてくる汗が目に入ったので額を拭う。先ほどからこれの繰り返しだ。

喉が渇く。

唾を飲み込んだそのときだった！

突然、すぐ近くの扉が開く音がして部屋の電気が消えた。

足音が部屋の中に入ってくる。穴から覗いても真っ暗でなにも見えない。電気を消したのは明らかに足音の主だ。諸鍛冶は息を殺して耳に神経を集中させた。抑えた息づかいと一緒に真横を通り過ぎた足音はデスクの方に向かっている。諸鍛冶の存在には気づいていないようだ。

ガタン！

なにかが倒れる音がした。

それを合図に諸鍛冶は外に飛び出した。同時にすぐ隣からももう一つの人影が姿を見せた。

諸鍛冶は部屋の扉の前に立って封鎖すると、電気のスイッチを入れた。

蛍光灯が点灯して部屋の中が一気に明るくなった。

デスクに座っていた男性は床に倒れていた。

背中には包丁が墓標のように突き立っている。男性はピクリとも動かない。

「それは人形ですよ。佐久米だと思いましたか」

黒井は人形を呆然と見下ろしているスキンヘッドの男性に言った。彼はこちらに背中を向けていた。上下とも紺色のジャージである。

「ロッカーの中に隠れていたのか」

スキンヘッドは蛍光灯の明かりを反射させている頭を撫でた。

諸鍛冶と黒井は部屋の出入り口のすぐ近くに設置されたロッカーの中に身を潜めていたのだ。この部屋は町役場の三階にある有線放送のスタジオである。

「やっぱりカツラだったんだな。ぱっと見では分からなかった。よくできてますね」

いつの間にか黒井はスキンヘッドの背中に拳銃を向けていた。

カツラだって……？

黒井は銃口を向けたまま、

「両手を上げてこちらを向け」

と命じた。

謎の男は両手を上げるとゆっくりと振り返った。男の顔が蛍光灯の明かりに照らされてくっきりと浮かび上がった。

眉間《みけん》の皺、鋭利な瞳、通った鼻筋、薄い唇、小さめの耳。何度も見たことのあるよく知った顔だった。ただ髪の毛がないだけだ。

男の顔を見て諸鍛冶は唾を飲み込んだ。

「旅館でも絶対に一人になってからじゃないと風呂場に入ろうとしないから、もしかしてとは思ってた。どうりで現場に髪の毛が落ちていないはずだ」

黒井は拳銃を構えたまま静かに言った。

「黒井さん、どうして俺だと気づいたんですか」

瞳をぎらつかせた男が尋ねた。

「ひもやロープの結び方にはその人の癖が出る。緊迫した状況ならなおさらだ。そういうときは最も慣れている習慣に基づいて行動する。あんたはまだ生きている女性たちの手足を縛った。歩き方を変えて足痕をごまかせても、ロープの結び目には癖が出たようだな。被害者たちの手足を縛ったロープは本結びだ。結び目には二本の角が出る。いずれも右の方が極端に長い。あんたがきのう手にしていた風呂敷の結び目がそうだった」

そういえば、風呂敷包みをじっと見つめる黒井の姿を思い出した。あのとき結び目に気づいたようだ。

「あれから旅館に戻ってあんたの荷物を検《あらた》めさせてもらったよ。ロープや針金、指を切断したニッパーは見つからなかった。用意周到なあんたのことだ、どこか別の場所に隠してあるんだろう。その代わり予備のカツラを見つけた。そして紐で綴じて持ってきた書類の束だ。僕は結び目を確認した。風呂敷と同じだ。それも被害者を縛ったロープと同じ結び目だったよ……箕輪さん」

黒井はゆっくりと男の名前を呼んだ。

スキンヘッドは箕輪だった。カツラを取るとほとんど別人といっていいほどに印象が変わる。十歳くらい老け込んで見えるが、異様な存在感があった。

昨日、署で別れてから黒井は箕輪の所持品を調べていたのだ。

黒井からその話を聞いたのは今朝だ。

疑惑の発芽は風呂敷包みの結び目だった。摩耶は殺害された夜、危険を顧みずに一人で外出している。黒井は摩耶がなにが起きても守ってくれるであろう信頼できる人物に呼び出されたと考えていた。そうでなくては彼女が一人で外に出るとは考えられない。そして彼女は父親を疑っているようなことを言っていた。そのことは黒井も本人から耳にしていたようだ。そんな事実はないのだが、彼女は父親に疑惑の目を向けていたようだ。だが、その原因が箕輪だったら説明がつく。彼女は宿泊客であり刑事である箕輪を全面的に信頼していたし、彼が父親への疑惑を臭わせるようなことを告げればそれも信じただろう。そのことで内密の話があるといえば容易に外に連れ出せたはずだ。

それから黒井は他の捜査員や署員に聞き回って、事件当時の箕輪の行動を確認した。すると犯行時刻前後だけ彼の所在が空白となっていた。現場までの移動は自転車があれば充分に可能だ。

そして佐久米とも話をした。彼はリクエストの電話主の声に聞き覚えがあると言っていた。今日話をした時点では、それが誰なのかまだ思い出せないという。黒井は佐久米にインタビュー音声の入ったカセットテープを出させると、おもむろにデッキに差し込んで再生させた。

「どうだ、この声じゃなかったか？」

「ええ！　そうです。この声に似てました」

箕輪の声を聞いた佐久米は確信した様子で力強くうなずいたらしい。箕輪はインタビューには一言二言しか答えてなかったこともあり、彼の記憶に曖昧な断片として留まる程度だったのだ。インタビューを担当した竹久保ですら、覚えてなかったくらいである。

風呂敷包みの結び目をきっかけに一気に箕輪への疑惑を深めた黒井だが、それでも憶測の域を出ない。結び目も偶然の一致かもしれないし、電話の声もあくまで似ているにすぎない。これではとても上司に報告なんてできない。見当違いだったら、謝って済まされるものではない。

そこで黒井は諸鍛冶に自らの推理を開陳した。驚くような内容だったがそれでも筋は取っているような気がした。なにより刑事だからこそ、手がかりを残さず警察の動きを読みながら犯行に及ぶことができたともいえる。

とはいえ、そのときでも半信半疑だった。それでも黒井の計画に乗ってみることにした。諸鍛冶は箕輪に、佐久米と夜九時にスタジオで会って確認するという話を伝えてプレッシャーをかけた。推理が正しければ必ず口封じにやってくるだろうと踏んだのだ。諸鍛冶と黒井は急遽拵《こしら》えた人形に佐久米の服を着せて彼に仕立てると、八時前からロッカーの中に身を潜めていたというわけである。

「さすがは若様、東大卒のエリートは違いますね」

箕輪は手を上げたまま片方の口角をつり上げた。

「どうしてあんたがこんなことを……なんのためにこんなひどいことをやったんだ」

黒井は両肩と一緒に声を震わせた。

「守ったんだよ、この町を」

「守っただと？　なにをどう守ったってんだよっ！」

黒井の喚き声が室内に響いた。額に青筋を立てて不格好な眉毛と目尻をつり上げている。

「僕はあんたのことを優秀な刑事だと認めていた。だからペアを組ませてもらうよう願い出たんだ。そんなあんたがどういうことだ」

「若、あんたが刑事になったのはなぜだ」

突然、箕輪が黒井に問いかけた。その表情に怯えや焦りは窺えない。かといって観念しているふうにも見えない。

「父の影響だ」

「もちろんそれもあるだろう。でも本当にそれだけか」

「ど、どういう意味だ」

黒井が一瞬うろたえた。

「あんたが死体を観察するときの目つきだよ。俺は前々から思っていたんだ。キャリアでエリートのあんたがわざわざ捜一に来たのも、それが目的じゃないかってね」

諸鍛冶は黒井を見た。彼は血走った目で薄笑いを浮かべている。

「どうでもいいことだ。あんたは今からその死体になるんだ。一つ聞かせろ。どうして摩耶ちゃんを選んだ。名前に『耶』のつく女は他にもいただろう」

「本当は摩耶ちゃんにするつもりはなかった。だけど見られたんだよ、風呂場でカツラを脱ぐところをね。細心の注意を払っていたつもりだったが、彼女の足音に気づかなかった。一連の事件に考えは結びつかなかったようだが、それでも生かしてはおけないさ。内緒にすると約束はしてくれたんだが不安でね」

箕輪は小さく肩をすくめた。

「貴様ぁ！」

黒井は両手で銃口を向けたまま一歩前進した。

「本当に俺が撃てるのか。ここで発砲したらあんたのキャリアは終わりだぞ」

黒井はグッと声を詰まらせた。拳銃を握る手がブルブルと震えている。

「黒井さん、まさか本当に撃つつもりじゃないですよね」

諸鍛冶は黒井の肩に手を置いたが、腕を回して振り落とされた。

箕輪はゆっくりとジャージの裾を持ち上げた。ズボンに黒光りする塊が挟み込んである。

拳銃だ。

「手を上げろ！　撃つぞ」

黒井は銃口を近づける。しかし箕輪は拳銃に手をかけた。

「撃つって言ってんだろ！」

黒井の怒鳴り声を、銃声がかき消した。

箕輪の額に赤い穴が開いた。彼は糸の切れたマリオネットのようにその場に崩れ落ちた。

「も、諸鍛冶さん⁉」

黒井はいまだ銃を構えたまま、諸鍛冶の方に顔を向けて固まっている。

「どうしてあんたが……」

黒井の声がかすれた。

彼と一緒に諸鍛冶も銃を握っていた。銃口からうっすらと煙が立ちのぼっている。漂う火薬の臭いがした。

二〇一三年三月二十三日――代官山脩介

三月二十三日。

代官山、マヤ、巧真の三人は縁側に腰掛けて、お茶を啜る老人を囲んでいた。水気の乏しい枯れた肌はサイズの合わない服のようにだぶだぶに緩み、斑点のような無数のしみがまだら模様を作っている。本来の寿命を無理やり引き延ばして生きているように思えた。

「その車の特徴をもう少し詳しく思い出せないかなあ、河口《かわぐち》さん」

河口という老人は巧真の顔見知りらしい。巧真も気さくに声をかける。

「あんたんとこのじいさんには随分世話になったでの。そうか、孫のあんたも警察官になったんか。誠二さんも喜んでおられるだろうよ」

としわがれ声を返す。ここに来てから老人がその話をするのはこれで三回目だ。頭はしっかりしているようだが耳が遠いらしく、声を張り上げないと通じない。

「聞いているのは目撃したという軽自動車の特徴だよ！」

巧真は河口の耳元で叫びに近い声をあげた。

「そんな大声出さんでも聞こえるわ」

老人は耳の穴を指先でほじりながら抗議の目つきで巧真を見上げた。

「未來ちゃんが殺された夜、走り去る軽自動車を見たって証言したよね」

「ああ、見たよ。白くて丸っこい小さな車だったな」

「夜で暗いのに色まで分かったの」

「あそこの下を通り過ぎるときに一瞬だけ見えたんだ」

河口は庭の外を指さした。門扉の向こうに、木の柱の街灯が立っていた。

「運転手の顔は見えた？」

「さあ……雨が降っていたし一瞬だったからな。髪が短めで顔の輪郭が角張っていたから男だな。どっちかといえば小柄に見えたが」

記録係の代官山は証言をメモしていく。マヤは退屈そうに庭の中を走り回る鶏を見つめていた。

先日の聞き込みで、篠崎未來が殺された夜に現場付近を白い軽自動車が走り去っていったという証言があがった。その証言をしたのが河口老人である。未來に対しては東海林犯人説が完全に否定されたので、本部は捜査の見直しを余儀なくされた。そこでもう一度、河口に話を聞きに来たというわけである。ここまでは先日の証言内容とさほど変わらない。

「他になにか気づいたことはないですかねえ」

巧真は辛抱強く質問をくり返す。

「ああ、そうそう！　字だ。字が書いてあった」

「字？」

「車の扉に字が書いてあったわ。なんて書いてあったか……さすがに分からんわ。それにあの車、どこかで見たことがあるんだよなあ」

巧真はわずかに身を乗り出した。その証言は初めてだ。何度も同じ聞き込みをすることで証言者が新しい手がかりを思い出すことはままある。だから警察は何度も同じ質問をくり返す。

「なんとか思い出せないですか？」

「雨降りだし、見えたのは一瞬だったから読み取れんかった。若いあんただって無理だろうよ」

老人は耳は遠いが視力には自信があるという。ただ歯は上下とも総義歯のようだ。

「なにかのロゴじゃないかな」

代官山はメモに「営業車？」と書き込んだ。

「そんなことより、未來ちゃんが気の毒での。ちっちゃい頃はうちにもよく遊びに来てくれた。わしにとっても孫みたいな子だったわ。死んだばあさんも可愛がってた。あんないい子を殺すなんて……絶対に許せん」

湯飲みを握りしめる河口の手がぶるぶると震えている。

「犯人は必ず捕まえる。約束するよ」

「巧真くん。この町はずっとずっと昔から呪われとる。町のどこかに悪魔が潜んでるんだ。これ以上悪さをさせてはいかん。若者らを守ってやってくれ。あんたのじいさんもそれを願ってるはずだ」

老人は湯飲みを床に置くと巧真の腕を握った。そしてすがるような眼差しを彼に向けた。

「分かってるって」

巧真は河口に向かってそっと敬礼をした。

＊

一日の捜査を終えてマヤと二人で旅館に向かう。巧真とは署の玄関前で別れた。職場までは自転車通勤だ。彼の自宅はそこから十五分ほどだという。祖父が生きていたころは諸鍛冶が酒瓶を持ってよく訪ねてきたらしい。

「まだ子供だった僕の頭を撫でて『お前もじいさんみたいな立派な警官になれ』って言ってました」

と懐かしそうに語っていた。刑事の道を選んだのは、祖父の影響もあるが諸鍛冶の存在も大きかったようだ。

今夜も小雨が降っている。今日は旅館で借りた傘を各自持参している。大きく息を吸い込むと、東京とは違う淀みのない空気が味覚となって伝わってくる。田舎の空気は美味しい、代官山はその言葉を実感していた。そんな空気に包まれながらも気持ちは重苦しいままだ。

「やっぱり黒井さんが首を突っ込む事件は一筋縄ではいきませんね」

夜の闇に彼女の漆黒の髪の毛が溶け込んでいる。対照的に白い肌がぼんやりと浮かび上がって見えた。

「一筋縄でいかないから私たちが出向いているんじゃないの」

「まあ、それはそうですけど」

大抵の事件は捜査本部を立てるまでもなく解決する。初動捜査の時点で犯人が割り出されることが多いからだ。あとは犯人の所在を突き止めて逮捕するだけである。その場合、所轄だけで事足りる。捜査一課が出てくるのは、初動捜査で犯人が明らかにならない場合である。

「それにしても河口さんの言ってた言葉が気になります」

「この町のどこかに悪魔が潜んでるんだって件《くだり》？」

「ええ。こんな田舎に悪魔なんて不釣り合いな感じがしますけどね」

ここは時間の流れがゆったりとしている。むしろ止まっているのではないかと思うほどだ。

浜松から上京してのち、日常のなにもかもが目まぐるしすぎて、ついていくのが大変だ。人ごみとネオンと行き交う車両。目の前の光景が刻一刻と変化していて息をつく暇もない。すっかり東京の流れに体が慣れてしまったようだ。

「さっきリストを見せたでしょ。殺戮《さつりく》は大正時代から続いているわ。この町には犯人にそれをさせる魔が潜んでいるのよ」

それらが起こった年代はフィボナッチ数列に従っていた。今となってはなにか意味があるように思えてしまう。

「魔ってなんですか」

「魔が差した、の魔よ」

そうこうするうちに旅館に到着した。法被姿の千鶴が玄関口の土間で箒《ほうき》掛けをしている。

「あ、おかえりなさい」

「ただいま。傘をありがとう」

代官山とマヤは彼女に傘を返した。

「ここは昔から雨が多いですからね。だから多めにストックしてあるんですよ」

「他にお客さんが入ってくる予定はないの」

代官山たちが入ってからまだ他の宿泊客を見かけたことがない。

「三月はまだ閑散期ですからね。四月の中頃からぼちぼちとお客さんが見えるんですけど。だから刑事さんたちに利用していただいて、うちとしてはとても助かっているんです。父も喜んでます」

千鶴はにっこり微笑むと長箒を抱えながら頭を下げた。代官山はマヤと顔を見合わせる。

「お父さんいるかな。ちょっと宿泊のことで話をしたいんだけど」

代官山は土間から廊下を覗き込んだ。捜査費用のこともあって、いつまでも連泊するわけにはいかない。近いうちに寝泊まりの場所を城華町署の道場や宿直室に移さなければならない。お嬢様気質のマヤは自腹を切ってこの旅館に残るつもりだと言っていたが。

「先ほど車で出て行きました」

「こんな時間にかい？」

時計を見ると十時を回っている。

「観光業協会の会合だって言ってました。ときどき集まりがあるみたいです」

「そっか……。じゃあ、帰ってきてからでいいや」

代官山はマヤと別れて部屋に入った。先に帰っていた刑事たちが浴衣姿でくつろいでいる。何人かは大浴場で入浴しているようだ。そんな中、諸鍛冶に対する気疲れからか、浜田だけはうつ伏せの状態で死んだように眠っていた。そんな姿を見るとほんのわずかであるが気の毒に思えた。そう言えば今夜も諸鍛冶の姿を見ていない。また単独行動を取っていたのだろう。

「代官様、ちょっといいか」

窓際に座り込んでいる渋谷が自分の前に座布団を敷きながら手招きをした。代官山は「失礼します」と腰を下ろした。

「我らが姫はなにを考えているんだ。報告してくれ」

捜査の雲行きが怪しくなってくると、彼はこうやって代官山から情報を引き出そうとする。

「推理なんて呼べる代物ではないんですが……」

代官山はフィボナッチ数列の話をした。それを聞いた渋谷は腕を組んで難しそうな顔をした。

「まあ、たしかに犯行はその通りの間隔になっているが……偶然としか思えんな」

「ですよねぇ……昔の事件の模倣犯かもって思ったんですけど、手口が違いますからね。前回は針金で絞殺らしいです」

今回はハンマーによる撲殺だ。殺害方法に関してはマヤも不満気味である。加賀見明巳と篠崎未來は城華町町民という以外に、これといった接点が今のところ見つかっていない。面識もあったのかすら分かっていないのだ。

「前回とは三十四年前の事件か」

「ええ。諸鍛冶さんはあまり当時のことを話したがらないんですよね」

「そりゃ無理もないわ。諸鍛冶さんは犯人《ホシ》を撃ち殺しちまったんだからな」

渋谷は眉の辺りに皺を刻んだ。

「そうだったんですか……」

諸鍛冶は当時のことを思い出すと虫酸が走ると言っていた。

「それだけじゃない。犯人は諸鍛冶さんの相棒だったらしい」

「相棒って……犯人は警察官だったってことですか⁉」

「箕輪という本庁の刑事だ。一課長もご存じだったよ。一緒に仕事をしたこともあるそうだ。優秀な刑事だったらしい」

諸鍛冶はそんな人物に向かって発砲した。本人にとって三十四年前の事件は悪夢以外のなにものでもないだろう。

「どうしてそんな優秀な刑事が町民を殺すんですか。五人も殺されたって聞きましたけど」

「それについては謎のままだ。当時、諸鍛冶さんは箕輪の他に姫のお父上、黒井篤郎さんとチームを組んで捜査に取り組んでいた」

「それは諸鍛冶さんから聞きました」

　マヤも父親から知らされていたようだ。

「追いつめられた箕輪は黒井さんに向かって発砲しようとした。それを食い止めたのが諸鍛冶さんだ。そんな状況だったから、もちろん発砲の正当性は認められた。黒井さんの命の恩人だよ」

　そのとき廊下を女性の影が通り過ぎた。マヤだ。女性用の浴場に向かったのだろう。

「どうした？　姫の入浴が気になるのか」

「い、いえ……そういうわけじゃ」

「とにかく君は引き続き本来の仕事を続けてくれ。上の連中も例によってピリピリしてきたからな」

　本来の仕事——マヤから推理を引き出すこと。それにしても諸鍛冶が異動せず、ずっとこの町に留まっているのも気になるところだ。そして箕輪の動機も。

「一杯どうだ？」

渋谷が缶ビールを差し出してくる。

「いえ、明日がありますんで」

「そうか」

渋谷は淋しそうにうなずくとプルトップを開けて口をつけた。解決が遠のいただけに、ほろ苦い顔をしている。

代官山は頭を下げて立ち上がった。

「うん？」

窓ガラスに顔を近づけて目を凝らす。駐車場に人影が見えた。

「どうした？」

渋谷が缶ビールを開けながら代官山を見上げる。

「いえ、別に。俺、風呂に入ってきます」

上司に頭を下げて部屋を出る。玄関で備え付けの下駄を履くと建物の外に出た。いつの間にか雨は止んでいた。空を見上げると月も星も見えず、どんよりとした厚い闇が広がっていた。

「黒井さん、こんなところでなにをやってるんですか。暗くなってから一人で出歩くなんて危ないですよ」

窓の外の人影はマヤだった。女性のように見えたのでもしかしてと思ったら、やっぱりだった。彼女が向かった先は風呂ではなくここだったのだ。一番奥に駐めてある車をじっと見つめている。

「その車がどうしたんですか」

代官山は彼女に近づいた。白の軽自動車。運転席の扉に「旅館まや」のロゴと電話番号が打たれている。後部席の窓ガラスには、城華町の町章のステッカーが貼ってあった。ボンネットを触るとまだ温かい。観光業協会の会合に行っていたという、千鶴の父親が帰ってきたのだろう。

「河口のおじいちゃんが見たっていう軽自動車に似てない？」

「そういえば……」

車種はアスカ社のコロボックルだ。全体的に丸みを帯びたフォルムである。河口が見たという、現場を走り去った軽自動車の特徴と一致する。

「ねえ、千鶴ちゃんが傘を持ってきてくれた夜もお父さん、外出してたよね」

「え、ええ、たしかに」

あれは二十日の夜だ。千鶴が自転車で傘を届けに来てくれた。そして未來が殺されたとする時刻もその前後だった。

「……ってさすがにそれはないか」

マヤが短い笑い声を上げた。

「そうですよ。この車、あちこちで見かけますもん。営業車としてシェアナンバーワンだって聞いたことがありますよ。あの親父さんが犯人だなんて、いくらなんでもそりゃないでしょ」

「だよねえ……ああ、お風呂に入らなくちゃ」

代官山はマヤと一緒に旅館に戻った。その間、心になにか引っかかるものがあった。

「でも一応調べておいた方がいいですよね」

代官山は玄関の土間で立ち止まった。

「調べるってお父さんを？」

マヤは靴を脱ぎながら代官山を見上げた。

「念のためです。本当にシロだって確認しなきゃ気持ち悪いじゃないですか。それに」

「次はどこの誰かしら」

彼女は代官山の台詞《せりふ》を遮った。

「誰ってなにがですか？」

と聞き返す。

「三人目の犠牲者よ。あ、東海林裕三も入れれば四人目か」

「え、縁起でもないこと言わないでください」

そうだ。ここに来てから三人。同一犯なら立派な連続殺人である。こんな小さな町で殺人犯がそう何人もいるとも思えない。一連の犯行から犯人は町の地理に明るいと思われる。捜査本部は町民の犯行とみている。町民である以上、館主も容疑者だ。

「私はお風呂に入ってくるわ。おやすみなさい」

マヤは廊下に上がるとそのまま浴場の方に歩いていった。

＊

次の日の朝、城華町署は喧噪の渦に呑み込まれていた。

森山地区の山林で若い女性の死体が見つかったのだ。

発見者は女性の母親だった。彼女は城華町署一階にある小会議室の椅子に腰掛けて、濡れたハンカチで目元を押さえていた。事情聴取は巧真が対応するよう渋谷から指示された。代官山とマヤは少し離れた位置から二人のやりとりを見守っている。被害者に黙禱を捧げるようにしばらく誰も咳払い一つしなかった。

巧真は椅子を近づけ、長テーブルを挟んで母親と顔を合わせた。四十代半ばといったところか。厚化粧で髪を真っ茶色に染めているが、整った顔立ちをしている。しかし昨夜は一睡もしてないようですっかり憔悴していた。椅子の背もたれには派手な毛皮のコートが掛けてあった。一目で水商売の女性だと分かる。彼女は駅前にあるクラブ「クロスワード」のママをしていた。職業柄、署長や課長たちとも顔なじみだという。巧真も課長に連れられて二度ほど顔を出したことがあるという。

「田村《たむら》さん、この度は心中お察しします」

頭を下げると田村美寿々《みすず》はテーブルに手のひらを叩きつけた。湯飲みの茶が滴となって飛び散った。

「あんたたち警察がだらしないから安珠《あんじゅ》が殺されたんだ！　あの子はあたしのたった一人の家族なんだよ！」

美寿々は眉をつり上げてかすれ気味の声で怒鳴った。空気が一気に張り詰める。巧真は唇を嚙みしめながらも彼女から視線を外さなかった。

被害者は娘の田村安珠。来月二十歳を迎えるはずの女性で、県道沿いで営業しているドライブインの従業員だった。

「まさか人生でアンジュを二度も失うなんて思わなかったわ」

美寿々はハンカチで目元を拭う。マスカラで目の周りが黒くなっていた。

「たしか犬の名前でしたよね。安珠ちゃんから聞いたことがあります」

「あんた、安珠を知ってんの」

母親は充血した目を細めた。

「ええ。まだ彼女が高校生の時、ストーカーにつきまとわれてるって、うちに相談に来たんです。応対したのが僕だったんですけど、いろいろと世間話をしているうちに彼女から名前の由来を聞きました」

その後、自宅周囲を張り込んだ巧真がその男を捕まえて、彼女に近づかないよう約束をさせたという。

「あたしが子供の頃に飼っていた犬の名前よ。フランス語で天使という意味なの。あたしはその名前がとても気に入ってたの。もし女の子が生まれたらアンジュにしようとずっと前から決めてた。もっともその話をあの子にしたら笑いながら怒ったけどね。犬の名前をつけるなんてひどいって」

美寿々は天井を見上げてこぼれそうになる涙をこらえた。夫とは十数年前に離婚して、それ以来、娘と二人暮らしだったという。

「お辛いでしょうけど、昨晩のことを詳しく聞かせていただけませんか」

巧真が言うと、気持ちが落ち着いたのか彼女は姿勢を正し、濡れた眼差しを彼に向けた。そして「さっきは取り乱してごめんなさい」と頭を下げると話を始めた。

「仕事を終えてお店を出たのが昨夜の二時半で、帰宅したのが三時頃だったわ。娘はてっきり部屋で寝ているだろうと思い込んでた。今思えば玄関にいつもの靴がなかったのに、そのときは疲れと眠気もあって気づかなかった。朝起きてあの子の部屋を覗いたらいないの。気づかないうちに出勤したのかと考えたけど、それにしては時間が早い。妙な胸騒ぎを覚えたから職場に電話すると、まだ出勤していないという。事件のこともあったし、まさかと思ってすぐに外を捜したの。家から少し離れた路肩に娘の自転車が倒れているのを見つけたわ……」

彼女は一言一言、声を絞り出すように語った。

自転車は山林に続く路肩に倒れていた。

「娘の声が聞こえたような気がしたの。『ママ、ここだよぉ』って」

山林に入った彼女は間もなく、変わり果てた娘を見つけたという。頭部と顔面にはハンマーで殴られた痕が数カ所にわたっていた。死体の状況から、死亡推定時刻は昨夜の九時から十一時とされている。

「こんな田舎でしょ。街灯は少ないし人通りもほとんどないから、犯人はやりたい放題できるわ。昔も若い女の子たちが何人も殺されたっていうじゃない。それなのに今までどうしてなんの手も打ってこなかったのよ！」

美寿々は巧真の胸ぐらを摑んで詰め寄った。代官山が止めに入ろうとするも巧真自身が制した。

「田村さん、お嬢さんを殺した犯人は必ず捕まえます」

「捕まえたら私に報告しなさい。そいつに安珠と同じ痛みを味わわせてやるわ」

「それは約束できませんが……」

「ふん！　絶対に許さないんだから。この手で殺してやるわ」

美寿々は乱暴に巧真から手を離すとタバコを取り出した。署内は禁煙だが誰も止めようとしなかった。

突然、部屋の扉が開いた。

「ちょっといいか」

外から諸鍛冶が顔を覗かせて代官山とマヤを手招きした。二人は紫煙を吐き出している美寿々に静かに頭を下げると廊下に出た。諸鍛冶と一緒に浜田も立っている。

「どうでしたか」

代官山が尋ねると浜田は首を横に振った。

「昨夜は観光業協会の会合なんてありませんでした。予定では来週だそうです」

代官山はマヤと顔を見合わせた。

「誠のやつが嘘をついているっていうことか」

諸鍛冶がいつも以上に険しい顔つきをしている。

旅館まやの軽自動車について早朝の捜査会議で報告すると、渋谷は諸鍛冶たちに、観光業協会に確認を取りに行くよう指示を出した。館主の池上誠は昨夜、娘の千鶴に観光業協会の会合に行くと伝えて外出している。しかしそんな会合は最初からなかった。娘に嘘をついてまで館主はどこに行っていたのか。そして彼が姿をくらましていた時間は田村安珠の死亡推定時刻と重なる。旅館のある渥美地区から現場となる森山地区の山林までは車で十五分ほどかかる。また山林の周辺は民家も人通りも少ないため、ライトを消して走れば、目撃されない可能性も高い。

「とにかく本人から話を聞く必要がありますね」

それから一時間後。

取調室に池上誠の姿があった。いつものように旅館の法被姿のままである。殺風景な小部屋の真ん中にテーブルが一つ。彼は落ち着かない様子で腰掛けていた。代官山は彼と向き合う形で着席した。記録係は巧真、マヤは代官山の背後で池上を見つめている。

「刑事さん、こんなところに呼び出してなにを聞きたいんですか」

意図的に続けていた沈黙に耐えられなくなったのか、池上は不安そうに尋ねてきた。

「池上さん、昨夜娘さんに観光業協会の会合に言ってくると告げて外出したそうですが、本当はどちらに行かれていたんですか」

代官山が問いただすと、池上の顔が一気に青ざめた。

「そ、それは……娘に言ったとおり……です……けど」

「警察に嘘は通じませんよ。観光業協会に確認を取ってあります。会合は来週じゃないですか」

「そ、そうなんですよ！　私も会合の日をすっかり昨日だと勘違いしてましてね、気がついたときは会館の駐車場だったんですが……すぐに戻るのもあれなんで、気晴らしに町内を軽くドライブしてから帰ったんです」

池上の血走った眼球が小刻みに左右に動いている。頬を引きつらせて一度も代官山と目を合わせない。明らかに嘘をついている。

「夜の、それも雨降りの中を一人でドライブですか？　それと二十日の夜にも外出されてますよね。どちらに行かれていたんですか」

「二十日ですか……いやぁ、覚えてないですね。外出なんかしたかなあ」

「レインコートを着た千鶴ちゃんが雨の中、わざわざ俺たちに傘を届けに来てくれた日です。池上さんが外出しているから、車が使えなかったと言ってましたよ。それに二十日なんて四日前のことじゃないですか。忘れるなんてことはないでしょう。どちらにしても思い出してもらうまでは帰すわけにはいきません」

「刑事さん、私がこの事件の犯人だと言いたいんですか」

池上は怯えた様子ながらも、自身を奮い立たせるように声を尖らせた。

「我々警察はあらゆる可能性を想定して捜査します。どうかご協力ください。二十日に大崎地区に立ち寄ってませんか。池上さんの車が通りかかるのを見たという目撃情報があるんですよ」

彼の喉仏が大きく上下した。

「み、見間違いでしょう。似たような車はたくさんありますから。とりあえずこれだけは自信を持って言えます。私は絶対に犯人じゃありません！」

池上は声を張り上げるとデスクの天板に拳骨をぶつけた。

「では二十日はどちらに行かれたんですかね」

「覚えてないです。そうとしか言えません！」

池上は両腕を組むと、閉じた唇にぎゅっと力を入れて貝のように押し黙ってしまった。それから代官山は何度か質問をくり返したが、池上はひたすら黙秘を通した。

他の署員に見張らせて、とりあえず代官山たちは部屋を出た。

「どうだ？」

浜田と一緒に外に立っていた諸鍛冶がすぐに尋ねてきた。代官山は状況を説明した。

「それってクロってことじゃないですか。犯人はあの館主だったんですよ！　一気に事件解決ですね。代官山さん、お手柄ですよ！」

浜田が変声期前の子供のような声ではしゃぐ。

「まだクロだと確定したわけじゃありませんから。だけど黙秘するのは明らかに不自然です。犯人かどうかはともかく、なにかを隠しているのは間違いないでしょう」

代官山は取調室の扉に視線を向けた。もし池上が犯人なら、あとは自供とその裏付けを取るだけだ。それで本庁に戻ることができる。

「誠のやつが……」

諸鍛冶は眉間に皺を寄せて扉に手のひらを当てた。それから「俺が話をする」と扉を開いて、中に入った。

「モロさん！」

巧真が追い、代官山たちもあとに続く。諸鍛冶は腕を組んだままの池上に向き合うと、強面をぐっと近づけた。

「誠、どういうことだよ？　なんで質問に答えられないんだ」

しかし池上は貝のままだ。それからしばらくは、諸鍛冶がなにを言っても反応しなかった。

「お前、まさか摩耶ちゃんのことで……」

「な、なにを言うんですか。妹のことなんて関係ないでしょう」

諸鍛冶が池上摩耶の名前を出すと、固く閉じていた唇があっけなく開いた。

「復讐なのか？　それとも道連れなのか。そういうことなのか。どうなんだ、誠」

「言っている意味がさっぱり分からないですよ。なんでここで妹の名前が出てくるんだ」

「お前、昔言ってたよな。家族を失う本当の苦しみは経験した者にしか分からない、妹の死そのものよりも、彼女のことが人々の記憶から薄れ、消え去っていくことがなによりも耐えられないって」

「はあぁ？　そうか……あんたたち警察は犯人の手がかりをなにも摑んでいないんだな。だから私を犯人に仕立てあげるつもりなんだ。だけどなあ、そうやって冤罪《えんざい》が作られていくんだよ。あんたはもうすぐ定年だ。だから手柄を立てて自分の刑事人生に有終の美を飾りたいんだろ。分かってんだよ」

池上は心底呆れたような笑みを浮かべた。

「なんだと、この野郎！　だったら外出先を言え！　どこに行ってたんだ」

諸鍛冶は前のめりになってデスクに両手のひらをぶつけた。池上がわずかにのけぞる。

「それだけは……言うつもりはない。記憶にない」

「くそっ！」

諸鍛冶は苛立たしげにデスクを蹴飛ばすと池上の胸ぐらを掴み上げた。彼は苦しそうに顔を歪めている。

「言え！　本当のことを言えっ！」

「諸鍛冶さん！」

代官山と巧真が慌てて止めに入った。諸鍛冶はものすごい力で池上を締め上げている。なんとか引き離すと、池上は床にうずくまって咳をまき散らした。

「わ、私はやってない！　絶対にやってない！」

池上は顔を上げると涙目で訴えた。

＊

「おお、この車だよ。形がそっくりだ」

代官山たちは河口に署まで来てもらい、事前に署の駐車場に運んでおいた、旅館の軽自動車を見てもらった。

「河口さん、よく見てください」

彼は運転席の扉にあるロゴに顔を近づけた。

「この文字に見覚えがあるわ。あのときは一瞬だったからはっきり見えたわけじゃないが、こんな感じだったし色も同じだ。それにこれ」

老人は後部席の窓ガラスに貼りつけられたステッカーを指さした。二つの山の間を川が流れているイメージのデザインである。

「今思い出したんだが、この町章のシールだ。あのときも後ろの席の窓にこれを見たんだった」

「間違いないですか」

河口は力強くうなずいた。

「私が見たのはこの車だろう。そうかぁ、どこかで見たことがあるなあと思っていたら、あの旅館の車だったのか。ところでこの車と事件になにか関係があるのかね」

「まだ確認の段階で関係があるかどうかまでは分かりません」

たとえ分かっていても捜査上の秘密を町民に告げるわけにはいかない。それから巧真が河口を車で自宅まで送っていった。

とりあえず河口の証言で、この車が事件当夜、篠崎未來の自宅付近を走っていた可能性がさらに高まった。老人の目撃証言だけでは確証にほど遠いが、それでも貴重な手がかりの一つである。あれから数時間が経過したが、池上は黙秘を貫いたままだ。

「刑事さん……」

弱々しい女性の声が代官山たちを呼んだ。振り返ると千鶴が立っていた。不安そうにこちらを見つめている。

「千鶴ちゃん……」

マヤは複雑そうな目で千鶴を見つめた。

「父はどうなっているんですか」

「今、いろいろと話を聞いているわ。大きな事件だから質問することが多くて時間かかってる」

「父はその……疑われているんですか」

「話を聞いているだけよ。お父さんに疑われるようなことがあるの？」

千鶴はそっとうつむいた。

「私の叔母って本当は殺されたんですよね」

「え……」

彼女の言葉にマヤは言葉を詰まらせた。

「叔母って摩耶さんのことだよね。殺されたってどういうこと？」

代官山は千鶴に問い質した。

「叔母は事故で亡くなったと父から聞かされて、小学生の頃まではそれを疑わなかったけど、中学生になってたまたま道端でおじいちゃんやおばあちゃんたちが立ち話をしているのを聞いちゃったんです。昔、この町で起こった連続殺人事件の話でした。その中で、旅館まやの娘が一番最後に殺されたって話してました。そのときはショックだったけどお父さんには言わなかった。一番傷ついているのは、実の妹を殺された父だから」

千鶴はつぶらな瞳に悲しげな色を浮かべていた。そして父親と摩耶はとても仲の良い兄妹だったらしいとつけ加えた。

「父はお酒を飲んで酔うと、『この町の人間は冷たい。妹のことををすっかり忘れたのならいつか思い出させてやりたい』みたいなことをよく嘆いてました。古くから住んでいるお年寄りたちは、この町は呪われているって言ってます。町の呪いが父を狂わせたんじゃないかって考えると怖いんです……」

諸鍛冶も同じようなことを言って池上を責めていた。今も諸鍛冶が執拗《しつよう》な尋問を続けている。

　マヤは小柄な千鶴の体をギュッと抱きしめた。

「大丈夫。お父さんはもうすぐ戻ってくるわ」

　彼女はマヤの胸の中で子供のようにコクリとうなずいた。こんな優しいマヤの声を初めて聞いた気がする。

「黒井さん、そのことを知っていたんですか」

　代官山はすかさず問い質す。

「ご想像にお任せするわ」

　マヤは千鶴を抱いたまま曖昧にうなずいた。肯定と受け取って間違いないだろう。しかしこの旅館にそんな悲劇があったとは。

　それにマヤと名前の読みが一致するのは、単なる偶然だろうか……？

　そんな疑問が浮かんだがすぐに脳裏から打ち消した。そんな思索にエネルギーを向けている場合ではない。

　パンフレットに載っていた池上摩耶の可愛らしい顔立ちを思い出す。彼女も三十四年前に犯人の毒牙にかかっていたのだ。思いも寄らない真相だった。そして代官山が投宿先にあの旅館を選んだことにも運命めいた因果を感じる。

「じゃあ私、旅館に戻ります。夕食の支度をしなくちゃならないので」

千鶴はマヤから離れると先ほどより少し元気そうな顔を向けた。館主不在の穴を彼女が埋めるつもりらしい。

「父をよろしくお願いします」

と頭を下げると帰っていった。

千鶴の背中を眺めながら、池上誠は本当に一連の犯人なのだろうかと考える。今のところ直接的な証拠があるわけではない。かといって彼に確固たるアリバイもない。事件当夜の行動を黙秘しているのも不自然だ。クロにもシロにも思える。

マヤはノートを開いて眺めている。覗き込むと過去の殺人事件の詳細が書き込まれていた。やはり彼女は事前にこの事件のことを調べていたようだ。父親からの指示もあったのかもしれない。

「まだ過去の事件が気になっているんですか」

「いずれも犯人は意図的にヒントを残しているのよ。たとえば三十四年前は左手の中指を切断していた。それは当時のヒット曲『あなたに向かってファックユー』を示していた」

「ああ、その曲、渋谷さんがバスの中で歌ってましたね」

マヤは寝ていたから知らないという。あの騒音を聞かなくて済んだならそれに越したことはない。

「歌手の村木浜沙耶という名前が実はヒントだったの」

なんでも殺された被害者女性たちの名前の中に、それぞれ一文字ずつ歌手名の漢字が含まれていたという。さらに遡《さかのぼ》るとその前の事件もやはり、被害者たちの名前に犯人を示すヒントが隠されていたようだ。

「でも過去と今回の事件は無関係じゃないんですか。フィボナッチ数列はたしかに気になりますけど、今のところ、これといった意味もないじゃないですか」

「本当に過去の事件と無関係かしら？　東海林を除いた女性の被害者たちになんら接点が見当たらない。共通点は城華町町民であることと若い女性であることだけ。それは過去の一連の事件も同じよ。名前になぞなぞやとんちみたいなヒントが含まれていただけで、交友関係はまったくなかったわ」

「つまり今回の事件でも、被害者たちの名前の中になんらかのヒントが隠されているってことですか」

「犯人が過去の事件を意識して犯行に及んでいるなら、あり得る話だと思うわ」

「なんのためにそんなことをするんですか」

「よく考えてみなさいよ。三十四年前の箕輪肇にしても五十五年前の城之内要蔵にしても、被害者の名前をヒントにした目的は分かっていない。でも彼らは間違いなくそれらを実行したのよ。つまり事件は本当の意味で解決していない。それにね……」

マヤは尖った顎先に指を当てながら目を細めた。

「それに……なんですか」

「過去の犯人には共通点があるわ」

彼女は開いたノートのページを代官山に向けた。女性らしい繊細な筆致で三人の名前が書き込まれている。

榊原政治、城之内要蔵、箕輪肇。

「そうか……全員、警察官ですね」

「それも捜査に関わっていた人間。さらに言えば……」

彼女はペンを取り出すと三人の名前に矢印を加筆した。

榊原政治↑城之内要蔵↑箕輪肇。

「分かるでしょ。城之内は榊原を、そして箕輪は城之内を、犯人と看破して追いつめている。その人物が犯人の遺志を継ぐように凶行に及んでいるわ」

「たしかにそうですね。まるで殺意のバトンリレーだ」

浜松での連続放火殺人事件を思い出す。悪意がバトンのように引き継がれて、代官山たち刑事はリレーになかなか追いつけなかった。

「もしこの事件がバトンリレーだとしたら、箕輪肇のバトンを誰が受け取ったのかしら」

「それは箕輪を追いつめた……」

その人物は二人いる。一人はマヤの父親である黒井篤郎、そして彼とコンビを組んでいた諸鍛冶儀助。……ってまさかな。

「河口さんを送ってきました」

考えを巡らせているうちに巧真が署に戻ってきた。今のマヤの話は彼に聞かせられないと思った。

二〇一三年三月二十五日——代官山脩介

三月二十五日。

「天野聡子《あまのさとこ》の行方はまだ分からないのか」

雛壇に座る藤代管理官が諸鍛冶に問いかけた。

「今のところ所在が不明です。池上自身も心当たりがないと主張しています」

「そんなわけがないだろう。池上は事件の鍵を握っているはずだ。すべて吐き出させろ」

事件当夜のアリバイについて頑《かたく》なに口を閉ざしていた池上だったが、諸鍛冶の根気強い説得に折れて、深夜になってぽつりぽつりと供述を始めた。それによると彼は天野聡子なる女性と会っていたという。天野聡子は同じ町内に住む四十代の女性である。子供はいないが夫と二人暮らしだ。その夫が出張中だったという。供述後、池上は昨夜遅くに旅館に戻された。

もちろん見張りはついているが。

「つまり不倫だったってわけね……」

マヤが複雑そうな顔で言った。普段なら「パルコもハンズもないこんなクソ田舎じゃ、発情することくらしかやることないものね」と鼻で笑いそうなものだが、娘の千鶴のことを気にかけているのだろう。マヤは彼女を妹のように思っているのかもしれない。二人のやりとりを見ているとそんな気がしてならない。

「その天野聡子と連絡が取れないんですよ」

池上の供述を受け代官山たちは直ちに聡子の自宅に向かった。玄関のチャイムを押すと出てきたのはスーツ姿の夫だった。出張先から帰ってきたばかりの彼は、妻の行方を把握していなかった。自家用車は駐車場に置いたままだ。さらに駅やバス、タクシーも調べたが、それら交通機関を利用した形跡もない。そのことを池上に伝えると、彼は少し驚いたような顔を向け、行き先については心当たりがないと答えている。もちろん池上の証言を本部は信じていない。不倫が本当だったとしても本人の意思での失踪は眉唾だ。

池上の携帯電話を確認すると、マヤと代官山が旅館の車を調べていること、不倫がバレるかもしれないという内容のメールを彼女に送っていた。あの夜、旅館の中から、車を探る代官山たちの姿を見ていたようだ。

「メールでおびき出して殺しちゃったんですかね」

マヤの隣に着席している浜田が眉をひそめた。代官山の脳裏にハンマーで滅多打ちにされた女性の姿が浮かぶ。

「とりあえず高部《たかべ》班と杉本《すぎもと》班は天野聡子を見つけ出してくれ」

藤代は硬い表情で指示を出した。町内のどこかに天野聡子の死体が転がっていることを予感しているような口ぶりだった。

会議が散会して刑事たちは蜜蜂のように会議室を飛び出していく。

「黒井さん、どちらに行かれるんですか」

席を立ち上がってジャケットを羽織る彼女に巧真が声をかけた。

「堀正樹という人のところよ。服部くん、家を知ってるでしょ。案内してくれる？」

「堀さんですか。なんでまた？」

初めて聞く名前だが、巧真は知っているようだ。代官山が尋ねると、巧真の祖父、誠二の上司だった人物だという。しかし祖父よりも年下で、今も健在だそうだ。巧真とも顔見知りらしい。

「三十四年前のことを聞きに行くの。当時は城華町署の刑事課長だったそうね」

いつの間にかマヤはそんなことまで調べている。

「黒井さん、まだ過去の事件《ヤマ》にこだわっているんですか」

代官山は座ったまま彼女を見上げた。

「しょうがないでしょ、気になっちゃうんだから」

渋谷からはマヤには自由に捜査をさせるよう言われている。それに彼女の勘は侮れない。

「やっぱりお父さんが関わっていたからですか」

「それもあるわね。パパにとっても腑《ふ》に落ちない幕引きだったらしいから」

犯人は箕輪という刑事だったが、動機や手口にいくつかの疑問が残ったという。

「諸鍛冶さんもそうだったみたいですよ。うちの祖父に納得がいかないような話をしてたのを聞いたことがあります。僕が子供のころですけどね。たぶん祖父も同じだったんじゃないかと思います。あまり語ってくれませんでしたけど」

そんな話をしながら代官山とマヤは巧真の運転するカローラに乗り込んだ。目的地である堀正樹の自宅は、署から車でほんの数分の距離だった。いかにも田舎らしい庭付きの和風木造建築だ。

「おお！　巧真か。よく来た。まあ、入れ入れ」

八十四歳という堀はただでさえ皺の多い顔にさらに皺を寄せると、ゆったりとした動きで三人を居間に招き入れた。座布団に腰を下ろすと堀は茶を淹れてくれた。奥さんは三年前に他界し、今は一人暮らしだという。息子夫婦は立川市に住んでいるそうだ。

「諸鍛冶は元気か。そろそろいい歳だよな」

「ええ。来年定年です」

　と巧真が答える。

「そうかそうか、俺たちの仲間入りか。現役のころはあいつとよく衝突したよ。殴り合いになりかけたこともある。生意気で乱暴で血の気が多いやつだった。引退してから一度も口を利いてないが、そろそろ和解でもするかな」

　堀は頭髪のまばらになった頭を撫でながら呵々《かか》と笑った。ヨボヨボした風貌のわりに中身は元気そうだ。

　巧真が代官山とマヤを紹介してくれた。

「あんたがあの若様のお嬢さんかね。あんまり似てないなあ」

　堀は彼女の顔をマジマジと見つめながら眉を寄せた。あの父親の顔に似ていたらそれこそ悲劇だ。

「母親似だとよく言われます」

　マヤの母親は見たことがないが、きっと美貌の持ち主なのだろう。

「彼のことはよく覚えているよ。存外に熱血漢だった。そうそう、池上んとこの摩耶ちゃんにぞっこんだったなぁ」

「そ、そうだったんですか⁉」

マヤが目を見開いて口に手を当てた。

「ああ。だけど摩耶ちゃんは気の毒だった」

堀は憂いを帯びた目でため息をついた。彼女を守れなかった黒井篤郎はどんな顔をしたのだろう。

「もしかして黒井さんの名前って……そういうことですよね」

巧真が確認するように言った。

「もぉ、パパったら……」

彼女は複雑そうな顔で舌打ちをした。どうやら旅館名と一致したのは偶然ではなかったようだ。まさかこんなところで彼女の名前の由来を聞けるとは思わなかった。本人もリアクションに困ったような表情を向けている。

「実は三十四年前の事件のことを聞きたいんです」

巧真が来訪の目的を告げると、堀は顔色を曇らせた。

「お前のじいさんも諸鍛冶も、その話をするのは嫌がっただろう。俺たちにとって忘れようにも忘れられない、胸が張り裂けそうなほどに悔しくて痛ましい記憶なんだよ」

「城華町の若い女性が何者かによって殺害されています。行方不明者も出ているんです」

マヤは咳払いをすると気を取り直したように落ち着いた声で言った。

「もちろん知ってるさ。俺も捜査に参加したいくらいだ。若い娘の死体が見つかったという一報を聞くたびに、居ても立ってもいられなくなる。元刑事の血が騒いでな」

当時は有線放送電話でローカル情報が流されていたようだが、今はもっぱらインターネットだという。堀もその年齢で利用していると胸を張った。

「犯人《ホシ》は箕輪肇だったんですよね」

とマヤが言うと、

「ああ。それは間違いない。だけど口を割らせる前に諸鍛冶のやつが発砲しちまった。もっともそれがなければ、あんたも生まれてこなかっただろうよ」

堀はニヤリとして顎先でマヤを指した。つまり諸鍛冶は父親の命の恩人だ。

「三十四年前の殺人はすべて箕輪の仕業なんですか」

「それも間違いないんだが、動機やアリバイなど不明な点も少なくない」

「たとえば？」

巧真が問いかけを挟んだ。

「犯人は遺留品を残さなかったり、足痕を意図的に変えてみたりと、捜査を攪乱することに長《た》けていた。さらに過去の事件のこともあって、一部で警察官犯人説が出ていたんだ。さすがにそれは現場の士気に関わることだから我々幹部の間だけに留めておいたんだが、それとなく捜査員たちからアリバイの聞き取りをしていた。そのときお前のじいさんは箕輪のアリバイを証言した。それで彼はリストから外されたわけだが、結局犯人はあの男だったわけだろう。そのことで後に服部さんを問い詰めたんだが、記憶違いだったと神妙に頭を下げられた。でもなあ、あの服部さんがそんな勘違いをするかなって思ったんだ。あの人は記憶力は抜群だった。取り調べでも相手の言ったことは一言一句まで頭に入っていたからな」

「祖父が箕輪をかばったって言うんですか」

　巧真は心外だと言わんばかりの口調だった。

「いや、そういうわけじゃない。いくら親しい間柄とはいえ、さすがに犯人を見過ごすようなことはしない。だから不思議に思ったんだ。今だから言ってしまうが、お前のじいさんの思い違いがなければ、もっと早くに犯人を特定できたかもしれん」

「それは……申し訳ないです」

　巧真は神妙に頭を下げた。

「お前が謝ることはない。きっと本当に思い違いをしていたんだろうけど、服部さんにしては珍しいことがあるもんだと当時思ったんだ。ところで犯人を特定したのはあんたの親父さんだよ。当時の一課長も、さすがは東大出のエリートさんだと感心してた。それがいまや警察庁次長だからな。俺はすごい人と仕事をしていたんだな」

堀は懐かしそうな目でマヤを見て微笑んだ。やはり血は争えない。マヤの父親も相当に深い洞察力の持ち主だったのだ。

「犯人の目星はついているのか」

堀はさっと笑みを消すと表情を引き締めた。二十年以上も前に引退したはずなのに、その顔や目つきは刑事そのものだ。

「旅館まやの池上誠を調べています」

巧真が声を潜めた。相手がいくら元刑事とはいえ、捜査上の情報は漏らしてはならないのが原則だが、そこは臨機応変だ。

「池上誠って……摩耶ちゃんの兄貴だよな」

「妹の記憶を絶やさないために町民を殺していると」

「やつがそう言ったのか」

「いえいえ、諸鍛冶さんの推理です」

巧真が胸の前で手のひらをヒラヒラと左右に振る。

「あいつは手加減を知らん。暴力的に脅して自白を促そうとするし、思い込みが強いところがある。こういう事件は慎重に扱わなきゃならん。もう俺たちの時代とは違うんだ」

堀はあたかも諸鍛冶が目の前にいるかの如く諭すように言った。

「ところで池上についてはどう思います」

代官山は参考までに心証を尋ねた。

「どうって……この町に巣くう魔に取り憑《つ》かれたら誰が犯人でもおかしくない。前回が箕輪肇だった以上、俺はもう誰が犯人でも驚かんな」

この老人も「魔」を口にした。

「今回も、過去の一連の事件が関係していると思いますか」

マヤが問いかけると、彼はしばらく思案気に虚空を見つめた。

「もしそうならの話だが……犯人はなんらかのヒントを残しているはずだ。そしてこれは信じたくないが、犯人は署の中にいる」

仮定としているが口調は確信が籠もっているように思えた。

「まさか……あり得ないですよ」

巧真が頰を引きつらせて言葉を搾り出した。

「そう思うか？　三十四年前、俺たちを支配したさまざまな先入観や思い込みが、事件解決を遅らせた。あり得ないと思ったことが真相だったたんだ」

代官山の脳裏にフィボナッチ数列が浮かんできてグルグルと回った。

「警察官が犯人……私はアリだと思います」

マヤの一言に一同が静まる。巧真はポカンと口を開けていた。

「く、黒井さん、まさか犯人を知っているんですか」

「そんなわけないでしょ。ただ犯人が署内にいるってのは同感よ」

「ちょ、ちょっと待ってくださいよ。犯人は警察官だっていうんですか」

代官山は思わず詰め寄った。マヤは涼しい顔を向けている。

「せっかく何十年にもわたってずっとそのルールを続けてきたんでしょう。ここで崩してほしくないわ」

「崩してほしくないって……」

「じゃあ、千鶴ちゃんのお父さんが犯人でいいの？」

「そ、そういうわけじゃないですけど」

どうにも答えられず代官山は言葉を濁した。巧真も複雑そうな顔を向けている。

天野聡子が見つかったのは、その日の夕方のことであった。代官山たちも聞き込みを終えて署に戻った。

「聡子は生きてるのか？」

浜田からの一報を聞いた渋谷の最初の一声がそれだった。

「生きてます」

浜田の返事に、その場にいた捜査員たちは全身が緩んだように肩を下ろした。

「どこにいたんだ？」

「町内の友人が自宅に匿っていたようです。不倫が発覚することを怖れた彼女から、夫に浮気がバレたらなにをされるか分からない、だからしばらく匿ってほしいと請われたそうです。どうやらあの夫は聡子に対して日常的に暴力をふるっていたみたいですね。でも結局、その友人を通じて夫に連絡が入りました。話を聞くためにたまたま天野邸を訪ねていた僕たちが、聡子を友人宅へ引き取りに向かいました。聡子には、夫に暴力を受けたらすぐに警察に連絡するよう言ってあります」

「そうか……で、彼女は池上誠のアリバイを証言しているのか」

渋谷は急かすように尋ねた。

「ええ。二十日も二十三日も、夫不在の聡子の自宅にいたようです。旅館の仕事もあるから長居はしなかったそうですが」

旅館まやから天野の自宅までなら途中、大崎地区を通ることになる。河口が目撃したのはそのときだろうか。そう考えれば一応辻褄《つじつま》が合う。ただ、それだけではアリバイが成立したとは言い切れない。通りすがりに殺害することだってできる。通り魔的な犯行ならあり得る話だ。被害者女性たちになんら接点が見出せないことからも考えられる。とはいえ現状で池上を容疑者にするには根拠が乏しすぎる。

「浜田さん、お疲れさまです。諸鍛冶さんはどうしたんですか」

代官山は報告を終えた浜田に声をかけた。

「夜回りだとか言って、僕を置いてまた勝手にどっかに行っちゃいました。僕、あのおっさんに完全に舐められてますよぉ」

それでもマヤに生命の危機を脅かされるよりずっとマシだろう。また定年間近の年長者ということもあってか、署長も課長も諸鍛冶に対してあまり口を出そうとしない。

警察官が犯人……私はアリだと思います。

先ほどのマヤの言葉が脳裏に響いた。

＊

浜田と外に出ると暗闇の中からサラサラと雨の音が聞こえた。時計を見ると十一時を回っている。

マヤは一時間ほど前に他の捜査員たちと旅館に戻っていった。巧真も同じ時刻に帰宅している。代官山は捜査会議が終わってからずっと浜田の愚痴を聞かされていた。さすがに明日の仕事にも差し障りが出るので旅館に帰って体を休めようということになった。捜査期間中は気持ちが高ぶって寝つけない日が多い。他の刑事たちも寝不足気味のようだ。もっともこれは毎回のことである。

「諸鍛冶のやつ、どこに行っちゃったのかな」

よほど腹に据えかねているようで、浜田は珍しく年長の相棒を呼び捨てにした。あれから諸鍛冶は一度も姿を見せていない。

「浜田さん」

「あらたまっちゃってどうしたんですか」

浜田がつぶらな瞳を代官山に向けた。

「諸鍛冶さんから目を離さないようにしてください」

「どういうことですか」

「それは……捜査員の無許可の単独行動は厳しく禁じられているはずです。今のままだと浜田さんの監督不行き届きを責められますよ」

「ええ？　僕が悪くなるんですかぁ」

浜田は理不尽だといわんばかりに頬を膨らませた。

「そりゃそうですよ。浜田さんは年下でも階級的に上司になるんですから。そんなつまらないことで浜田さんの経歴に傷がつくのはもったいないと思うんですよ。浜田さんには出世してもらって、この腐敗した警察組織を立て直してほしいと思っているんですから」

よくも口から出任せがスルスルと出てくるものだと感心する。もちろん代官山の真意はそれではない。

「代官山さん、僕のことをそこまで思ってくれてたんですね」

無駄にピュアな浜田は澄んだ瞳をうるうるとさせていた。人を疑うことを知らない彼につくづく刑事は向いていないと思うとともに、少し気の毒になった。

「だから相棒から離れてはダメですよ。相手がなにをしているかを逐一把握する必要があります」

代官山もよくマヤに出し抜かれているのだから人のことは言えないが、今回に限り棚に上げた。

そのとき正門に傘を差した人影が見えた。人影はこちらに向かってくる。

ヨレヨレのコートにくしゃくしゃの髪型。影は代官山たちの前で立ち止まると、持っていた傘を畳んだ。

「なんだ、まだ帰ってなかったのか」

「諸鍛冶さんじゃないですか！　今までどこに行ってたんですか⁉」

浜田は責め口調だったが、諸鍛冶にギロリと睨まれるとさっと代官山の背中に身を隠した。

「さっき言っただろ。夜回りだよ」

諸鍛冶はぞんざいに答えた。

「夜回りってなんですか」

「この町は、夜になると人気も明かりもなくなる場所がたくさんあるんだよ」

思えば諸鍛冶は夜になると姿を見かけないことが多い。捜査会議にも出ないことがあった。

そのときポケットの中のスマホが振動した。取り出してみると、画面にはマヤの名前が表示されている。代官山は受話口を耳に当てた。

「代官山です」

〈代官様？　まだ署なの？〉

「ええ、そうです。浜田さんと諸鍛冶さんも一緒です」

〈諸鍛冶……〉

マヤは訝しげに彼の名前をつぶやいた。

〈それはともかく千鶴ちゃんを見てない？〉

「千鶴ちゃんですか？　見てませんけど」

千鶴の名前を聞いて諸鍛冶と浜田が代官山を見た。

「千鶴ちゃんがどうしたんですか？」

〈姿が見えないの。ほんの三十分前に廊下で立ち話をしたばかりよ〉

「まさか……こんな時間に外出したんですか」

〈それが……廊下で話をしているとき事務室の電話が鳴ったの。そこで私たちは別れたんだけど、渋谷さんがお風呂に向かう途中、裏口から千鶴ちゃんが外に出て行く姿を見たと言ってるの〉

渋谷曰く、彼女はこっそりと出て行くように見えたという。危ないから一人で外出しないよう声をかけようとしたときには、姿を見失ったらしい。そのことを父親に話したらすぐに彼は娘に電話をかけた。しかし何度かけてもつながらない。

〈代官様たちに傘を届けに向かったのかもしれないと思って、電話をかけたの〉

「僕たちはあれからずっと傘を持って出勤してますし、彼女はそのことを知っているはずですから、傘を届けに来るはずないですよ」

〈そうよね……。だったらどこに行っちゃったのかしら〉

マヤの声が震えている。彼女の不安と動揺が伝わってくる。こんなことは初めてだ。マヤはいつもすべてを見通しているようにクールだった。

「電話で誰かに呼び出されたんじゃないですか」

〈私もそう思ったわ。夜、一人で外を出歩いてはダメだと約束したのに……〉

彼女の泣きそうな声に代官山も胸騒ぎを覚えた。

「僕たちもすぐに向かいます」

「千鶴ちゃんがいなくなったのか？」

通話を切ると同時に諸鍛冶が張り詰めた顔を寄せてきた。

「電話がかかってきて三十分ほど前に旅館を出て行ったそうです。まだ戻ってません」

「それって……摩耶ちゃんのときと同じじゃねえか」

諸鍛冶は旅館の方を眺めながら歯を食いしばった。

「同じってどういうことですか」

「摩耶ちゃんも電話で呼び出されて外に出たんだよ」

「マジですか……」

摩耶が外に出た後のことは聞かなくても分かる。

「ちくしょう！」

諸鍛冶は傘を放り投げると署の正門に向かって駆け出した。

「千鶴ちゃん、無事でいてくれ」

代官山は祈るような気持ちで浜田と一緒に雨の中に身を投じた。

＊

旅館に到着すると、宿泊している三係の全員が玄関先に集まっていた。いずれも緊迫した表情を顔に貼り付けている。諸鍛冶もその中に入っていた。コートはぐっしょりと濡れていた。代官山たちも同じだ。

「誠、心当たりはないのか」

諸鍛冶は法被姿の池上に詰め寄った。すると今度は、池上が諸鍛冶の胸ぐらを摑み上げた。

「今度は俺が娘をどうこうしたと言うのか！　まだ俺のことを疑っているのか！」

「とりあえず手を離せ。今は千鶴ちゃんを見つけ出すのが先決だ」

そう言われて冷静になったのか、池上は深呼吸をくり返しながら手を離した。

「電話は誰からだったんだ」

諸鍛冶がマヤに向けて言った。

「電話の内容までは聞いてないから知らないわ。私はすぐに部屋に戻ったから」

マヤの白磁のような顔には青みが浮かんでいた。いつもは氷のように冷えている瞳が心細そうに揺れている。

「モロさん、娘はどうなったんだ？　摩耶と同じなんてことはないよなぁ」

池上は雨でぬかるんだ地面に膝を落とした。

「しっかりしろ、誠！　お前が娘の無事を信じてやれないでどうする」

諸鍛冶は池上の肘を摑んで持ち上げながら立たせた。

「全員、今から捜索に入ってくれ。藤代さんには先ほど連絡を入れた。すぐに応援が駆けつける」

渋谷係長が号令をかけると、三係の捜査員たちは旅館の外に出て行った。

「諸鍛冶さん」

マヤが、捜査に向かおうとする諸鍛冶を呼び止めた。彼は振り返ると険しい視線を彼女に向けた。

「話なら後にしてくれんか。そんなことをしている場合じゃないだろ」

「夜回りしていたと聞いたんですけど、具体的にどこに行っていたんですか」

「大崎とか平沢とか奥村とかいろいろだよ」

彼は城華町の地区名を挙げている。

「そうですか」

「話はそれだけか」

マヤは諸鍛冶の瞳を観察するように見つめると「以上です」と応じた。諸鍛冶はチッと舌打ちをすると大股で外に出て行った。浜田も今度は置いてけぼりを食わないよう、ピタリと張りついていった。

気がつけばいつの間にか小雨に変わっていた。神経が張り詰めていて濡れていることも気にならない。

「黒井さん、やっぱり諸鍛冶さんを疑っているんですね」

「さあ、今のところなんとも言えないわ。ただあれから調べてみたけど彼には犯行時のアリバイがないわね」

「単独行動が多いですからね。つまり犯行は充分可能ですよ」

「とにかく今は千鶴ちゃんよ」

「無事ですよ、きっと。俺たちも行きましょう」

代官山はマヤを促して旅館の外に出た。近くの広い荒れ地や田畑には刑事たちの懐中電灯の明かりが点在している。代官山たちは東に広がる荒れ地周辺を割り振られていた。

千鶴のことが心配でじっとしていられないのだろう。マヤは暗闇に散らばる懐中電灯の明かりを見つめながら、もどかしそうに爪を嚙んだ。

「代官山さん、黒井さん！」

振り返ると自転車にまたがった巧真だった。

「千鶴ちゃんがいなくなったって本当ですか⁉」

代官山は小さくうなずいた。

「あれほど夜に外を一人で出歩くなと言っておいたはずなのに」

巧真は整った顔をグニャリと歪めた。

「とにかく手分けして捜そう。まだそんなに遠くには行ってないはずだ」

「藤代管理官が周辺の緊急配備《キンパイ》を要請したようです。車かなにかで連れ去られたにしても町から出られないはずです」

巧真は自転車から降りながら言った。

そのとき森閑とした夜道に不気味なメロディが流れた。何度も聴かされた「サスペリア」のテーマ。マヤの敬愛するダリオ・アルジェント監督のホラー映画の音楽だ。彼女はスマートフォンを取り出した。画面には浜田の名前が表示されている。彼女は通話するのを躊躇するかのように画面を見つめている。

「まさか……いくらなんでも見つかるには早すぎますよ」

そうは言っても嫌な胸騒ぎがした。メロディが一巡したころ、マヤは電話に出た。

「もしもし……」

崩れそうになった彼女を代官山が抱き留めた。

「なんてこと……浜田くん、お願いだから嘘だと言って。お願いだから……」

彼女の声はかすれて震えていた。そのやりとりでなにが起こったのか分かった。

「千鶴ちゃんが見つかったんですか」

尋ねてもマヤは答えない。呆然とした顔を真正面の闇に向けているだけだ。代官山は彼女からスマートフォンをもぎ取った。

「浜田さん、電話代わりました。千鶴ちゃんが見つかったんですか」

〈だ、代官山さぁん……ち、ち、千鶴ちゃんがぁ……〉

浜田の声は濡れていた。

「そ、そんな……」

代官山の表情を見て巧真も悟ったようだ。

代官山も全身の力が抜けそうになった。千鶴はどんな状態なのか、場所はどこなのか、諸鍛冶はどうしているのか……。会話を続けようにも言葉が出てこない。

〈ちょ、ちょっと！ なにをするんだっ！ 諸鍛冶さんっ！〉

突然、受話器の向こうで浜田の怒鳴り声が炸裂した。

「どうしたんですか！」

〈諸鍛冶さんっ！　諸鍛冶さんっ！〉

浜田が金切り声で諸鍛冶の名前を連呼している。

「浜田さん、諸鍛冶さんがどうしたんですかっ！」

電波の向こうでなにが起こっているのか、代官山にはさっぱり見当もつかなかった。

＊

浜田の通報を受けて全員が旅館まや近くの山林に集まった。

林を少し入ったところに人だかりがあり、その中心に女性が横たわっていた。雨水で濡れそぼった顔は生気を失った色をしている。ひと目見て頭部が数カ所ほど凹《へこ》んでいるのが分かった。明らかにハンマーによる殴打痕だ。

刑事の一人が懐中電灯を女性の顔に当てた。真っ白に浮かび上がった顔は間違いなく池上千鶴だった。鑑識の一人が脈を取って頭を振った。一同はそっと手を合わせて彼女の冥福を祈った。

頭の中が痺れている。もはや目の前の光景を現実として受け入れることができなかった。

代官山は大木の幹に背中をつけて呼吸を整えた。過呼吸になりそうだった。

マヤは離れた位置で千鶴の死体を眺めている。いつものように死臭を嗅ぐこともなく採点することもなく、まるで信号待ちをしているような無機質な表情を浮かべている。

人だかりは一つではなかった。もう一つの方には男性が転がっていた。長身の男性でコートを羽織ったままうつ伏せで倒れている。深々と背中に刺し込まれた包丁が墓標かなにかのように突き立っている。背中を滅多刺しにされたようで数カ所の刺傷が認められた。コートの裂け目から血痕が広がっている。すぐそばで浜田が腰を抜かしたまま固まっていた。

男性は紛れもなく諸鍛冶儀助だった。背中がわずかに上下している。まだ生きているようだ。

「諸鍛冶さん！」

駆け寄った巧真が声をかけると、苦しそうな呻き声が返ってきた。彼は諸鍛冶を抱き上げようと手をかけた。

「よせ、出血がひどい。動かさない方がいい」

代官山が止めると巧真は手を離した。

遠くの方から救急車のサイレンが近づいてくる。

「あの女がやったのか」

諸鍛冶を痛ましそうな顔で見下ろしていた渋谷が、四人の刑事に取り囲まれている女を指さした。女は紺色のレインコートを着ている。暗闇に同化して姿がはっきりしない。

「はい。いきなり林の陰から現れて……諸鍛冶さんを刺しました」

「千鶴ちゃんの死体を最初に発見したのは彼なの？」

問いかけたのはマヤだった。いつの間にか浜田の背後に立っている。

「はい。諸鍛冶さんについて行ったら千鶴ちゃんが横たわっていたんです」

「どうしてこんなところに千鶴ちゃんがいるって分かったの？」

「さあ……そういえばどうしてだろ？」

浜田は泣き顔をそのままに首を捻った。諸鍛冶は旅館を出てからほぼ真っ直ぐにこの山林に入っていったという。

「その諸鍛冶さんがあの女に刺されるなんて……さっぱり訳が分からんよ」

渋谷は疲れ切った顔を左右に振った。彼だけではない。ここにいる者全員がこの状況に説明をつけられない。代官山も同様だった。

やがて近くでサイレンが止まり、担架を持った救命士たちが駆けつけてきた。

＊

三月二十六日、城華町署の取調室。

女は代官山と向き合っていた。記録係は巧真、そして出入り口付近にマヤが立っている。彼女は無感情な瞳を女に向けていた。

「後悔なんてしてないわ。娘の仇をとってやったんだから」

「あんたは諸鍛冶さんが安珠ちゃんを殺したというのか」

女は田村安珠の母親、美寿々だった。一昨日は厚化粧だったが今は化粧を一切していないのでまるで別人に見える。しかしかすれ気味の声は昨日と同じだ。背筋を伸ばし、むしろさばさばとした表情を見せている。

「あいつはあの旅館の娘さんの死体をすぐに見つけ出したじゃない。最初からそこにあると知っていたのよ」

美寿々は千鶴の捜索が始まる前から、諸鍛冶の動きを追っていたという。

「どうして諸鍛冶さんに目星をつけた」

代官山は彼女に尋ねた。一昨日の時点で彼女の口から諸鍛冶の名前は出てきていない。

「うちに電話が来たのよ。警察関係者と名乗ったわ。今回の一連の事件の犯人はあの刑事で、警察はそれを隠蔽《いんぺい》しようとしていると言ってた」

声はボイスチェンジャーで変えられていたから、男女の区別はつかなかったという。

「バカな……」

「最初はあたしも疑ったわよ。だからあの男のあとをつけてみることにしたの。そうしたら、旅館の娘がいなくなったと大騒ぎになっていた。あの男は小柄な部下を連れて、真っ直ぐに林の中に入っていったわ」

「あんたは殺害する現場を見たのか」

「目撃したわけじゃないわ。でもそれで充分でしょ。あいつが殺したのよ。その死体を自分で見つけ出して手柄にしようとした。マッチポンプってまさにこういうことを言うのよ。あんたたち警察も地に墜ちたわね。あたしは娘の復讐《ふくしゅう》ができさえすればそれでいい。あとは死刑にでもなんでも好きにすればいいわ」

美寿々はふてぶてしい態度で開き直った。しかしその瞳にはやりきれない怒りや悲しみの色がない交ぜになって揺れていた。

それからいくつか話を聞いたあと、彼女は署員に促されて部屋を出て行った。

「鑑識が隅田公園の公衆電話の指紋を調べてますが、なにか出てきますかね」

巧真が記録ノートを閉じながら言った。

昨夜、旅館と美寿々の自宅に掛かってきた電話の発信元は、いずれも旅館からほど近い隅田公園に設置された公衆電話だった。ＮＴＴの通話記録を見ると、時間的にも一致する。

室内灯は何者かに壊されており、都市部のように監視カメラも設置されていない。あれから聞き込みを続けているが、今のところ同時刻に電話をかけていた人物を目撃したという情報はない。

そのとき扉が開いて浜田が入ってきた。

「諸鍛冶さんはどうですか？」

跳ねるように椅子から立ち上がった巧真が問いかけると、浜田は静かに首を横に振った。

「先ほど息を……引き取られました」

浜田は苦しそうに告げた。

「そ、そんなぁ……」

巧真は力が抜けたように椅子に腰を落とした。

それからしばらく取調室は重苦しい沈黙に支配された。

二〇一三年三月二十九日――代官山脩介

三月二十九日。

あれから三日が経った。捜査本部は混乱したままだ。現職の刑事が被害者の母親に刺し殺されたうえ、当の刑事に疑惑が向けられている。単独行動の多かった諸鍛冶は、一連の犯行時刻においてアリバイが確認されていない。

三係は荷物をまとめて宿泊先を旅館から城華町署の道場に移した。千鶴の父親の顔はあの夜から見ていない。自宅に引きこもって出てこないようだ。旅館はずっと閉められたままだ。

マヤはあれから捜査にのめり込むようになった。特に過去の事件の資料を取り憑かれたように読み込んでいる。

「犯人は本当に諸鍛冶さんだったんですかね」

「あなたはどう考えているの」

「おかしいと思ったんです。千鶴ちゃんが俺たちの忠告を無視してあの夜に外出するなんて、あり得ない。諸鍛冶さんは城華町署勤務が長いですから、被害者たちとも顔見知りだった。そして彼女は、町の治安を守っている刑事である彼に絶大な信頼を置いていたはずです。つまり彼なら千鶴ちゃんを電話で外に呼び出すことができる。疑われていたお父さんに関する話がある、他人に聞かれたくないから外に出てきてくれないかと言えば、千鶴ちゃんは疑うことなくそうしたでしょう」

「動機は？」

「池上誠を聴取していた時のことを思い出したんです。妹の記憶を町民に呼び起こすために殺したんだろう、って言ってましたよね」

「その『妹の記憶』が『過去の事件の記憶』に置き換わるわけね」

代官山は曖昧にうなずいた。今のところこれくらいしか思いつかない。

「でも不可解な部分も少なくないんですよね。隅田公園から田村美寿々に電話をかけた警察関係者って誰なんですか」

その声は「犯人は諸鍛冶」と美寿々に伝えている。しかしその直前に同じ電話ボックスから旅館まやに発信されているのだ。おそらくそれが千鶴を外に呼び出した人間と考えられる。

「謎の情報提供者と犯人はたまたま偶然、時間差で同じ電話ボックスを利用したということかしらね」

「そんな偶然は考えにくいですよ」

二つの発信の時間差は正確にいえばほぼ一分。人気のない公園で二人がかち合わなかったとは考えられない。やはり二つの発信は同一人物によるものと思える。

「ということは、犯人が田村美寿々に情報提供をしたということになるわね」

代官山は腕を組んでうなり声を上げた。

「諸鍛冶さんが犯人なら、彼はわざわざ自分が犯人であると田村美寿々に伝えたことになる。一体なにをしたかったのか……ここの部分がちょっと解せませんね。それに……」

「千鶴ちゃんの現場でしょ」

「ええ。あそこは三十四年前と一緒なんですよね」

遺体が横たわっていた場所も、三十四年前の池上摩耶の現場とほぼ一致することが分かった。

「犯人はやっぱり過去の事件にこだわっていたんですね。それにしても前の犯人を追いつめた刑事が犯行を引き継ぐなんて、どうなってんですかね」

代官山の頭の中ではクエスチョンマークが飛び交っている。それは捜査本部の捜査員たちも同じである。諸鍛冶を犯人と仮定しても、手口や動機など合理的な説明がつけられないからだ。

「つき合ってほしいところがあるの」

「こんな時間にどこに行くんですか」

時計を見ると九時半を回っている。署員の多くは帰宅していた。

「田原地区よ。ここからそんなに離れてないわ」

マヤは署の裏にある物置小屋に回った。二台の自転車が置いてある。署の自転車を彼女が調達してきたようだ。

「ていうか黒井さん、自転車なんて乗れるんですか」

彼女が乗る姿をイメージできない。

「本当なら二人乗りしたいところだけど、目立ちたくないから仕方ないわ」

マヤは細長い足をひょいと上げるとサドルにまたがった。

＊

署から自転車で十分も走ると民家も街灯もまばらになって闇が深くなる。いつの間にか小雨がぱらついてきた。天気予報ではこの地方は曇りのはずなのに、雨雲は避けてくれなかったようだ。

　田原地区に入ると、先導しているマヤが自転車を止めた。そして草むらに自転車を隠す。代官山も彼女に倣う。彼女は姿勢を低くしながら草むらの中を進む。

「黒井さん、誰かいますね」

「しっ！」

　マヤが唇に指を当てた。代官山はうなずいて沈黙する。

　草むらの先はちょっとした空き地になっており、建築資材などが置かれている。傘を差した女性の顔が弱い街灯に照らされた。二十代前半といったところか。細身で若い女性だ。デニムの帽子を被って赤いカーディガンを羽織っている。

「どうやら他には誰もいないようね。あなたはここで見張ってて」

　マヤは草むらを出て彼女に近づき声をかけた。ここから会話は聞き取れないが、やりとりを見ていると二人は面識があるようだ。マヤは女性からデニムの帽子と赤いカーディガンを借りている。マヤがそれらを身につけるのを見届けると、女性は傘を差したまま、二十メートルほど離れた民家に入っていった。

　マヤは帽子とカーディガン姿で女性と同じ位置に立っている。体型が似ているので先ほどの女性と見分けがつかない。その様子から誰かを待っているようだ。

代官山は草むらの中でじっと息を潜めながら彼女を見つめていた。小雨のパラパラとした音だけが聞こえてくる。

五分ほど経っただろうか。

道の向こうに小さな明かりが見えた。どうやら自転車のようだ。ヘルメットを被ったレインコート姿の男性が乗っている。マヤは帽子を目深に被ると彼の方に顔を向けた。

男性は自転車を降りると、片手を上げながらマヤに近づいた。代官山は目を凝らす。彼も庇《ひさし》のついた帽子の上にヘルメットを被っているので、顔立ちがはっきりしない。それでも口元やわずかに見える直線的な鼻梁《びりょう》から青年であることが分かる。彼はマヤを見てもさほど驚いた様子を見せない。先ほどの女性と知り合いのようだが、マヤと入れ替わったことに気づいていないようだ。

男性は口角を上げると片手を後ろに回しながら彼女にさらに近づいた。マヤはポケットの中に右手を突っ込んだ。

二人の距離が一メートルに迫ったそのときだった。

男性はおもむろに、後ろに回していた手をマヤのこめかみに向かって横殴りした。手にはなにかを握っている。

ハンマーだ！

咄嗟にマヤは身を屈めて攻撃を避けた。ハンマーは彼女の頭頂部ギリギリで空を切った。そしてすかさずポケットに突っ込んでいた右手を男性の首筋に叩きつけた。

飛び散る火花。

次の瞬間、男性は地面に転がった。

「黒井さん！」

一瞬の出来事に対応できず、代官山はあわてて草むらを飛び出した。

マヤは肩で息をしながら男性を見下ろしていた。彼女の右手にはスタンガンが握られている。先日、浜田に試していた電圧を五倍にブースト改造したものだ。ヘルメットの男性は泡を吹いていた。

「本当にあなたって役立たずね。出てくるのが遅すぎるわよ」

彼女は呆れたような目で代官山を見ると、手に持ったスタンガンを放り投げた。代官山は反射的にキャッチする。

「いや、だってまさかこんなことが起こるなんて思ってなかったですから。事前に教えてくれればよかったじゃないですか」

「私だって確信がなかったのよ。それにあなたに話したってにわかには信じないでしょ」

彼女は地面の男性を指さした。代官山はしゃがみ込んでヘルメットと帽子を取り除いた。

髪の毛が落ちるのを警戒したのだろう、よく見ると帽子の下にはビニールのヘアキャップが被せてあった。

「どういうことだよ！」

男性の顔を見て代官山は後ろに飛び退《の》いた。よく知っている青年だ。

「そのハンマーを回収なさい。それを調べればいろんなことが分かると思うわ」

青年は白目を剝いたまま苦しそうに呻きだした。意識が回復しつつあるらしい。

「な、なんでこいつが……犯人は諸鍛冶さんじゃなかったのか」

「そういうことになるわね。勘違いで殺されちゃって諸鍛冶さん、可哀想」

マヤは小さなため息をついた。

代官山の頭の中はパニック寸前だった。

「黒井さんが入れ替わったのは、さっきの女性が次のターゲットだって分かっていたんですよね。彼女はいったい誰なんですか」

「彼女の名前は海原丑美《うみはらひろみ》さん。『丑《うし》』に『美しい』と書いて『ひろみ』と読むの。年齢は二十二歳、城華小学校の事務職員よ。丑三つに生まれたから『三』を『美』に変えて丑美とつけられたそうよ」

マヤは青年を見つめながら言った。その瞳はゾッとするほどに冷たくぎらついていた。冷たい小雨が代官山の頰を撫でる。その冷気が体全体に広がっていくような感触があった。

「どうしてその丑美さんが狙われるって分かったんですか」

「やっとヒントに気づいたの」

「ヒント？」

「ええ。やっぱり犯人は被害者の名前にヒントを残していたのよ。今回に限って気づくのが遅れたわ。もう少し早ければ千鶴ちゃんを死なせずに済んだのに」

　マヤは悔しそうに顔を歪めた。

　犯人は被害者の名前にヒントを残している？

　代官山にはさっぱり分からなかった。彼女は小雨で湿った顔を向けた。

「被害者の名前には共通点があるわ」

　加賀見明巳、篠崎未來、田村安珠、そして池上千鶴、さらに海原丑美。

「共通点……なんてありますかね」

　字数にも漢字にも読みにも、これといったポイントは見当たらない。

「私も最近やっと気づいたの。いずれも動物が含まれていることに」

「動物？」

　代官山はメモ帳を取り出して確認してみる。明巳の「巳」は蛇に当たるし、未來の「未」

は羊だ。

「田村安珠は違いますよね」

「アンジュって犬の名前だって母親が言ってたでしょう」

「ああ、そうか！」

そして池上千鶴。こちらは「鶴」だ。海原丑美は「丑」である。

「黒井さんのおっしゃるとおり、たしかに全員の名前に動物がありますね。だけどそれがどうしたって言うんですか」

「今年の干支を考えれば分かるわ」

「今年の干支？　ええっと……巳年ですよね」

マヤは静かに首肯した。

「じゃあ、三十四年前の一九七九年はどう？」

代官山は十二支を読み上げながら指を折って数えていく。

「未年ですね……ああ！　もしかして」

「やっと気づいたようね」

その前の事件はさらにその二十一年前の一九五八年。数えてみると戌《いぬ》年だ。そしてさらにその十三年前の一九四五年は酉《とり》年である。

「つまり事件の起こった年の干支を遡っているわけですね」

今年（巳年）は加賀見明「巳」、一九七九年（未年）は篠崎「未」來、一九五八年（戌年）は田村「安珠」、そして一九四五年（酉年）が池上千「鶴」というわけだ。それぞれの干支が名前に含まれる動物に呼応している。

「もう分かるでしょ。一九四五年の前に起こった事件はさらにその八年前の一九三七年」

事件と事件の時間的間隔はフィボナッチ数列に則っている。

「その年の干支が丑というわけですね！」

代官山は膝を打った。

「あとは名前に丑にまつわる文字が入っている、町内に住む妙齢の女性を捜せばいい。町民の名前を調べていったら名前に『丑』がつく該当者は海原さんだけだった。名前で使われるには珍しい漢字だからね。次のターゲットは彼女だと踏んだというわけよ」

一人でなにを調べているのかと思ったらそれだったのだ。マヤは事前に丑美に連絡を取っていた。そこで、「夜に外に呼び出されるようなことがあったら、その相手が誰でもいいから報告してほしい」と願い出た。訝しがる彼女にマヤは一連の事件のことと自分の推理を伝えた。そして「次のターゲットはあなたかもしれない。だから呼び出しの相手が誰であっても信用してはいけない」と告げたのだ。そのおかげで彼女は命を落とさずに済んだ。

「どうして黙っていたんですか。言ってくれればお手伝いしましたよ」

青年の頭がわずかに動いたが瞼は閉じたままだ。

「この男に悟られたくなかったからよ。二人よりも単独で動いていた方が気づかれにくいでしょ」

「そりゃそうですけど……って黒井さんっ！」

代官山はマヤを見て思わずのけぞった。

「な、なにをするつもりですか⁉」

「決まってるじゃない。償いをさせるのよ」

「償いって……殺すつもりですか！」

「なんの罪もない千鶴ちゃんの命を奪ったのよ。こいつだけは許すわけにいかないわ」

マヤの手には拳銃が握られていた。銃口を青年の眉間に向けている。

「ちょっと待ってくださいよ！ 黒井さんだってただじゃ済みませんよ。そんなことしたら刑務所行きですよ！」

「ふん。きっとパパがもみ消してくれるわ。そうでなくてもこいつだけは許せない。本来なら拷問してからバラバラに解体するところだけど、そうもいかないでしょうしね」

「な、なにを言ってるんですか……」

「僕を殺しても無駄ですよ。もはやこの連鎖を誰も止めることはできない」

かすれた声。いつの間にか青年は意識を取り戻していた。上半身を持ち上げようとするも体が思うように動かせないようだ。

「連鎖？　一連の事件のことか」

代官山は半歩近づいて、横たわったままの青年を見下ろした。ベージュのレインコートが泥で汚れている。彼は代官山を無視してマヤが向ける銃口を見つめていた。怯えたり怖れたりする様子は窺えない。

「三十四年前の事件はたしかに箕輪肇の単独犯とされているけど、私はあなたのおじいさんも加担していたんじゃないかと考えているの。いろいろと調べてみたけど、当時、捜査が難航した原因の一端は、あなたのおじいさんが箕輪のアリバイを『思い違い』で証言したからよ。それがなければ少なくとも私の父はもっと早くに犯人にたどり着いていたはず。あなたのおじいさんがなんらかの形でフォローしていたからこそ犯行は上手く運んだ。あなたも聞かされていたんじゃないの？　服部くん」

青年はぎらついた視線を向けたままだ。彼は紛れもなく服部巧真だった。地面に横たわったまま不敵な笑みを浮かべている。

「さすがは捜査一課の姫様と呼ばれるだけありますね。丑美さんとグルだったなんて……見事に騙されましたよ」

巧真と丑美は顔見知りだった。彼は五人目のターゲットと決めていた彼女の自宅を何度か巡回で訪れては信頼を得ていた……つもりになっていた。実際、マヤが告げなければ丑美も巧真のことを全面的に信用していただろう。彼は公衆電話から「電話では話せない重要な話があるから」と、この時間に外に呼び出した。そして丑美はマヤに言われたとおり、そのことを彼女に報告したというわけである。

「榊原政治、城之内要蔵、そして箕輪肇。大正時代から続いた女性連続殺人の継承者。最初は諸鍛冶さんじゃないかと思っていたけど、田村安珠の母親に自分が犯人であることを電話で告げる道理が通らない」

池上千鶴を呼び出す通話と田村安珠の母親への通話は、同じ電話ボックスからかけられていて、その時間差は一分程度でしかない。両者の通話が違う人物とはさすがに考えにくい。また諸鍛冶が早々と千鶴の現場にたどり着けたのも、三十四年前の事件の現場と一致するからだ。犯人がそこで犯行に及んだとする刑事の勘が働いたのだろう。

「なんでだよ……どうしてこんな馬鹿げたことを受け継いでんだよ！　あんたもじいさんも警察官だろ！」

代官山はやるせない思いをぶつけた。よくよく考えてみれば過去の犯人は全員警察官だ。

「この連鎖はまだ続くのか？　五十五年後にこの町で同じ事件を起こすつもりなのか」

五十五年後……自分たちは生きているかどうかも分からない。

「あんたたちの目的はなんなの？」

マヤはしゃがみ込むと銃口を巧真の眉間に押し込んだ。しかし巧真は彼女を見上げたまま笑みを崩さない。

「この町を守ったんです」

「これのどこが守ったってんだよ！」

思わず叫んだ。殺された女性たちの顔が脳裏に次々と浮かんでくる。最後に大きく浮かび上がったのは千鶴の笑顔だった。

巧真の脳裏にも被害者たちの姿が浮かんだのか、笑みが消えて神妙になった。

「僕はやるべきことをやったまでです。撃ちたければそのまま引き金を引けばいいですよ」

マヤの表情には、体温も情緒も感じられない。

昆虫……そう、まるで昆虫だ。感情を持たない生き物が餌《えさ》を眺めているようだ。

「そうさせてもらうわ……」

次の瞬間、マヤの頭は巧真の胸の上に落ちていた。完全に気を失っている。

「自分の上司を気絶させるなんてすごいですね、代官山さん」

「お前のようなやつの血で彼女を汚したくなかっただけだ」

代官山はスタンガンの電源を切りながら言った。ダイアルを調整して電圧を下げてある。それでもショックが大きかったようだ。マヤは気を失ってしまった。こうでもしなければきっと彼女はためらうことなく引き金を引いていただろう。

「もう逃げられないぞ。観念しろ」

代官山はポケットからスマートフォンを取り出した。渋谷の番号を呼び出して耳に当てる。

「代官山さん」

「なんだ」

代官山はスマートフォンを耳に当てながら巧真を見下ろした。呼び出し音が始まった。巧真は片手をポケットの中に突っ込んでいる。

「いろいろ世話になりました。お別れです」

巧真はおもむろにポケットから手を出すと自分のこめかみに向けた。手には黒い鉄の塊を握っていた。

「よせっ！」

乾いた破裂音が響いた。巧真の頭は弾かれるように雨でぬかるんだ地面に落ちた。動かなくなった彼の胸の上には気を失ったマヤが顔を載せていた。

代官山は呆然と巧真を見下ろしていた。

彼のこめかみに開いた穴からかすかに煙が上がっていた。

＊

小雨は上がったが、周囲は騒然としていた。

普段は闇に包まれる一帯も警察車両の赤色灯が走馬灯のように周囲を駆け巡っている。署に詰めている刑事たちの大半が集まっている。彼らはもちろん古畑一課長も藤代管理官も表情を強ばらせていた。

彼らの足下には服部巧真の死体が横たわっている。

代官山は渋谷係長に状況を報告した。集まった刑事たちはまるでおとぎ話でも聞くような顔をして代官山の話に耳を傾けていた。

「なんてことだ……」

話が終わると藤代管理官がぬかるんだ地面も気にせずに膝をついて頭を抱えた。無理もない。諸鍛冶ではなかったとはいえ、真犯人は同じ警察官だったのだから。周囲には重苦しい空気が流れていた。

そのとき黒塗りの重厚な車が近づいてきて、代官山たちの前で止まった。スーツ姿の運転手が降りてきて後部席の扉を恭しく開く。中に座っている人物を見て、一課長や管理官たちは思わず姿勢を正した。代官山も同様である。

「最悪の事態だな」

後部席からダークスーツに身を包んだ男が威厳たっぷりに出てきた。ダース・ベイダーのテーマ曲が脳内再生される。彼は代官山たちに近づくと、ガマガエルを思わせるギョロ目で巧真の死体を眺めた。

「黒井……警察庁次長」

予想外の人物のいきなりの登場に渋谷が声を上ずらせた。一課長たち幹部も顔を引きつらせながら敬礼をした。

「ご苦労と言いたいところだが、これではどうにも褒められんな、古畑くん」

篤郎の言葉に一課長は唇を嚙みしめている。

「この男が犯人なのか」

篤郎は代官山に問い質した。

「はい。城華町署刑事課の服部巧真巡査です」

「服部……あの服部さんの血縁か」

「ええ。服部誠二の孫です」

篤郎は痛ましげな目で死体を眺めた。

「マヤ、どういうことなんだ？」

黒井篤郎は娘の名前を呼んだ。彼女は腕を組みながら、父親や死体とはまったく別の方角を見つめていた。代官山も彼女の視線の先に注目する。しかしそこには深い闇が広がっているだけだった。しかしなんとなくではあるが山の稜線が見えたような気がした。たしかそちらは城華山の方向だ。

「パパはどう考えているの？」

「多分お前と同じことだ」

代官山には父娘のやりとりが理解できない。

「代官様、運転して」

突然マヤは代官山を促すと警察車両に乗り込んだ。代官山は慌てて運転席に乗り入れる。なぜか後部席には浜田が滑り込んできた。

「どこに行くんですか」

「森山地区よ。城華山の中腹ね」

マヤは城華山が聳《そび》える闇を指さした。

「そんなところに行ってどうするんですか」

「本当の意味での真犯人に話を聞きに行くのよ」

「真犯人⁉」

服部巧真は、実行犯にすぎないというのか。

代官山は車を発進させた。ルームミラーを見ると後ろからもう一台の車がついてきている。

黒井篤郎が乗っている運転手付き公用車だ。

それから間もなくして「城華山入り口」と立て看板のある山道に入っていった。

＊

代官山たちは車から降りた。

そこは広場になっており、何台かの車が駐められるようになっている。下界を見下ろすと、点在する城華町の明かりがうっすらと見えた。やがてもう一台の車が近くに滑り込んでくる。

先ほどのように運転手が後部席の扉を開けると、黒井篤郎が出てきた。

ここは山の中腹部にあたり、周囲には密な山林が広がっている。

山林に近づくと「五点界入り口」と木製の小さな看板が立てかけてある。朽ちかけており、文字もなんとか判別できる程度だ。

「五点界ってシャーマンの信者の団体ですよね」

その話は、千鶴や諸鍛冶から聞いたことがある。

代官山、マヤ、浜田、そして篤郎の順で山林の中に入った。

「うわぁ、なんだか肝試しみたいですね。僕、こういうの苦手なんですよぉ」

「だったら君は署に戻ってなさい」

「い、いえ、お伴させていただきます。僕も東大卒なんで」

「そんなことは聞いておらん」

後ろの方で浜田と篤郎の東大卒同士の会話が聞こえたが無視して進む。やがて木々に囲まれた木造の建物が目に入った。建物の裏は岩肌が垂直に屹立《きつりつ》しており、大人が一人通り抜けられそうな大きさの洞穴《ほらあな》が見える。

「ここが龍神の穴ね。巫女はこの中で祈禱するらしいわ」

どこで調べたのかマヤはすでに知っているようだ。

「パパが担当した三十四年前は黛トネという老女が巫女だったけど、今はその娘ミヨが受け継いでいるわ」

木造の建物は造りは重厚だが年季が入っている。森の中にうち捨てられた社殿といった趣だ。入り口の扉には五角形の中に五芒星がピタリと収まった紋章が刻まれている。

五芒星……先日どこかで見た。

「そっか、ネクタイとネクタイピンとライターだ」

巧真が身につけていたネクタイとネクタイピン、そして諸鍛冶が服部誠二から譲り受けた形見であるジッポーライターの表面に星印が刻まれていた。

「だけどそれが事件とどう関係するんですか」

代官山はマヤに尋ねた。彼女はポケットから折りたたんだコピー用紙を取り出すと、皆の前で広げて見せた。

「過去の事件の現場をマーキングしたものよ」

そこには城華町の地図が印刷されている。そしていくつかの赤点が打たれていた。過去の現場の位置がすべてマークされているという。そしてマヤは本来海原丑美が殺されるはずだった位置にも赤点を追加した。

「これがなにか？」

「代官様くん。そんなに鈍くて捜一の刑事が務まるのかね」

篤郎が呆れたような目つきを向けた。

「だ、代官山です！」

じっと地図に目を凝らす。浜田が「なるほど」とうなずいている。

「え？　浜田さんも分かったんですか」

浜田にまで先を越されてなんだか無性に悔しい。

「ていうか代官山さん、まさか、まだ気づいてないとか？」

浜田が無邪気に言ってくれる。

「ちょ、ちょっと待ってくださいよ！」

代官山は地図に懐中電灯を当てて思考を集中させた。しかしなにも見えてこない。

「浜田さん、ヒント」

手を合わせながら小声で願い出る。

「外側の点同士を線で結べば、ある図形が浮かんできますよ」

「図形？」

ヒントにしたがって頭の中で外側の点を線でつないでみる。

「五角形になりますね……そっか、そういうことなんだ」

「やっと気づいた？　鈍すぎよ」

腕を組んだマヤがかぶりを振った。

「こんなんで本当に娘を守れるのか。浜田くんの方がいいんじゃないのか」

「はい！　将来は警視総監を目指しております」

浜田がピンと背筋を伸ばして怪しさ全開の将来性をアピールする。

「現場を結んでいくと、五点界の紋章とほぼ一致するんですね。犯人はこんなところにもヒントを残していたんだ」

浜田と篤郎のやりとりを無視して話を進める。今はマヤとの将来よりも事件の真相が気になる。そして現場の位置から五点界につながった。

「フィボナッチ数列も意味があったんですかね」

事件と事件の間の年月がフィボナッチ数列にしたがっている。これも偶然とは思えない。

「五角形の中にぴったりと収まった五芒星。この図形は黄金比の塊なの」

「黄金比？」

「人類史上最も美しいとされている比率よ。一：一・六一八〇……」

マヤは小数点以下をずらずらと暗唱する。

「その比率がどうして人類史上最も美しいんですか」

数字だけ並べられてもピンとこない。

「モナ・リザやパルテノン神殿、ミロのヴィーナス、富嶽三十六景『神奈川沖浪裏』の構図にも黄金比が見られる。さらに言えば自然界の至るところにも黄金比が隠されているのよ」

「五点界の紋章もそうなんですか」

マヤは小さく微笑むとうなずいた。

「この紋章をよく見て。五芒星の頂点を結んで正五角形になっている。星の辺とその互いが分けている線分相互に黄金比が成り立っているの。ここの辺とここの辺、ここもここも……」

彼女が指さす線分の長さの比率はすべて黄金比であるという。たしかに黄金比の塊だ。

マヤはもう一つのコピー用紙を取り出した。

「これが五点界が崇拝する龍神の絵よ」

そこには墨で龍が描かれていた。五点界の紋章が入った球体を握って体を丸めている構図だ。鉛筆でさまざまな直線や曲線が輪郭に加筆されて、長さや比率が書き込まれている。構図を測定しているようだ。

「この絵にもさまざまな黄金比が隠されているわ。明らかにそれらを意識して描かれているる」

たしかに丸めた尻尾の円周や直径の比率など、さまざまな部分に黄金比が成立していた。

「黄金比がフィボナッチ数列と関係するんですか」

「これを見て」

さらにもう一つのコピー用紙にはフィボナッチ数列が数十項も並んでいる。

「後ろの方に行けば行くほど前後の数の比率が黄金比に近づいていくわ」

「つまりフィボナッチ数列の二つの項の比率は黄金比に収束していくというわけですね」

どうしてそうなるのか理解できないが、フィボナッチ数列は黄金比と大きく関連している。そして五点界は紋章や龍神の構図からも黄金比になんらかの神秘性を抱いている。フィボナッチ数列もその一環だろう。

「あれから江崎さんに話を聞いてきたわ」

江崎……以前、マヤが話を聞きに言ったという郷土歴史研究家だ。過去の一連の事件に関する資料を持っていた。彼は五点界についても調べていたという。

「江崎さんによると、五点界の連中はフィボナッチ数列を含めた黄金比が自然界を支配していると信じているそうよ。そして大正十四年に黛トネは、龍神の怒りを村人たちに告げている」

「大正十四年といえば一連の事件のスタートじゃないですか！」

「それってどういうことか分かる？」

思いついたことはあるが声にならなかった。あまりにも突飛すぎて思考がついていかない。

「人身御供だな」

会話を聞いていた黒井篤郎が、代官山の思いつきを代弁した。

「フィボナッチ数に当たる年に、おそらく五芒星にちなんでだろう、それぞれ五人を生《い》け贄《にえ》として捧げる。そうやって龍神の怒りを鎮めようとしていたんだろう。最近になって思い出したんだが、箕輪のネクタイと荷物を包んでいた風呂敷の柄も五芒星だった。当時はなんてデザインセンスの悪い男だと思ったものだが」

「五点界の信者だった犯人たちは、龍神に生け贄だと伝えるために、犯行に目印を残したのよ」

それが今回は被害者たちの名前に隠された干支だったというわけだ。過去には歌謡曲とその歌手名が使われていたという。実行犯である城之内、箕輪、そして服部巧真。ライターやネクタイなどに五芒星の柄が施されていた。いつからか、どのようなきっかけかは不明だが彼らも五点界の信者だったのだ。

「巫女はどこだ」

黒井篤郎が扉を開けて建物に入った。一応電気が通っているようだ。スイッチを入れたら明かりがついた。内部は大広間といくつかの小部屋に仕切られている。大広間には龍神を奉《まつ》った祭壇が設置されていた。手分けして捜したが人の気配はない。

「洞穴の中で祈禱しているのかもしれないわ。というわけで代官様、確認してきて」

マヤはビシッとそちらを指さした。岩肌にぽっかり開いた穴には漆黒の闇が広がっていた。ライトを向けても闇が光を吸収して、なにも浮かんでこない。

「お、俺が行くんですか」

「あなた以外に誰がいるのよ。まさか私やパパに行かせるつもり?」

父親がギロリと代官山を睨んだ。浜田を見ると、泣きそうな顔を子供のようにフルフルと横に振っている。どうやら代官山が行くしかないようだ。

暗くて狭いところは苦手なのに……。

代官山は深呼吸をすると、意を決して身を屈めながら穴の中に入り込んだ。内部は真っ暗でジメリと冷たい。通路はなんとか大人一人が通り抜けられる幅で、天井が低いので圧迫感がある。前方を懐中電灯で照らして注意深く進む。

十数メートルほど進むとちょっとした広間になっていた。突き当たりの岩壁に龍神を描いた絵と祭壇が奉られている。

「おい!」

祭壇の前に巫女姿の老女が倒れていた。ライトで顔を照らしてみるも、皺だらけの顔には生気がない。手首に指を触れてみるが脈動を感じられない。代官山は全員を中へ呼んだ。

「死後二日といったところだな」

死体を検分した篤郎が死亡日時を推定した。マヤは老女の死体に魅力を感じていないようだ。もはや採点することもなく、つまらなそうに眺めている。

「これでは話が聞けませんね」

死体から離れたところに立っている浜田が気味悪そうに言った。

「そんなことよりパパ」

「どうした？」

「私の名前とあの旅館名が一緒ってどういうことなのよ」

「い、いや……偶然だよ」

篤郎が声を上ずらせた。

「諸鍛冶さんから聞いたわよ。パパったら旅館の娘にご執心だったそうね。パンフレットで写真を見たけど結構可愛い女性じゃないの。だからって、好きだった女性の名前を実の娘につけるってどうなのよ。ママはそのこと知ってるの？」

マヤは父親に詰め寄った。ガマガエルは顔を真っ青にしている。

「マヤ、頼むからママには内緒な。なっ！」

篤郎は娘に向かって拝むように手を合わせた。

「まあ、いいわ。この名前嫌いじゃないし」

＊

三日後。

捜査は所轄に引き継ぎ、代官山たち三係のメンバーは本庁に戻ってきた。

一連の過去の事件に引き続き、警察官が実行犯だったというショッキングな幕引きであったが、一応の解決に至った。多くの犠牲者を出してしまったばかりか、現職の警察官が真犯人だったことにマスコミの警察叩きが激しさを増している。幹部はその対応に大わらわだ。昨日も警視総監と刑事部長が謝罪会見を行った。警察の威信も地に墜ちている。

あれから五点界の巫女である黛ミヨの検死報告が上がってきた。それによれば死因は心臓発作とされた。毒物も検出されず不審な外傷も認められなかった。もともと狭心症の既往歴があったようだし、九十二歳という年齢を考えれば妥当な死因といえる。

「結局、多くの謎が残っちゃいましたね」

苦手な書類作成作業に悪戦苦闘していると浜田がやって来た。隣ではいつの間にか仕事を終わらせたマヤがスマートフォンのゲームを楽しんでいる。

「そうですね……次は五十五年後。五点界は誰にどうやって犯行を引き継がせるつもりだったのかな」

　現在は他の五点界の信者を捜査中である。とはいえほとんど秘密結社に近い団体なので、城華町署も信者の把握に苦心している。また箕輪や服部たちがいかにして五点界に傾倒していったのか。そのいきさつも捜査中であるが、彼らが信者だったことすら誰も知らず、そちらの調査も難航しそうだ。ただ箕輪の遠縁の親戚が城華町の町民で五点界の熱心な信者だったという証言もあり、その人物が箕輪になんらかの影響を及ぼしたとも考えられている。

　しかし一連の事件を顧みるに、相当に凶悪で屈折した信念を持ったカルト教団であるのは間違いない。龍神の怒りを鎮めるために生け贄を捧げるというのだから時代錯誤も甚《はなは》だしい。しかし宗教とは存外なものだ。ときとしてその信条や教義は狂気につながる。以前は、悪魔祓《ばら》いと称した猟奇事件と対峙《たいじ》したこともある。マヤと組んでからそんな事件に遭遇することが多くなった。というかそればかりだ。猟奇趣味は猟奇事件を呼び込むのだろうか。そろそろ浜松中部署が恋しくなってきた。

「一連の流れからすれば、前の捜査に加担した刑事が次の事件の実行犯よ。きっともうすでに根回しはできているのよ」

　マヤがゲームをプレイしながら口を挟んだ。

「根回しってなんですか？」

「代官様あたりが、五十五年後に城華町で犯行に及ぶのよ」

「な、なんで俺なんですか！　だいたい五十五年後なんて生きてるかどうかも分かんないですよ」

巧真の犯行は五人目を捧げられず失敗に終わった。またカルトのシンボル的な存在である黛ミヨも病死した。

「いくらなんでも今回で連鎖は絶たれたと思いますよ。そもそもその先をどうやって続けるんですか。五十五年のあとはさらに八十九年後、そのあとは百四十四年後ですよ」

「甘いわね。フィボナッチ数列は人間界を含めた自然界を支配するのよ。城華町で起こる事件は、今までもこれからも絶えることがないわ。きっちりと誰かに受け継がれて、そいつが龍神に生け贄を捧げるのよ。それが数列に支配された世界の宿命なのよ」

分かったようでよく分からないが、この先もまだまだ続くとマヤは信じているらしい。もし彼女の言うとおりだとしても、それを食い止めるのは代官山たちではない。その時代の刑事たちだ。今は連鎖が絶たれたことを祈るしかない。

ただ、気になることはある。黛ミヨの孫アヤメが姿を消している。ミヨには子供が二人いるが両方とも男だった。そこで巫女の継承は二十歳になる孫に託されたというわけだ。その孫が事件後、行方不明である。もしかしたら五十五年後の事件に彼女が絡んでくるのかもしれない。城華町署は孫の行方を追っている。

「おい、コロシだ！」

渋谷が部屋に入ってくるなり告げた。三係のメンバーは一斉に立ち上がる。

犯罪者たちは彼らを休ませてくれない。慰安旅行も台無しにされたというのに。

「タレコミが入った。全員、獅子王直人《ししおうなおと》の自宅に向かってくれ」

獅子王直人といえば、奇抜なデザインのオブジェで話題を呼んでいる新進気鋭の芸術家である。先日も国際的な芸術賞を受賞したとかでニュースになっていた。さらに人気女優との熱愛が報道されるなどしてワイドショーからも熱い注目を受けている、今一番ホットな人物である。

「獅子王が殺されたんですか！」

浜田がつぶらな瞳を丸くして尋ねた。獅子王が殺されたとなると大ニュースだ。世間の関心も集まる。場の空気が一気に張り詰めた。

「違う。殺されたのは獅子王の作品の方だ」

渋谷が顔を青ざめさせながら唇を震わせた。

殺されたのは作品？

意味がさっぱり分からない。

「どういう意味ですか」

浜田がポカンとした顔で聞き返した。

「オブジェが死体なんだよ。獅子王は人の骨や皮や内臓を材料にして制作していたらしい。家具や小道具やアクセサリーも人体で作っていたそうだ」

一同にどよめきが上がる。浜田も「うわあ」と思いきり顔をしかめた。

「そうこなくちゃね」

隣から声が聞こえた。

代官山はそっとマヤを見た。

見惚れるほどに美しかった。

解説――七尾氏の紡ぐ黒い夢

坂井希久子

「ねぇねぇ、今度『ドS刑事《デカ》』の文庫化があるんだけどさ、解説書いてくれないかな？」

七尾氏本人から打診を受けたのは、とある集まりの二次会でお酒をしこたま飲んでいたときだった。

レモンサワーらしきものを片手に、「そこの醬油取ってくれない？」という程度のノリで言われたので、酔っていた私は「うん、いいよ」と快く返事をした。

後日、幻冬舎の編集者から正式に依頼があり、「あ、本気だったんだ」と慄《おのの》いた次第である。

この軽妙さこそが、七尾与史。そしてそれはおそらく、諸作品の味にもなっている。

私と七尾氏とは、「山村正夫記念小説講座」という小説教室の同門である。カルチャースクールとは一線を画したプロ作家養成のための教室であり、大先輩には宮部みゆき氏、新津きよみ氏、篠田節子氏、鈴木輝一郎氏、上田秀人氏といった錚々《そうそう》たる顔ぶれが並ぶ。

それより少し時代の下る我々は、一九九九年に物故された山村正夫氏の遺志を継ぎ塾長となられた森村誠一氏の薫陶を受けた。映画も大ヒット『超高速！　参勤交代』の土橋章宏氏、ほっこりとした作風で人気急上昇中の成田名璃子氏、官能とホラー小説の旗手川奈まり子氏らとは、共に机を並べて学んだ仲である。

その中でも七尾氏は、入塾当初から注目の的だった。教室は定員が定められており、申し込みをしても席が空くまでは待たねばならないのだが、なんと七尾氏はそのウェイティング期間に宝島社主催の「このミステリーがすごい！」大賞隠し玉としてデビューが決まってしまったのである。

ほどなくして刊行された作品が、『死亡フラグが立ちました！』。衝撃的なタイトルだった。あまりにもキャッチーで、中身を読む前から「これは売れる」と確信した。その直感は外れることなく、七尾氏は一躍人気作家の座に躍り出た。

それ以来早いペースでヒットを飛ばしておられるが、どれもタイトルが印象的だ。その他の共通点は、ステレオタイプとは程遠いキャラ設定、意外に陰惨な殺人事件、それを感じさせない軽妙な語り口、そしてミステリー部分の着眼点の面白さ、といったところだろうか。

特にキャラ設定は真面目とおふざけの紙一重を突いている。ざっくりと書き出してみよう。「偶然の事故」で人を殺す、「死神」と呼ばれる殺し屋（「死亡フラグが立ちました！」）。電波がないとなにもできない引きこもり、だが卓越した情報収集力と推理力を持つ名探偵（「バリ3探偵　圏内ちゃん」シリーズ）。現場に残された「殺意の匂い」を嗅《か》ぎ分けるトイプードルの警察犬（「トイプー警察犬　メグレ」シリーズ）。「ヌーディスト法案」なるものが施行された世界で活躍する、全裸の刑事（「全裸刑事チャーリー」シリーズ）。などなど。どれもこれも根が真面目な私では思いつきようもない、ふざけた——いや、斬新なキャラクターである。

当シリーズに関しても、執筆時から構想は聞いていた。

「猟奇趣味の女刑事が主人公なんだけどさ、死体が見たくて刑事になってるから、ぜんぜん事件解決してくれないんだよねぇ」

はたしてそんな刑事がいていいのか。ミステリーは成立するのかと、私でなくとも危ぶむだろう。だが七尾氏はサングリアなんぞを片手にヘラヘラと笑いながら、「タイトルは『ドS刑事』っていうんだけどね」と、これまたとんでもないことを言ってのける。

もしかしたら私は七尾氏に担がれているのかもしれない。突拍子もない設定を思いついたから、酒の肴《さかな》に喋《しゃべ》っているだけなのだろう。

そう思わないでもなかったが、しばらくすると本当に出た。当シリーズの一作目、『ドS刑事 風が吹けば桶屋が儲かる殺人事件』である。

読んでみると面白かった。ドS刑事こと黒井マヤが事件の解決を望まない点については、代官山脩介という視点人物を置くことであっさりクリア。バタフライエフェクトという概念に基づいた、多重構造のミステリーである。

読み終えた後、私は本を置いてうな垂れた。「なんか適当に思いついちゃったんだけどさ」というような顔をして語られた設定が、きちんと落とし込まれていた。本気か冗談か分からない口調で人を煙に巻く七尾氏は、作品に於いてもそれを実行しているのだ。

そういった「軽妙さ」は、おそらく天賦のものだろう。全裸の刑事など、思いついたとしても普通は書かない。もう一度言うが根が真面目な私には、とてもできない荒技である。

とはいえ七尾与史なる人物は、いつもカシスオレンジなどを片手にヘラヘラと笑っているわけではない。こういうことを書くとおそらく嫌がられそうだから、遠慮なく書いてしまおう。

前述のとおり私の在籍していた小説教室に、七尾氏はデビューが決まってから入塾した。

プロデビューを目指すための教室である。その目標はすでにクリアしたはずなのに、七尾氏は実に熱心だった。

教室では受講生の作品をテキストにまとめ、講師の講評を受けるという形式を取っている。七尾氏は出版社に依頼された原稿を書きながら、そのテキストにも作品を提出し続けていた。当時は浜松在住だったが教室のある日は必ず上京し、希望者のみが参加する研究会にも積極的に出ていたものだ。

受講生の中には、なぜプロの作家がこんなところに通っているのか。必要ないじゃないかと疑問に思っていた方もいたようである。

七尾氏はよく、「作家の五年生存率」という言葉を口にする。新人賞を獲ってデビューした作家のうち、五年後も生き残っているのは五パーセント以下というものである。七尾氏がこのときしていたのは、その五パーセントに残るための努力ではなかったか。

小説教室に通っていたと言うと、「小説など感性で書くもので、人に教わるものじゃない」と知ったかぶりをする人が必ずいる。たしかに感性は人それぞれだ。しかし小説を書くための技術は学べる。そして新人賞は感性だけでも受賞はできるが、生き残るにはいち早く技術を身に付けねばならない。

七尾氏は態度も作風も軽妙だが、小説にかける姿勢は誠実なのだ。

そんなわけで当シリーズも、二作目の『朱に交われば赤くなる殺人事件』、三作目の『三つ子の魂百まで殺人事件』、そして本作『桃栗三年柿八年殺人事件』と、順調に冊数を重ね、二〇一五年にはドラマにもなった。

ドラマの脚本は原作とはかなり設定が違ったので、面食らわれた方もおられよう。ドラマ版の黒井マヤは、「犯人をいたぶりたいから」刑事を志しており、こちらのほうがむしろ素直な発想だ。

おそらく七尾氏の頭にも、よぎらなかったことはないだろう。だがあえて「死体が見たくて」という動機のほうを採用してしまう、タブーすれすれの面白さ。

本文中に「世の中、頭が一つで手足が四本の人間ばかりだからでしょ。それってつまんないと思わない？」というマヤの台詞《せりふ》が出てくるが、作者本人も半ば本気でそう思っているに違いない。

今後もきっと黒井マヤが改心することはないだろうし、代官山脩介は振り回されっぱなし。二作目から登場した浜田学は瀕死の重傷を負い続けるだろう。だってマヤが死体を愛さなくなったら、それこそつまんない。

生真面目な読者の中には、「刑事のくせに殺人を容認するとはなにごとだ」と感じるむきもあるようだ。だが考えてもみてほしい。作者は「ヌーディスト法案」が成立した世界なんぞを作り出してしまえる鬼才なのだ。当シリーズも黒井マヤなる美しい魔女が紡ぎ出す、黒いおとぎ話の世界。その中で事件が起こるのである。

そういった意味で私は当シリーズに、ティム・バートン的な匂いを感じる。七尾氏は映画が好きでよく観ており、マヤ自身もダリオ・アルジェントの大ファンだったり、作中に『八仙飯店之人肉饅頭』のパロディらしい『東京人肉饅頭』の名が出てきたりもするので、異論はあるだろう。

それでも作品全体にほんのり漂うグロテスクとナンセンス、そのくせちょっとドタバタしちゃう感じはティム・バートンっぽいと思うのである。

ともあれ七尾氏も私も、どうにか「作家の五年生存率」は乗り切った。この先十年、二十年、三十年と、長生きしていきたいところ。そのためには健康第一だが、七尾氏は近ごろずいぶんお肌が荒れているので心配だ。心身共に整えて、これからもちょっぴり黒い夢を見させてほしい。

同業者であり友人であり一読者として、切にお願い申し上げます。

――作家

この作品は二〇一五年四月小社より刊行されたものです。

幻冬舎文庫

●好評既刊
ドS刑事 風が吹けば桶屋が儲かる殺人事件
七尾与史

静岡県浜松市で連続放火殺人事件が起こる。しかしドSな美人刑事・黒井マヤは「死体に萌える」ばかりでやる気ゼロ。相棒・代官山脩介は被害者の間で受け渡される「悪意のバトン」に気づくが。

●好評既刊
ドS刑事 朱に交われば赤くなる殺人事件
七尾与史

人気番組のクイズ王が、喉を包丁で掻き切られて殺害された。しかし容疑者の女は同様の手口で殺害された母親を残して失踪。その自宅には「悪魔払い」を信仰するカルト教団の祭壇があった——。

●好評既刊
ドS刑事 三つ子の魂百まで殺人事件
七尾与史

東京・立川で「スイーツ食べ過ぎ殺人事件」が発生。捜査が進むにつれ、〝姫様〟こと黒井マヤ刑事は心の奥底に眠っていた少女時代の「ある惨劇」の記憶を思い出す。ドSの意外なルーツとは？

●好評既刊
僕は沈没ホテルで殺される
七尾与史

日本社会をドロップアウトした「沈没組」が集う、バンコク・カオサン通りのミカドホテルで、殺人事件が勃発。宿泊者の一橋は犯人捜しを始めるが、他の「沈没組」が全員怪しく思えてきて——。

●最新刊
伊藤くん A to E
柚木麻子

美形、ボンボン、博識だが、自意識過剰で無神経な伊藤誠二郎。振り回される女性たちが抱く恋心、苛立ち、嫉妬、執着、優越感。傷ついても立ち上がる女性たちの姿が共感を呼んだ連作短編集。

ドS《エス》刑事《デカ》

桃《もも》栗《くり》三年《さんねん》柿《かき》八年《はちねん》殺人《さつじん》事件《じけん》

七尾与史《ななおよし》

平成28年12月10日　初版発行

発行人――石原正康
編集人――袖山満一子
発行所――株式会社幻冬舎
〒151-0051東京都渋谷区千駄ヶ谷4-9-7
電話　03(5411)6222(営業)
03(5411)6211(編集)
振替00120-8-767643
印刷・製本―中央精版印刷株式会社
装丁者――高橋雅之

検印廃止

幻冬舎文庫

ISBN978-4-344-42552-1　C0193　　な-29-5

幻冬舎ホームページアドレス　http://www.gentosha.co.jp/
この本に関するご意見・ご感想をメールでお寄せいただく場合は、
comment@gentosha.co.jpまで。